Sammlung Luchterhand 219

Über dieses Buch: Gabriele Wohmanns Roman »Paulinchen war allein zu Haus« handelt von Erziehung. Im Mittelpunkt steht das kleine Mädchen Paula, das anfangs etwa acht Jahre alt ist, und erzählt wird aus der Perspektive des Kindes. Paula – sie selber nennt sich am liebsten Paulinchen – ist elternlos. Sie muß ihre Großeltern verlassen und bekommt Adoptiveltern, die das Kind so fortschrittlich wie nur irgend möglich erziehen möchten. Sie wissen selbstverständlich alles Einschlägige über Kinderpsychologie, handeln jeweils nach den Informationen der in Frage kommenden Lehrbücher, aber kaum einmal herzlich und spontan. Die Erziehung des Kindes ist vorprogrammiert, emanzipiert, aufgeklärt, modern – sozusagen vollautomatisch. Das Kind Paulinchen gerät in solch keimfreier, steriler Umgebung ohne Nestwärme in Konflikte mit seinen Gefühlen, seinem Bedürfnis nach Geborgenheit, nach kindlichem »Glück«.

Über die Autorin: Gabriele Wohmann wurde 1932 in Darmstadt geboren. Nach dem Abitur Studium der Literatur. 1953 Heirat. Erste Prosa-Arbeiten Ende 1956. Mitglied der Akademie der Künste in Berlin und der Deutschen Akademie für Sprache und Dichtung in Darmstadt. 1967/68 Villa-Massimo-Stipendium. 1971 Bremer Literaturpreis. 1980 Bundesverdienstkreuz 1. Klasse. 1981 Deutscher Schallplattenpreis. 1982 Johann-Heinrich-Merck-Ehrung der Stadt Darmstadt. 1983 Poetik-Dozentur an der Universität Augsburg. 1985 Stadtschreiberin des ZDF und der Stadt Mainz. 1988 Hessischer Kulturpreis.

Gabriele Wohmann

Paulinchen war allein zu Haus

Roman

Luchterhand
Literaturverlag

Sammlung Luchterhand, September 1976
Lektorat: Klaus Siblewski
Luchterhand Literaturverlag GmbH, Hamburg · Zürich. Umschlagentwurf: Max Bartholl. Umschlagfoto: Wolf-Dietmar Unterweger. Satz: SatzCentrum Jung, Lahnau. Druck und Bindung: Ebner Ulm. Printed in Germany.
ISBN 3-630-61219-9

21 22 23 24 25 26 97 96 95 94 93 92

Paulinchen war allein zu Haus

Das war seine übliche Unterbrechung in der Nacht. Das Kind versuchte, schläfrig zu bleiben, auch diesmal. Allerdings war der Befehl *Schläfrigbleiben* schon eine kleine Tat im Kopf. Der Kopf mußte den Befehl denken. Der Befehl machte eigentlich schon etwas zu wach. Das Kind mußte schließlich außerdem darauf achten, daß nur der Befehl *Schläfrigbleiben* im Kopf und darin allein war. Das war seine übliche schwierige Unterbrechung in der Nacht.

Einen Nachttopf neben dem Bett und damit einen kürzeren Vorgang, einen ohne langwierige Befehle und Befolgungen, war vom Kind mit Entschiedenheit abgelehnt worden. Als das Kind noch bei den Großeltern wohnte, hatte es überhaupt nie einen Gedanken an die nächtlichen Unterbrechungen verloren. Fast waren das gar keine Unterbrechungen. Es konnte meistens im Zusammenhang mit einem Traum bleiben, wenn es sich nach der Erleichterung auf dem Nachttopf wieder zurückwühlte in seine Nacht im Bett. Falls es aber doch mal etwas wacher wurde und nicht gleich weiterschlafen konnte, genoß es diesen Zustand mit der zurückkommenden Wärme und Schläfrigkeit. Es hatte ihn besonders gern. Es versuchte, sich in einem so wohligen Halbschlaf halbwach zu halten.

Seit seiner Übernahme durch Christa und Kurt ließ es nicht mehr mit sich reden, zum Kapitel *Nachttopf.* Hör mal, sagten die Erwachsenen freundlich, wir beide haben den gesamten Problemkomplex neu durchdacht, kann sein, daß wir uns geirrt haben, auch Erwachsene irren sich. Das Kind hörte diese spezielle neugierige Geduld aus den Stimmen der Erwachsenen. Es spürte die Beobachtung der zwei Erwachsenen richtig auf der Haut.

Das ist ja nun vorläufig mal egal, ob du nun schon zu groß bist für so was oder nicht. Du bist vorläufig mal dran gewöhnt, nachts aufs Töpfchen zu gehen, und wir wollen nicht drüber herziehen, ob da deine Großeltern einen Fehler gemacht haben oder nicht.

Ich brauche keinen Nachttopf, sagte das Kind. Ich hätte sowieso keinen gebraucht. Ich hätte sowieso damit aufgehört. Es sagte mit Absicht *Nachttopf* und nicht *Töpfchen* wie Christa, denn Christa hatte sich ja nur verstellt und meinte mit einem erwachsenen Ekel *Topf, Nachttopf.*

Das stimmt ja alles nicht, sagte Christa. Warum verdrängst du schon wieder was, sagte Kurt. Was denn? Du verdrängst immer mal wieder, immer wenn dir was peinlich ist, die Wahrheit. Die Wahrheit ist aber das Wichtigste. Für dich und auch für uns, denn wir sind es, die dich kennenlernen müssen, und wollen, kennenlernen, ja, und zwar ganz so, wie du bist.

»Die E.«, schrieb das Kind ins blaue Heft und machte einen Doppelpunkt hinter das »E«. E stand für *Eltern.* Es wollte nicht *Eltern* schreiben. Das blaue Heft war das Heft für die Einfälle und für die eiligen Notizen. Was davon zu verwerten war, kam später in ein gelbes Heft. »Die E.: behaupten ja nur, daß sie mich kennenlernen wollen. Sie wollen mich überhaupt nicht kennenlernen.« Das Kind war mit seiner Niederschrift nicht zufrieden. Irgendwas stimmte nicht, nicht ganz, noch nicht, noch nicht einmal als Bruchstück und Eilnotiz. Etwas fehlte. Es war ihm selber oft nicht klar: wollte es sich denn kennenlernen lassen ganz so wie es war? Manchmal schon. Dann wieder ganz und gar nicht. Manchmal aber. Dann ließ es den Anfang von einer Wahrheit über sich heraus. Entweder ergab sich aus dem Anfang gleich und sofort eine Enttäuschung und das Kind fühlte sich zurückgestoßen. Oder der Wahrheitsanfang wurde gleich und sofort begierig von diesen »E.« aufgegriffen und sie fingen wieder an zu reden, und so ein Reden dauerte, dauerte. Nie hatte das Kind erlebt, daß was Schönes und Wichtiges und Erlösendes für es selber bei diesem endlosen Hin und Her von Sätzen herauskam.

Also, wie steht's nun, bist du noch immer eingeschnappt? Wegen des blöden unwichtigen Nachttopfgeschichtchens? *Sie ist entsetzlich leicht beleidigt. Sie schnappt allzu rasch ein.* Wir fanden das nur einen Augenblick lang ein bißchen merkwürdig, den *Topf,* meine Liebe, wir, Kurt und ich, das mußt du doch verstehen, denn normalerweise gehen Mädchen in deinem Alter nicht mehr auf einen Nachttopf. Buben übrigens erst recht nicht, und du willst ja immer ein *Paul* sein. Also bitte. Aber wir haben gelernt, umgelernt, wir sehen das jetzt neu und unbefangen. Das Kind verweigerte nunmehr mit seinem wirksamen Material *Stummheit, Wegblicken, Wegtrotten, Was-Anderes-Machen* jegliche Stellungnahme zum Nachttopfthema. *Da: Sie sieht ja geradezu verkniffen aus.*

Ach, meine Großeltern, dachte das Kind, es nahm sich vor, etwas über die Großeltern zu notieren. Es mußte mit *Ach* anfangen. Etwas über die gemütlichen geborgenen Nächte, auch über die Tage in den kleineren gemütlichen Zimmern dort mit den altmodischen Möbeln und Bildern, aber vor allem über ein Gefühl wollte es schreiben, und zuvor darüber nachdenken, oder danach nachdenken, über ein Gefühl, das es bei Christa und Kurt oft geradezu einschnürte, richtig zusammenpreßte. Vorher nie erlebt. Scham. Beschämung. Scham, wie Schimpf und Schande. Bei den Großeltern hat das Kind einfach den Nachttopf benutzt, sonst nichts. Bei Christa und Kurt empfand das Kind, daß es überhaupt nichts mehr selbstverständlich tat. Es mußte jetzt jeweils, bevor es etwas tat, überlegen, überdenken, überprüfen. Das Kind hat sich bei den Großeltern nicht so viel Zeit stehlen lassen, sondern Zeit gehabt für eine andere Nachdenklichkeit. Die war ihm wichtig und die war unvorsichtig und unabhängig von

Alltagssachen. Es dachte, etwas in der Art müsse es ins blaue Heft schreiben. Es wollte aber nicht, daß das Wort *Nachttopf* im blauen Heft vorkäme. Das Wort wollte es gar nicht erst hinschreiben. Damit jedoch ließ es etwas von der Wahrheit weg. Was war denn los mit ihm und der Wahrheit? Es erschrak. Es war doch immer so beruhigt darüber, daß wenigstens die Schreibhefte Geheimplätze für die Wahrheit waren. Der Nachttopf mußte schon vorkommen, vielleicht konnte man das alles anders ausdrücken, vielleicht irgendwie medizinisch. Es bekam auch Lust, die Großeltern in die Eltern umzumodeln, und zwar in die wahren, richtigen Eltern, mit denen es verwandt war. »Ach meine Eltern, ihr seid tot/Ach euer Kind: ich bin in Not.« Das war schon ziemlich rührend und ganz gut. So ganz einfach. Das Kind wartete vergeblich sehnsüchtig auf ein paar Tränen. Zu seinem Leidwesen konnte es nicht oft genug weinen, gerade dann nicht, wenn es dringend weinen wollte. »Als ich dann in die Welt raus kam/Empfand ich Angst und Pein und Scham.« Die beiden Zeilen gefielen dem Kind nicht so gut. ». . . raus kam« war zu gewöhnlich. Alles was stimmte, war das Versmaß. Beim Weiterdenken empfand es, daß der entscheidende Fehler seines Klagelieds der war: ». . . ihr seid tot.« So trostlos stellte das Kind sich den Zustand der wahren Eltern nicht vor. Es glaubte, manchmal mit Absicht unter dem Begriff *fromm, ich bin enorm fromm,* manchmal aber auch einfach so, einfach selbstverständlich, daß es den Eltern gut ging, anderswo. Die überlebten, fast garantiert. *Wir haben die gesamten Kirchen Wiens abgeklappert, die kleine Paula immer brav und still hinterher,* erzählten Christa und Kurt den Bekannten nach einer Wien-Reise. Sie hat sich niemals beklagt? *Nein, nie, von einer Kirche zur andern.* Sie ist schon ein Schatz, wir können's gut mal wieder wagen, z. B. mit Rom, wo es ja noch ein ganzes Stück anstrengender wird mit Kirchen und so für eine Achtjährige. Sogar für erwachsene Leute. Das Kind schrieb ins blaue Heft: »Ich habe die ganzen Kirchen von Wien abgeklappert und nach dem richtigen Altar mit der richtigen Stimmung gesucht und so weiter.« »Und so weiter« würde im gelben Heft ausgefüllt. »Ich habe von einer Kirche zur andern immer nur nach dem Tisch des Herrn gesucht, nach dem richtigen Tisch mit der richtigen Beleuchtung mit dem richtigen Drumherum.« »Drumherum« würde auch im gelben Heft ein schöneres Wort, vielleicht bedürfte es mehrerer Wörter statt des *Drumherum.* »Dort im Michaeler fand ich den Tisch des Herrn. Meine Eltern und meine Geschwister waren nur gerade nicht da. Der Tisch des Herrn war für meine Geschwister zum Tee gedeckt. Ein schöner Teetisch. Sogar für die Großeltern war schon vorsichtshalber Platz gemacht. Sogar mein Gedeck war schon vorgesehen. Mein Platz, auch wenn es dann etwas eng werden wird. Meine Eltern fühlen sich sehr wohl am Tisch des Herrn. Sie haben es jetzt dauernd schön und ruhig. Sie haben keine Sorgen. Das ist gar nicht in Wien, das war nur, damit ich es mal weiß, für mich kurz in Wien so gemacht, in Wirklichkeit ist es im Himmel, aber es sieht so aus wie in der Michaelerkirche.«

Weder in der Nacht beim Gebrauch des Nachttopfs, noch morgens, wenn das ein Anblick war, hat das Kind sich Gedanken über so Alltäglichkeiten wie Nachttopfbenutzen gemacht. Was für blöde Aufenthalte in seinem Kopf, mit dem es ständig viel Wichtigeres vorhatte. Sogar das Ausleeren und wer das machte, die Großmutter oder es selber: dem Kind egal. Wie absonderlich das in den Augen vernünftiger Menschen war, mußte das Kind erst erfahren. Christa und Kurt waren vernünftige Menschen, denn Christa sagte sehr oft *wir sind vernünftige Menschen,* und das Kind glaubte ihr aufs Wort. Es hatte nur sofort eine Stinkwut auf *vernünftige Men-*

schen. Du wirst auch eines Tages ein vernünftiger Mensch werden, verhieß Christa ihm. Das Kind beschloß, mit jeder Willenskraft, die es besaß, kein *vernünftiger Mensch* zu werden. Erst recht dann, wenn Christa es in einen von diesen *Lernprozessen* hineinzog, es sich wieder mal in aller Ruhe und Besonnenheit vorknöpfte. Seit dem Zusammenleben mit Christa und Kurt machte es ständig irgendwelche Erfahrungen mit sich, die es lehrten, daß es eigentlich ziemlich oft *absonderlich* war. Nur immer diese Ausrutscher, verdammt, mitten im Widerstand. Zu oft passiert es mir, dachte das Kind, daß ich den beiden dann doch gefallen will und zwar ganz enorm gefallen. Scheußlich. Ich bereue es jedesmal. Denn wenn ich ihnen gefalle, machen sie gleich weiter und reden und wollen so einen Fortschritt. Dann muß ich gleich noch was von mir aufgeben, von früher, und mich von etwas, das ich bin, trennen, von noch mehr. Miserabel. Ich will mal tagelang durchhalten und ihnen nicht und nie gefallen. Ich will ihnen mal tagelang furchtbar mißfallen.

Aber weißt du, Paula-Schatz, gerade Leute, die wirklich vernünftig sind so wie wir, die können, ja, die *müssen* gelegentlich auch mal ganz unvernünftig sein. Also: über die Stränge schlagen, wie man das nennt, mal was tun, das gegen die Prinzipien verstößt, aber nicht gegen die wirklich wichtigen Prinzipien – ich meine: die Grundsätze, die ein jeder haben muß, damit sie sein Leben untermauern und festigen. Nur wenn einer innerlich mit solchen Grundsätzen in diesem Sinn, den wir meinen, vernünftig ist, dann darf und soll er auch hin und wieder einen *un*vernünftigen Schlenker machen. Verstehst du uns?

Das Kind sagte zuerst *nein.* Als die Erklärungsprofis fast froh daraufhin fortfuhren mit ganz ähnlichen und immer weiter ausholenden Sätzen und als das Kind eine Art Ohrenschmerzen bekam von den behutsam überdeutlichen Stimmen, als eine unerklärliche Geräuschempfindlichkeit ihm zu schaffen machte, bis ihm sozusagen der ganze Körper wehtat, sagte es *ja* und es habe alles verstanden und danach, als die Schmerzen vergingen, spürte es wieder die ihm etwas unheimliche Lust, diese Erwachsenen zu verärgern, *verärgern* ging, *quälen* ging beinah nie. Das Kind sagte: Ihr meint, Ehebruch und so etwas. Das ist unvernünftig und ihr müßt es machmal machen. Christa und Kurt verhandelten später noch öfter über diese Äußerung vom Kind. Leider haben wir wahrscheinlich unsere Reaktion nicht gut genug unter Kontrolle gehabt. *Du* zumindest hast ziemlich entgeistert ausgesehen. *Du* wenigstens hast reichlich empört gewirkt. *Du* hast da einen entscheidenden Fehler gemacht. *Du* bist leider überhaupt nicht gelassen geblieben. Aber wir haben uns doch bemerkenswert rasch wieder im Griff gehabt. Ist sie ein bißchen gemein, manchmal, die kleine Paula? Was hat sie denn bezweckt? Kurt, ich wage zu behaupten, sie hat diese Studentin aus Erlangen gemeint. Meine liebe Christa, du solltest dein Geknutsche mit Ernesto ein bißchen – na ja, sie beobachtet scharf, und sowieso ist es absolut unnötig, wie ihr zwei euch immer in den Armen liegt und euch abküßt. Auch scheint sie unsere Post zu lesen. Sofern du manchmal unsere Post liest, Paula, laß dich durch irgendwelche Verehrerbriefe nicht irreleiten. Es gibt Menschen, denen das, was wir schreiben, sehr am Herzen liegt und so weiter. Sie fühlen sich uns verwandt und so. Es ist außerdem eigentlich nicht schön, in der Post zu lesen, die an andere Personen gerichtet ist. Weil wir dir *grundsätzlich* nichts verbieten, meine Liebe, gehst du bedauerlicherweise gelegentlich etwas zu weit. Was nicht ausdrücklich *verboten* ist, ist nicht gleich ausdrücklich *erlaubt,* ja? Was soll man tun. Wir müssen deine kleinen Untaten, deine kleinen Geschmacklosigkeiten wohl oder übel in Kauf nehmen. Doch wäre es schöner für uns alle drei, wenn du dich partnerschaftlich verhalten würdest. Das Wort versteht sie doch wieder nicht, sagte Kurt zu Christa. Christa sagte: Wie ein Kamerad, wie unser Kamerad, so sollst du zu uns stehen, wie wir, Kurt und ich, seit vielen Jahren zueinander stehen. Wir haben eine freundschaftliche Vertrauensbasis. Und jetzt sag du was. Los! Komm! Na?

»Die E. lieben sich eigentlich gar nicht«, schrieb das Kind ins blaue Heft. »Die E. sind miteinander befreundet. Meine Großeltern lieben sich, meine wahren Eltern lieben sich, ich liebe meine wahren Verwandten, ich liebe meine Schwester und meine Brüder.« Über die Brüder, was das für welche sein könnten, müßte es noch viel nachdenken. Marlenchen, das Schwesterchen vom Photo, in der Umarmung mit ihm, dem Kind mit dem Kränzchen auf dem Kopf, war ihm ganz und gar klar. Dem Marlenchen gegenüber war das Kind nicht *Paul,* sondern Paula, aber am meisten war es beim Marlenchen das *Paulinchen.* Brüder hätte ich vielleicht gar keine. Es nahm sich vor, das demnächst zu entscheiden. Das Kind hatte keine Lust, die neuen Eltern *Liebt ihr euch* zu fragen. Es hatte halbwegs Lust, ihnen *Ihr liebt euch ja gar nicht* zu sagen. Es hatte jetzt aber am meisten Lust, wieder mit sich allein zu sein, also nichts zu sagen.

Ein bißchen unvernünftig wirds wohl gewesen sein von uns, wie wir beim ersten Mal drauf reagiert haben, als wir von deinen lieben, aber für dich doch entschieden zu alten Großeltern hörten, daß du noch immer einen Nachttopf benutzt, pardon: ein *Töpfchen,* nicht wahr?

Die Großeltern sind nicht zu alt, sagte das Kind. Es mußte jetzt sehr aufpassen. Wenn es jetzt nicht sehr aufpaßte, würde es sofort todunglücklich. Besser weggehen. Paula entfernte sich als *Paul. Paul* tat so, als lese er. Aber ganz so isoliert wollte das Kind nun doch wieder nicht bleiben, noch nicht: also nahm es sich keins von den Büchern, die Christa und Kurt nach gründlicher Beschäftigung mit der jeweils kinderpsychologisch geeigneten Lektüre ihm besorgten und die es lesen sollte. Mit einem Buch vom Stapel, der für das Kind vorgesehen war und durch den es profitieren würde, hätte man es in Ruhe gelassen. Warum mogelte es nicht so, daß es seine Ruhe hatte? Warum wollte es einen Unmut hervorrufen? Warum wollte es doch noch einmal aufgescheucht, befragt, beredet werden? Entschieden machte es doch erneut einen Annäherungsversuch, gerade indem es sich für ein Buch von der unerwünschten Sorte entschied. »Trostbüchlein der Poesie«. Was willst du denn mit dem alten Schinken? Komm, laß das weg, nimm was Lustiges, Vernünftiges statt dessen. Du verstehst doch diese ganzen Gedichte überhaupt noch nicht, du brauchst auch gar nicht, außerdem ist zu viel Kitsch drin, zu viel schlechte Literatur. Laß das, Paula. Ist das ein Verbot, fragte das Kind. Es war stolz auf seine Frage. Die Frage war wirklich listig, fast heimtückisch, sie legte die Erwachsenen mit ihrem Verbotsverbot ganz saftig rein. Ach, ein Verbot – hör doch auf. *Das* natürlich ist es nicht. Es ist ein guter Rat. Wir wollen rechtzeitig deinen Sinn für Geschmack entwikkeln. Ich finde die Gedichte schön, sagte das Kind. In deinem Alter machst du dir durch diese Art von Lesestoff ein falsches Bild von der Welt. Das Zeug ist aus andern Jahrhunderten. Die Leute schrieben und dachten und fühlten damals anders als wir heutigen Menschen. Sie waren noch längst nicht so weit wie wir.

Christa und Kurt saßen mit Großeltern und Kind im weinroten Wohnzimmer der Großeltern. Man kann sich hier ja kaum bewegen, so viel steht hier rum, sagte Christa leise zu Kurt. Die Großeltern waren schwerhörig. Die Großmutter schenkte Kaffee ein. Der Großvater hatte die Bemerkung vielleicht doch gehört. Bei uns ist eben sehr viel Weiträumigkeit, wir haben viel Platz, erklärte Kurt für den Fall, daß der Großvater doch etwas gehört hatte. Niemand will ja die alten Leute kränken, sagten Christa und Kurt zum Kind. Sie japst wie ein Fisch an der Angel in der Luft, dachte das Kind, das noch keinen Fisch an der Angel in der Luft gesehen hatte; aber eine Zeichnung in einem Bilderbuch mit einem unwilligen Fisch, der das Meer verlassen hatte, erinnerte das Kind an Christa zwischen den Sachen der Großeltern. Christa tat so, als bekomme sie hier keine Luft. Nicht wahr, Paula, du weißt ja, wie es bei uns ausschaut. Da kriegt man ziemlich leicht anderswo die Platzangst, ich meine, wenn man aus einem Raum wie unserem *Atelier* kommt, irgendwohin, fast egal wohin, kaum jemand, der diese Weite um sich hat. Seit wir in dem Haus mit dem großen und durch die Arbeitsempore von Kurt teilweise sogar zweistöckigen Raum wohnen, ists mir fast überall sonstwo zu eng. Sie würden das verstehen, wenn Sie es gesehen hätten. Na, vielleicht wird mal was draus, vielleicht werden wirs später mal schaffen und Sie zu einem Besuch bei uns abholen, wenn erst die kleine Paula ganz bei uns lebt, nicht wahr, Kurt? Nur, das große Handicap: Zeit haben wir eigentlich nie, das Privatleben kommt eigentlich immer ein bißchen zu kurz, weil wir beide so völlig beschlagnahmt sind von den Schreibereien. Christa lachte. Und demnächst erst recht, ich meine, da gehören alle Pausen, die wir uns fürs Private gönnen, unserer neuen kleinen Lebensgefährtin, dem Paulinchen, hm? Sie können sich fest drauf verlassen, einsam wird sie sich nicht fühlen bei uns. »Paulinchen war allein zu Haus«, das wird auf *unser* Paulinchen nicht zutreffen. Das Haus ist ja außerdem sozusagen türlos, und sie hat keine Besuchssperren bei Kurt und mir und keine Zimmerverbote und nirgendwo Grenzen, sie kann uns–

einen von uns, wir machen das miteinander ab – jederzeit erreichen, wenn sie uns braucht. Wir teilen uns in sie, in ihre Sorgen, sozusagen.

Von Satz zu Satz merkte das Kind, wie die Zukunft übler und übler wurde. Trotzdem hörte es ohne Angst zu. Darüber, daß die Sätze ihm zwar einen Ekel machten, aber keine Angst, wunderte es sich später oft sehr. Der Ekel war auch wie etwas Entferntes, er war eigentlich wie eine Neugier auf einen Ekel. Das Kind spürte, so lang es sich bei den Großeltern aufhielt und im weinroten Zimmer das weinrote Zimmer genoß, daß der ganze Erläuterungskram, der doch seine eigene Zukunft betraf, es noch gar nicht selber betraf. Es war ihm, als würde man es, beharrlich auf der Suche nach einem Schmerz Stück für Stück die Haut abstichelnd, zu einem Aufwachen bringen wollen, als bliebe es aber taub wie eine Backe nach dem Zahnarzt, wie eine Zunge und ein halbes Gesicht, wenn der Zahnarzt eine Injektion gemacht hatte. Nichts tat weh. Die Nachttopf-Offenbarung tat im weinroten Zimmer auch noch nicht weh, war aber etwas peinlich.

Das Kind hatte die Besuchsstunden der beiden Erwachsenen bei den Großeltern ganz gern. Die beiden Erwachsenen kamen ihm zu jung vor für ein Zusammenleben mit ihnen. Aber es fürchtete sich damals nicht vor der Zukunft. Die Zukunft war eine Geschichte in weiter Ferne, und gar nicht einmal seine eigene Geschichte, das Kind fühlte sich stark, bärenkräftig. Es selber könnte alles noch, kurz bevor es wirklich Ernst wurde, verhindern, es würde einen riesigen Widerstand veranstalten. Darauf freute es sich. Es würde alle Leute in Erstaunen setzen. Es hat diese Zeiten im Leben des Kindes gegeben, da hat es sich abgesichert gefühlt, einfach so, ganz selbstverständlich.

Es gab immer viele Einzelheiten des zukünftigen Zusammenlebens zu besprechen, wenn Kurt und Christa, Christa im weinroten Zimmer wie ein Fisch in Atemnot, bei den Großeltern aufkreuzten. Die Großeltern gaben sich immer wieder die gleiche Mühe mit der Bewirtung dieses Ehepaars, das nach einer Kalorientabelle Nahrung aufnahm. Christa erwähnte das immer. Die Kalorien und die Lebenserwartung, zwei Komplizen. Sie warf immer in ihre Tasse mit Tee oder Kaffee eine kleine weiße Tablette. Manchmal kam sie Kurt nicht zuvor und er hatte sich schon mit Zukker bedient, ehe sie auch ihm eine kleine weiße Tablette in die Tasse werfen konnte. Dem Kind waren die Großeltern etwas zu untertänig. Der Großvater dienerte gar nicht dauernd, aber das Kind dachte: der Großvater dienert dauernd, auch wenn man es nicht sieht. Die Großmutter bekam immer rote Flecken im Gesicht. Sie bot und bot und bot an: Kuchen, die beinah unberührt gelassen wurden, von Christa mit Sicherheit. Kurt zeigte wenigstens, daß ihn die süßen schönen Sachen sehr anlockten. Er sagte auch gelegentlich: Da kann ich nicht widerstehen, heute nicht, und dann verschlang er ganz rasch und konzentriert zwei oder drei Sorten aus dem Angebot der Großeltern. Das Kind fand schon damals Kurt netter. Es war fest dazu entschlossen, ihn netter zu finden als Christa. Christa sah nicht nur Kurt, sondern auch den Großeltern mißbilligend beim Konsum der Süßigkeiten zu, und dann merkte das Kind, daß auch es selber von dieser Frau Christa kritisch betrachtet wurde, wenn es Kuchen aß. Daraufhin aß es viel Kuchen, obwohl ihm meistens ein Druck im Magen lag, wenn die neuen Leute bei den Großeltern waren. Christa blickte aber ihrerseits, wenn sie glaubte, niemand beobachte sie, gierig auf die Süßigkeiten. Das Kind beobachtete jedoch alles, auch Christa, besonders Christa. Es wollte erst gar keine Sympathie für diese vielleicht sympathische Frau aufkommen lassen.

Warum kommen diese Leute eigentlich so oft, fragte das Kind die Großeltern. Du darfst doch nicht *diese Leute* sagen, sagte die Großmutter sanft und geduldig, aber doch auch unüberhörbar erschrocken. Sie war nicht geschickt darin, das Kind zurechtzuweisen. Sie rührte in einer Soße herum. Es roch gut nach Essen. Das Kind fühlte sich wohl in der Küche bei der Großmutter. Die Küche war ziemlich groß und unpraktisch. Daß die Küche *unpraktisch* war und außerdem *unsystematisch* eingerichtet, wußte das Kind von Christa, die es Kurt gesagt hatte, und zwar in der *zweckmäßigen modernen* Küche von Christa und Kurt während eines Besuchs vom Kind.

Sie kommen so oft wie möglich, weil sie dich kennenlernen wollen, sagte die Großmutter. Und damit du dich an sie gewöhnst. Sie werden deine neuen Eltern, eines Tages.

Wollt ihr eigentlich, daß ich von euch weggehe, fragte das Kind bei einer anderen Gelegenheit. Es stellte fest, daß die Großeltern etwas bekümmert und ratlos aussahen und keiner von beiden als der erste antworten wollte. Als sie endlich beide ziemlich durcheinander antworteten, wußte das Kind sowieso Bescheid. Diese neuen Leute meinen es sehr gut. Sie sind auch jung und gescheit genug: zum Erziehen und so weiter. Sie sind gar nicht streng. Sie denken ganz modern über Kinder. Sie wollen, daß du ganz frei und ganz glücklich aufwächst und dich entwickelst. Wir sind zu alt. Wir wissen nicht, wie lang wir das hier in der alten Wohnung noch so weitermachen können. Es ist schön für uns, daß du dich mit der Zeit hier bei uns eingelebt hast, und daß wir merken, wie wohl du dich endlich wieder fühlst. Aber glaub uns, dort wird es auf die Dauer richtiger für dich sein. Selbst wenn du das jetzt noch nicht einsiehst. Wir werden immer älter und älter.

Du wirst am Anfang vielleicht ein bißchen Heimweh haben, aber du kannst uns besuchen. Hoffentlich besuchst du uns recht oft. Du weißt auch noch nicht, wie sehr das für diese beiden jüngeren Menschen spricht, daß sie sich solch eine Aufgabe mit so großem Ernst und mit so viel bereitwilliger froher Gewissenhaftigkeit vorgenommen haben.

Das Kind sah sich selber als große Aufgabe. Es ärgerte sich. Es war beleidigt. Wenn die neuen Leute nicht wollen, brauchen sie mich ja nicht zu nehmen, dachte es. Sie wollen es ja, sie sind ja ganz scharf drauf, sie haben es satt, so zu leben ohne jemand Drittes, sie wollen mich erziehen. Etwas in der Art sagte es. Ach, jetzt sei doch nicht so. Sei nicht so widerspenstig. Es *ist* eine Aufgabe, aber es gibt Aufgaben, die Spaß machen. Diese zwei haben doch vor allem Spaß dran und sie wollen ein Kind aufnehmen. Sie wollen genau dich. Sie haben deine Eltern doch fast gar nicht gekannt, nur um Ecken herum, und dann haben sie davon gehört, was passiert ist, und sicher haben sie sich zunächst mal verpflichtet gefühlt, was zu unternehmen für dich, damit du nicht so allein bist. Du könntest eines Tages wieder sehr allein sein, wenn deine Großeltern sterben, denn deine Großeltern werden älter und älter. Adoptierenwollen, das ist schon sowieso eine gute Eigenschaft, sie spricht für sich. Daraus kann man schließen, daß Leute, die ein Kind adoptieren wollen, auch noch andere gute Eigenschaften haben und daß sie es ernstnehmen – mit dem Leben, mit der Not, die es unter den Menschen gibt, daß sie gute Vorsätze haben und so weiter. Also, sagte der Großvater, das ist alles sehr moralisch und ethisch und so weiter. Aber sie sind überhaupt nicht fromm, sagte das Kind. Ihr habt doch neulich beinah Streit gekriegt über die Kirche, weil sie über die Kirche geschimpft haben. Soll ich denn nicht fromm werden? Aber du bist es doch längst. Aber ich bleibe es vielleicht nicht, bei denen. Die Großeltern wurden wieder verlegen. Das Kind wußte wieder die Antworten vor den gesprochenen Antworten. Die Großeltern haben in der dem Kind nicht ganz geheuren Untertänigkeit gegenüber diesen neuen Erwachsenen klein beigegeben. Wir denken eben so, und die beiden denken eben so, eben anders. Das ist vielleicht nicht mehr unsere Welt. Es war verkehrt, daß wir uns gestritten haben. Aber du hast ja gehört: sie wollen dich auch was die Religion betrifft ganz und gar selbständig gewähren lassen. Du wirst konfirmiert und alles. Du bleibst ganz frei in deinen Entscheidungen, mein Liebling. Wir, so wie wir nun einmal sind und denken, wir hoffen natürlich sehr, für dein eigenes Wohl so wie wir uns das einzig und allein vorstellen können, daß du weiter mit dem lieben Gott aufwächst, wie bisher, mein Herzchen. Ja? Und wir glauben auch, daß es so kommen wird, daß du den richtigen Weg in dein Leben findest. Sie haben es dir ja erklärt und du hast es verstanden, was das heißt: tolerant, und das sind sie. Es geht ihnen gar nichts da drüber. Über Toleranz. So, nun mach dir keine Sorgen. Sei getrost. Aber die Großeltern sahen nicht *getrost* aus, sie sahen überanstrengt und unsicher aus, fand das Kind.

Christa und Kurt standen wieder einmal bevor. Das Kind liebte das Wort *getrost*. Das Kind wußte, daß es, bei einer Übernahme durch Christa und Kurt, nur mit sich allein das Gefühl *getrost* haben könnte. Darauf, auf diese Einsamkeit im *Getrostsein* und diese Heimlichkeit vor den neuen Leuten, freute es sich sogar. Ganz allein, allein wie ein Vogel, werde ich *getrost* sein. Ich werde heimlich denken.

Das Kind hatte die Großmutter dringend gebeten, diesmal für den Besuch nichts beim Bäcker zu kaufen. Es sollte mal überhaupt nichts angeboten werden. Das bring ich nicht fertig, sagte die Großmutter. Sie kaufte wieder viel Kuchen ein wie immer. Das Kind beschloß, beim bevorstehenden

Besuch der neuen Leute diese allgemeine Verachtung, auf die Christa sich sicher immer schon richtig freute, und für die das Kuchenangebot ein Anhaltspunkt war, nicht im gemütlichen weinroten Zimmer aufkommen zu lassen. Es ging in die Küche. Die Großeltern hielten ihren Mittagsschlaf ab. Keiner konnte es erwischen, keiner konnte es überhaupt erst hören. Keiner hatte außerdem hier bei den Großeltern jemals einen Verdacht gegen das Kind. Das Kind war bereits, in seiner Erscheinungsform als *Paul* statt der *Paula,* die es war, auf den Besuch vorbereitet. Jetzt kam das Gebäck dran. Zuerst begnügte es sich damit, die noch verpackten Sachen zu verstecken. Ruhig freute es sich an seiner Rache, es überdachte die Rache, es überdachte den leeren Teetisch. Dann genügte ihm das Versteck nicht mehr, ein zwar sicheres Versteck, im Badezimmer, oben auf dem Apothekenschränkchen, aber Verstecks im gleichen Stockwerk waren auffindbar. Es holte sich wieder den Küchenstuhl ins Badezimmer, es holte die versteckten verpackten Süßigkeiten vom Apothekenschränkchen herunter und wickelte alles in ein unförmiges Gebilde aus alten Zeitungen. Dieses Gebilde schleppte es die ganzen Treppen hinunter in den Keller. Durch den Keller wanderte es langsam und froh und beruhigt und es fand ein viel besseres Versteck hinter den Weinflaschen vom Großvater. Es wollte die Großeltern ja nicht kränken, hätte es das gewollt, dann wäre es mit seinem ersten Einfall zufrieden gewesen und das ganze schöne Zeug wäre ein Matsch zwischen dem Abfall im Mülleimer geworden. Aber das Kind wußte schon, was eine Geldausgabe war. Die Großeltern haben nicht viel Geld, dachte es. Wenn die Besucher weg sind, hole ich das Gebäck aus dem Keller und wir essen es zu dritt auf und lachen Christa und Kurt aus dabei. Na, das war natürlich nicht gut gegangen. Es war einfach zu schlecht geplant. Das Kind hatte vergessen zu bedenken, daß es die Großmutter in Verlegenheit brachte. Es brach die aufgeregte Sucherei nach dem Gebäck zu einem Zeitpunkt ab, der völlig unergiebig für es selber war. Es mußte nämlich die Großmutter erlösen, die den Tisch mit den Sachen jedesmal überaus pünktlich und lang vor dem Auftauchen der Gäste richtete, ohne daß es in Christa und Kurt Zuschauer hatte, Christa und Kurt wurden überhaupt nicht erst mit der gebäcklosen Situation konfrontiert. Weder so: *Ah,* diesmal steht gar nichts auf dem Tisch, sie haben die Lust verloren, uns zu nötigen, uns so nett zu bewirten, unsere strengen Ernährungsprinzipien sind ihnen auf die Nerven gefallen. Noch so: in Anwesenheit der Gäste fing die Suche nach dem Gebäck an. Die lang vergebliche Suche. Von der hatte das Kind sich zwei Resultate versprochen, jedes Resultat ein Hinweis auf es selber. Entweder: Ich sage, daß *ich* es war, daß ich absichtlich die Sachen weggetan habe, die Gäste wollen ja doch nichts. Oder: das Versteck kommt auf eine andere Weise heraus. Und ich selber komme dabei heraus. Etwas von mir. Etwas von dem, was mir an den beiden zuwider ist, und sie müssen sich drauf einstellen, sie werden sehr verlegen und wissen endlich nichts zu sagen. Endlich werden diese vernünftigen Menschen mal ein bißchen bestraft.

Die Wirklichkeit war dann halt leider wieder ganz anders, nämlich so: mit erschöpften, ganz erledigten Großeltern, die überhaupt nichts begriffen von der die Großeltern beschützenden Absicht des Kindes. Die Großeltern waren vielleicht wirklich zu alt. Die Großmutter bekam das einfach nicht mit, so eindringlich auch das Kind *Ich habs mit euch, mit euch beiden gut gemeint* sagte. Schließlich fast schrie. Du kannst es mit keinem von uns allen gut gemeint haben, sagten die Großeltern. Eine übel enttäuschende Wirklichkeit mit den ebenfalls ahnungslosen Besuchern, die verschont geblieben waren. Das Geständnis vom Kind, freiwillig, absichtlich mitten hinein plaziert in eine Unterhaltung über die Schulaufgaben vom

Kind, kam viel zu matt und kaum richtig an. *Was meinst du da? Was hast du gesagt? Was hast du versteckt?* Das Kind wiederholte laut und böse: Bevor Sie kamen, hab ich die ganzen Kuchen im Keller versteckt. Daraufhin wurde das Kind heiter, aber mit Nachdruck drauf aufmerksam gemacht, daß es sich wieder versprochen und zu den neuen Eltern *Sie* gesagt hatte und nicht *Du,* wie längst verabredet und mit Küssen und Händedrücken besiegelt. Ich habe mich nicht versprochen, sagte das Kind. Oh, das kommt aber sehr leicht vor, sagte Kurt, mir passiert das auch immer wieder, ausgerechnet mit Leuten, die ich gern habe, das ist oft peinlich, aber man gewöhnt sich nicht so rasch um. Das Kind wollte nicht, diesmal, ausnahmsweise, *wiederum* Kurt ziemlich nett finden und sagte: Ich habe nicht aus Versehen *Sie* gesagt, ich habe mit Absicht *Sie* gesagt.

Na na na. Mehr nicht. Austausch einiger fast befriedigter, fast triumphierender Lehrbuchblicke zwischen Christa und Kurt, und bedauerlicherweise verwirrte Großeltern. Verdammt machtlos bin ich, dachte das Kind. Wie kann ich diese Leute denn mal wenigstens ein bißchen nachdenklich und ratlos machen, wie kann ich sie denn wenigstens mal aus ihrer Reserve rausbringen, wenn schon keine Verwirrung und keine Verstörung bei ihnen geht, wenn sie schon nie und nimmer so ängstlich zu machen sind wie die armen lieben Großeltern.

Ja, so Streiche! Versteckte Kuchen! Du hast Einfälle, immerhin! Schade, daß du uns nicht hast suchen lassen. Das hätte uns viel Spaß gemacht.

Die Großmutter entschuldigte sich noch immer. An diesem Nachmittag waren die Großeltern besonders untertänig und schuldbewußt. Sie benahmen sich wie die lohn- und gnadenabhängige Dienerschaft der jüngeren Leute. So eine Dienerschaft, auch zwei alte Leute, kamen in einer Geschichte vor, die das Kind sehr rührend fand. Lassen Sie nur, sagte Kurt, das ist doch überhaupt kein Anlaß zum Entschuldigen. Auch nicht fürs Paulinchen. Mit Sicherheit, sagte Christa, wenns schon nicht als Spaß gedacht war, falls das also in Frage kommt: eine gezielte Sache gegen uns, mit Sicherheit liegt da ein tiefsitzendes Problem, ein Komplex, irgendwas liegt zugrunde. Wir werden uns nicht nur mit den Symptomen begnügen. Niemals, was auch passiert. Wir schürfen tiefer. Wir gehen bis auf den Grund. Bis zu den Ursachen.

Aha ja, wieder so was zum Durchkauen, wieder lange Sätze. Wieder Wahrnehmungsschmerzen, zuerst in den Ohren, dann im ganzen Körper. Das Kind wußte schon damals: eine Ursache, sofern sie die neuen Eltern kränken mußte, wurde doch schleunigst entschärft. Es kam nur immer irgendwas ziemlich Harmloses dabei raus und hieß dann Ursache und stand auf Seite X im Buch Soundso. Du bist kein Rätsel, Kleines, weder als Paul noch als Paula. Sei froh, wir verstehen dich.

Das Kind dachte an seine leichtfertigen Zeiten im weinroten Großelternzimmer. Leichtfertig war es mit der Zukunft umgegangen. Die Kennenlernerei ging ihm zwar so allmählich immer mehr auf die Nerven. Aber trotzdem: damals habe ich was verkehrt gemacht. Das ganz Entscheidende habe ich verkehrt gemacht. Ich habe mich nicht eindeutig benommen. Trotz Paul. Trotz der vielen absichtlichen *Sie*-Anreden. Es war nie der richtige Widerstand. Weil ich damals noch keine Angst hatte. Ich hätte einfach oft mal mittendrin weggehen sollen. Wenn ich mal Langeweile noch so gut hingekriegt habe, so mit Gähnen und Nichtzuhören, haben sie es entweder gar nicht gemerkt oder *sehr verständlich* gefunden. Das Kind mußte allerdings auch, um ehrlich zu sein, wenigstens allein, beim Nachdenken, mit etwas Beschämung einbeziehen, daß es sich ganz gern als Mittelpunkt gefühlt hatte. Und das, diese Eitelkeit, obgleich es spürte: bei diesen sicher ganz netten, immer sehr freundlichen Leuten möchte ich nicht wohnen. Die schönen Einzelheiten, die sie mir und den Großeltern über unser zukünftiges Zusammenleben mit so schrecklich vielen Wörtern aufzählen, locken mich überhaupt nicht an. Trotzdem bin ich neugierig geblieben. Meistens. Und in der Neugier muß ich meine gewöhnliche Angst verloren oder vergessen haben.

Das Kind dachte damals bei den Großeltern nicht gründlich an seine Zukunft. Es war erfüllt von einer leichtsinnigen Zuversicht. Woher? Was für eine Zuversicht? Ich gehöre mir selber, und dann habe ich noch ziemlich viel Zubehör als Beistand. Ich kann nachdenken, ich habe meine Sachen, Bücher, Kleinkram, Spielsachen, mein Lieblingstaschentuch, ich habe meine richtige Familie, meiner richtigen Familie geht es jetzt gut. Gut, daß der Unfall sie alle auf einmal aus der Welt gerissen hat, gut, daß ich es war, die allein übrig blieb, nicht etwa z. B. mein Schwesterchen oder meine Mutter oder mein Vater, denn die sind alle nicht so stark wie ich. Ich wäre nicht so stark, wenn ich nicht wüßte, daß sie zusammen sind und daß es ihnen ganz unheimlich gut geht. Das Kind sah überheblich und stolz aus, wenn die Erwachsenen seinen Alltag durchhechelten. Gelegentlich nur fühlte es sich angegriffen, verstört, immer dann, wenn diese neuen, selbstbewußten gleichmäßigen Leute einen Tadel für die Großeltern durchblicken ließen. Christas Stimme war dann so – wie denn. Etwas höher. Spitzig. Sie ist ein Spitz, der eigentlich keifen und zuschnappen möchte. Das Kind wühlte sich in die ausgeleierten Polster im weinroten Wohnzimmer der Großeltern. Alles wurde klein und ging weit weg, wenn es das wollte. Es summte was vor sich hin. Es kniff die Lider ein bißchen zusammen. Abgesehen von dem Druck in der

Magengrube war es zufrieden. Das Nachttopfthema war auch hauptsächlich deshalb etwas peinlich, weil die Nachttopfkritik sich gegen die Großeltern richtete. Das Verspotten auch dieser Gewohnheit setzte sich im Kind fest, aber während des Verspottens war ihm das nicht bewußt.

In deinem Alter! Na aber Paula! Oder erst recht und um so mehr: Aber Paul! Na hör mal! Soll das ewig so weitergehen? Paul würde das längst nicht mehr tun. Doch keine Angst, das gewöhnen wir uns ganz rasch ab, ja? In der »Neuen Heimat«. Wegen der *Neuen Heimat* verbuchte Christa einen Lacherfolg, vor allem bei sich selber. Später, in dieser *neuen Heimat,* in seinem Schlafverschlag, hat das Kind gehört, wie Christa zu Freunden, wie Kurt zu Freunden, egal wer, sagte: *Damals haben wir ja noch gar nicht geahnt, wie wahnsinnig empfindlich sie ist. Überempfindlich. Diese Kleine, sie gab sich meistens entweder normal gelangweilt oder auch trotzig, also wirklich, nichts von alarmierender Sensibilität. Vielfach mißversteht man eine Reaktion und hält sie zunächst für Trotz oder für Gleichgültigkeit. Wir kriegen mit der Zeit Übung, wartet nur.* Gelächter, Anerkennung, Stimmen, Hochstimmung. *Ihr zwei seid zu bewundern, doch doch!* Das Kind gab sich daraufhin oft Mühe, *gleichgültig* zu wirken. *Trotzig* ging gut und ging von selbst. *Gleichgültig* war künstlich, also sehr schwierig, denn dem Kind war überhaupt beinah nichts gleichgültig, nichts, was es selber betraf. Alles betraf dauernd es selber, und immer gleich furchtbar nah und stark.

Nachdem die Erwachsenen hinter das Motiv *Überempfindlichkeit* beispielsweise bei der Reaktion auf die harmlose, aber nicht unangebrachte Nachttopf-Spötterei gekommen waren, wurde der Nachttopf in den ersten Wochen des Kindes bei den neuen Eltern noch einmal ein Thema, ein *Phänomen,* ein *Symptom* und diesmal, als *Diskussionsgrundlage,* ernstgenommen. Er wurde *reflektiert.* Er wurde *transparent* gemacht. Das Ergebnis: Christa und Kurt erklärten sich sachlich und ruhig bereit, dem Kind, dessen Schlaf nun einmal zur Unzeit durch Harndrang unterbrochen wurde, vorläufig einen Nachttopf zur Verfügung zu stellen. Eine Übergangslösung. Die Vorläufigkeit und die Übergangslösung wurden aber, um ein Sicherheitsgefühl im Kind zu rekonstruieren, umbenannt in *Unbegrenzt* und *So lang du willst* und *Da gibts gar nichts zu spotten und zu verachten und zu schämen* und *Vielleicht fragen wir später mal einen Arzt.* Christa und Kurt, ja, sie meinten es schon gut. Sie waren sehr gewissenhaft. Ihnen selber war es so selbstverständlich, die jeweilige Wahrheit zu sagen, daß sie beim Kind auch keinen Argwohn schöpften und nicht für unwahr hielten – anfangs nicht – was es behauptete. Es behauptete unter anderm, auf wirklich gutgemeintes, eindringliches Befragen der Erwachsenen hin, daß es nie im Schlaf gestört werde durch die Geselligkeitsplaudereien abends und in der Nacht, wenn es in seinem Schlafverschlag lag und Gäste im andern Teil des *Ateliers* sich vergnügten. Nein nein, ich höre überhaupt nichts. Ihr könnt ganz laut reden. Erst mit der Zeit und aus schlechter Erfahrung gewöhnten sich Christa und Kurt das sogenannte *Abklopfen* der Äußerungen vom Kind an. Stimmt alles? Wo steckt die Schwindelei? Wo ist der wahre Kern? Wo und wie und weshalb wird hier gemogelt?

Es traf sich gut, daß Christa und Kurt mal vor Jahren aus Rom eine Kuriosität von Nachttopf mitgebracht hatten, einfach so als Zierstück, einfach für die Ausstattung des Hauses. Weil sie sehr viel wirklich künstlerisch wertvolle Sachen besaßen, achteten sie darauf, daß es innenarchitektonisch bei ihnen nicht zu preziös und seriös wurde. Also liebten sie es, zwischen ihren künstlerisch wertvollen Einrichtungsgegenständen irgendwelche Comics, möglichst aus andern Ländern, zu arrangieren. Kaum ein Gast, der nicht den Nachttopf aus Rom lachend bewunderte. Zusätzliche Begeisterung, wenn Christa ihn als *unsern Römertopf* vorstellte:

vom Kind x-mal erlebt. Das Ding – *Wer hätte geahnt, daß er je seinen Zweck erfüllen mußte? Unser armer kleiner melancholischer Cocker!* – war eine Plastikschale mit einem Gallionskopf, einem Spanielskopf. Das beleidigte müde Spanielgesicht war in Braun und Gelblich auf die Plastikkopfform gemalt. Die schräg heraushängende Zunge war entweder abgeblaßt oder auch von vorneherein gelblich-braun gemalt. Ganz schön, dann findet das kleine römische Monstrum aus Kunststoff also tatsächlich seine Verwendung, und im Atelier wird es genauso viel Furore machen wie ehemals vorm Spiegel in der Entreenische, das denk ich doch. Das Kunststoffmonstrum für unser neues kleines lebendiges Seelenmonstrum. Wenn es auch für Paula ein bißchen zu klein ist – aber sie ist ja leicht und zierlich, sie wird unser Haustierchen schon nicht kaputtdrücken mit ihrem Fliegengewicht. Die zwei Melancholiker, der Hund und das Kind, eigentlich passen sie gut zueinander.

Die Erwachsenen räumten um, während das Kind längst wußte: aus der Sache wird nichts. Nie wieder benutze ich einen Nachttopf und schon gar nicht zu eurem Vergnügen und nicht diesen Hund. Es sah zu: der römische Spaniel mit der Mulde im Rücken kam neben das Bett des Kindes, von dem tagsüber der Vorhang weggezogen wurde, denn das Bett mit seiner Ausstrahlung von Kindlichkeit paßte gut als Kontrast ins sonst überwiegend erwachsene Atelier. Ein richtiges Environment. Der Römertopf konnte weiterhin als *Römertopf* neuen Gästen vorgestellt werden und blieb immer sichtbar und jedermanns Heiterkeit zugänglich, denn auch in der Nacht stand er außerhalb des Vorhangs, hinter dem das Kind schlief und selten schlief. Die Gäste verabschiedeten sich meistens kurz nach Mitternacht, also lang vor der Unzeit vom Kind, lang bevor der Hund ein Gebrauchsgegenstand sein sollte. Für einen dekorativen Ersatz an der Stelle, die zuvor der Nachthund ausgefüllt hatte, war schnell gesorgt, nach ein paar Proben mit dem und jenem Ulkgegenstand. Das alles machte ja Spaß. Es war kein Mangel an Kuriosa. Fast zu wenig Mangel, denn Christa und Kurt, beide reise- und anschaffungslustig, sie sahen sich schon so ziemlich am Ende von Neuerwerbungen und das fanden sie schade. Sie wollten aber achtgeben und ihren Kauftrieb unter Kontrolle halten. Denn insgesamt sollte es schon so ziemlich kahl bei ihnen bleiben. *Kahl,* sagte das Kind zum Inventar und zu den Wänden. *Kahl* ist das nicht, widersprachen diejenigen, die jeden Millimeter Raum und Wände unter ihrer ästhetischen Aufsicht behielten. Das ist nur eben nicht überladen und nicht planlos, es ist halt nicht so wie bei deinen Großeltern, sie gehören einer anderen Generation an, einer Generation mit einem andern Geschmack. Mit einem unausgebildeten Geschmack. Wir beide halten viel von Auflockerungen, wie sie zum Beispiel gerade auch durch dich Nachkömmling hinzugekommen sind, und außerdem hast du ja zum Beispiel deine eigene Wand, mit der darfst du machen, was du willst.

Die eigene Wand des Kindes war bespickt mit Bildchen, Ausschnitten aus Zeitschriften, mit Ansichtskarten und mit Zitaten, auch mit eigenen Zitaten und mit aufgeklebten Zetteln, die es selbst beschrieben hatte: darauf standen Sätze und Zeilen, die ihm gefielen. Sie drückten etwas aus, das es selber auch schon empfunden hatte oder das eine Empfindungsmöglichkeit in ihm war. Das Kind liebte seine eigene Wand, aber es wünschte sich vergeblich einen Vorhangsverschlag, der die Wand ähnlich wie sein Bett abschirmte. Dahinter wäre es gern mit seiner Wand allein, oft, jederzeit wenn möglich und nötig. Vergebliches Bitten um eine Behausung für die Wand. Christa und Kurt fanden die Wand des Kindes so *gelungen,* und wenn auch wie Kraut und Rüben, doch so *skurril* und fast *genial,* daß sie die Wand ins übrige Haus integrierten und als Kontrast guthießen, sogar begrüßten. Weißt du, deine

Wand ist schon richtig originell, sie gefällt uns sehr gut, du siehst ja, wir wollen sie mitgenießen, aber stell dir mal vor, das ganze Haus wäre so, die ganzen Wände – da würde man ja überschnappen, nicht wahr? Kurt mußte wieder einmal mit dem Metermaß ausrechnen, wie zwei Bilder umgehängt werden konnten, ohne daß es für einen Neuzugang, ein drittes Bild, zu eng würde. Das dritte Bild hieß *Litho* und es war fast nichts drauf. Es muß Spielraum bleiben, rief Christa Kurt zu, der auf der Leiter stand und rechnete und austüftelte. Doch, Auflockerungen sind sehr gut, du siehst ja die Beispiele: dein Nachttopfspaniel ist's nicht allein, der auflockern hilft, denk nur an deine alte Puppenküche und an dein Schaukelpferd und an den alten Schlitten. Das sind so Sachen, die wir liebend gern eingegliedert haben. Doch im Ganzen soll es schon klar bleiben, weiß du, in den Linienführungen, im Überblick. Sachlich und funktionell, doch muß man richtig dosieren. Da und dort ein bißchen Plunder, das ist gut, das bringt's. Ein kitschiger verzierter Samowar aus Messing stand also richtig dosiert am Ex-Platz des römischen Nachttopfhunds und machte dort Furore. Genau unter einem überaus strengen Bild. Superkontrast. Das Bild bestand nur aus zwei Farben und wurde vom Kind verabscheut. Gelb und Gelbrot. Das waren beides Farben, die das Kind trübsinnig und leer machten, beide Farben waren grell und eintönig und wurden von Christa und Kurt – doch ja, vielleicht auch von Kurt – *freudig, stimulierend* genannt. Sie standen allerdings nie ganz lang vor dem Gelbrot und schauten es an. Das Kind schaute lang und sehnsüchtig zum Beispiel ein Bild an, das die Gegensatz-Dosis-Funktion erfüllte, und es dachte sich in den Bauernhof, und seine Geschichte in die flache herbstliche Umgebung.

Alles wieder in innerästhetischer Ordnung, umgruppiert, Hund und Samowar, und jeder mit einem Blick dafür hatte einen Blick dafür. Das Kind hat nicht einen einzigen Versuch mit dem Topfhund gemacht. Obwohl es sicher sein konnte, unbeobachtet zu bleiben auf dem Topf, ebenso unbeobachtet wie in den Nächten bei den Großeltern, unbeobachtet auch später noch beim Ausleeren des Topfs – denn die neuen, viel jüngeren Erwachsenen schliefen lang und fest und leidenschaftlich – obwohl es wahrhaftig bei jedem Vollzug mit dem Nachthund ungestört und sicher hätte sein können, fühlte es sich, als es in der ersten Nacht mit dem neuen Nachbarn aufwachte und aufs WC mußte, schon beim Gedanken an den Prozeß beobachtet, unsicher, gestört und zusammen mit den Großeltern lächerlich gemacht und verachtet. Diese schlafenden Leute störten das Kind ganz unheimlich, selbst im Schlaf störten sie. So tief und versessen sie auch schlafen mochten, das Kind verlor jedes Geborgenheitsgefühl, wenn es nachts sich von einem Traum trennen mußte, weil es aufwachte. Schon ein Denken an eine Möglichkeit mit dem Nachthund kam ihm vor wie eine Veröffentlichung. Ungefähr so: es dachte daran, den Hund zu benutzen, und die Schläfer erfuhren davon in ihren Träumen. In ihren Träumen lachten sie und diskutierten und schauten dem Denken zu. Sie schrieben vom Kind ab: da liegt es noch zögernd, es denkt, soll ich auf den Hund gehen, soll ich nicht. Jetzt wird es immer wacher. Eben dreht es sich herum. Wahrscheinlich wird es gleich sein Bett verlassen und auf den Hund gehen. Paula oder Paul, das Kind wird auf den Hund kommen. Auch so ein Lacherfolg. Das ist halt so eine Redensart, erklärte Christa dem Kind.

Das Kind nahm sich vor, das Denken an den Hund abzuschaffen. Es trug deshalb eines Nachts den Hund einfach von seinem Erwartungs- und Bereitschaftsplatz in der Bettnähe jenseits des Vorhangs weg, in der Nacht stellte es ihn auf den niedrigen Glasplattentisch, um den sich bei Geselligkeiten die Gäste gruppierten. *Was hast du dir denn dabei gedacht?* wollten die Erwachsenen wissen, nachdem schon heraus war, daß das Kind lieber in der Nacht den weiten, wachmachenden Weg zum WC im Badezimmer zurücklegte. Der Hund gefällt euch und euren Freunden doch so gut, sagte das Kind, und in die Mulde könnt ihr ja euer Knabberzeug reinlegen. Die Salzbrezeln und die Erdnüsse. Die Erwachsenen erklärten dem Kind, daß der Hund zwar wirklich ein Spaß war, aber zu groß für den Glastisch und dorthin auch nicht passend. Er macht sich besser da unten bei dir, bestimmt. Und wovor genierst du dich denn plötzlich? Wir haben doch alles ganz neu durchgedacht, wir haben doch die Scham aus der Welt geschafft, hm? Von da an bekamen die Erwachsenen keine Antwort mehr vom Kind. *Paula ist manchmal schrecklich verstockt. Wie verstopft. Wie ein verstopfter Siffon. Man kriegt nichts mehr aus ihr heraus, von einem bestimmten Wort an, und es kann einfach kein falsches Wort gesagt worden sein, denn da passen wir nun wirklich höllisch auf.* Aber den wohlmeinenden und außerdem in ihrem kinderpsychologischen Interesse nie erlahmenden Erwachsenen genügte es nicht, stehenzubleiben bei der Tatsache: *Sie ist verstockt.* Sie beschlossen vielmehr mit einem Feuereifer: *Wir werden ermitteln, schürfen und schürfen und bohren, behutsam aber beharrlich, weshalb sie verstockt ist. Wir sind hinter den Motivationen her. Anders geht es nicht. Sie soll ein freier Mensch werden. Jetzt ists gerade eben noch Zeit, wenn auch die allerhöchste, die Grundlage für spätere Neurosen abzubauen.*

Immerhin waren die neuen Eltern doch auch etwas stolz: Paula hatte sich offensichtlich selbständig Gedanken darüber gemacht, ob sie nicht doch zu alt wäre mit acht für Nachttöpfe. Und erst recht, weil sie ja immer der *Paul* zu sein vorgab. Die Spöttelei damals bei den Großeltern, diese winzige Vorgeschichte, kam als Ursache für Paulas jetziges Verhalten ja wohl wirklich nicht mehr in Betracht, seit alle alles in einem neuen Bewußtseinsprozeß auseinanderdividiert und somit dem Kind die Beschämung genommen und zur alten Unschuld wieder verholfen hatten. Kurzum: da lag auch nicht ein noch so kleines Fehlerchen ihrerseits. Sie konnten danach stöbern so viel sie wollten. Schluß also mit dem Nachttopfabschnitt, einem Relikt aus der reichlich unaufgeklärten, trübe-gefühlsbetonten Lebensdekade vom Kind bei den viel zu alten Leuten, diesen im Erziehen längst entweder zu nachlässigen oder ohnehin planlos-verjährten Großeltern. Ja: vom erzieherischen Standpunkt her war das eine reichlich verlorene, eine sogar vielfach mißbrauchte und im nachhinein schädliche Zeit für das Kind. Jetzt stellte sich vieles schon dar als heikle Bewußtseinsumbildung und war verhärtet, eingenistet, eingefressen ins Gemüt des Kindes, vieles, zu vieles, was in einem früheren Lebensalter ein einfacher Lehr- und Lernablauf hätte sein können, ja sein müssen. Das Selbstverständliche, o ja, daran mangelt es allenthalben, dachten die Erwachsenen. Nichts mehr, was ich selbstverständlich einfach so tue und mache und denke, dachte das Kind. Das ist zum Verzweifeln, dachte es, und mit Gesten und Gesichtsausdruck stellte es seine Verzweiflung dar. Nur wartete es wieder, Kopf in beiden Händen, auf den Tränenstrom, das Merkmal der Verzweiflung. Statt dessen empfand es eine Leere. Nach der Leere empfand es eine Wut. Wenn es wütend war, konnte es nicht weinen, niemals. Der Wutzustand wurde endlich endlich abgelöst von einem Heimweh nach Trost. Trostlos bin ich, dachte es. Jetzt werde ich gleich weinen. Mal abwarten. Jetzt gleich. Wie trostlos. Wie verlassen. Wie groß ist mein Heimweh. Gleich werde ich weinen. Ich werde anschließend verweint aussehen und trostlos. Es wird einem von beiden auffallen müssen. Jemand wird erschrocken sein. Kurt bestimmt. Er wird erschüttert sein und auf mich deuten und zu Christa sagen – was? Was ergibt sich daraus? Wer nimmt mich in die Arme, vielleicht, diesmal vielleicht keine Sätze, keine Erklärungen, Redereien. Das Kind ertappte sich dabei, daß es wieder mal nicht mit dem doch ersehnten Gefühl, einsam zu sein und darin bald trostlos, bald aber, und gerade wegen der unerkannten verlassenen Trostlosigkeit *getrost,* wieder mal nicht allein auskam, daß es doch wieder entdeckt werden wollte. Es wollte sich in diesem Gefühl vor den beiden sogar aufspielen. Und keiner nähme es in die Arme, einfach so. Aus war's mit den Tränen. Unverweint saß es am Teetisch, etwas später, und fiel keinem auf, auch nicht durch Verweigerung der Kipferl. Na gut, wenn du heut mal keine magst. Wir haben sie extra für dich gekauft. Christa wars, sie hat dran gedacht: Kipferl mag sie doch so, hat sie gesagt, und wir gingen von der Kassenschlange noch mal zurück zu den Süßwaren. Es sollte eine Überraschung sein. Na, dann morgen. Gezwungen wird hier bekanntlich keiner. Während die Erwachsenen über einen ihrer besten Freunde herzogen und dann einen Essay übers Altern bei Frauen besprachen – eine Auftragsarbeit, mit der Christa gerade beschäftigt war, sie *engagierte* sich, hieß das – blieb alles freundlich, gesprächig, unauffällig, und das Kind saß da und mußte sogar auf der Hut sein, um bloß Christa nicht zu bemitleiden, um über Christa nicht gerührt zu sein. Ausgerechnet Christa. Christa, die an die Kipferl gedacht hatte. O bitte, lieber Gott, ich will bitte nichts Gerührtes wegen Christa empfinden, ich will nicht wieder so reinfallen mit einem Gefühl, beschwor das Kind sich selber und den Einschlafkomplizen und den Gelegenheitsmitarbeiter bei Tageskomplikationen, seinen privaten lieben Gott, seinen geheimen Spießgesellen, seinen großzügigen Gastgeber der toten Familie, den Besitzer vom Tisch des Herrn auch in der Michaelerkirche.

Also schön, auf die Gefahr hin, daß sie uns zunächst mal aufweckt, gräßlicher Gedanke, so lang aufweckt und auf den Wecker fällt, dieser kleine Wecker, bis sie es wirklich gut hinkriegt, völlig geräuschlos vom Bett ins Bad und wieder ins Bett zu tapsen, also schön und gut, wenn sie es schon nicht einhalten kann oder will, wer weiß das, also wie auch immer – wir lassen sie nun halt nachts aufs WC. Wir werden uns vielleicht später an einen Arzt wenden. Ich frag mich aber, ob das überhaupt erst ein Internist oder ein Urologe sein sollte, ob man nicht besser gleich mit ihr zum Psychotherapeuten geht. Na laß mal. Wart mal ab. Wir haben fürs erste genug einschlägiges Material an der Hand, darunter das Neueste vom Neusten, und Lernen macht uns Spaß. Lehren auch, spielen wir vorläufig mal selber erst die Psychos. Nehmen wir ruhig mal folgendes an: Paula verschmäht den Nachttopf, trotz der neugeschaffenen Bewußtseinslage, Vertrauensbasis. Also haben wir es mit einem Schritt auf dem Weg zur Selbständigkeit zu tun. Sie hat wider Erwarten offenbar doch ein gewisses Bedürfnis, manchmal, in manchen wenigen Kleinigkeiten, erwachsen zu werden. Im allgemeinen möchte sie ja überhaupt nicht erwachsen werden. Sie ist eher infantil und es sieht so aus: sie ist es bewußt, absichtlich. Deshalb müssen wir jeden Schritt in Richtung auf Selbständigkeit fördern. Gleichzeitig lernt sie, Rücksicht zu nehmen. Auf uns. Auf unser Schlafbedürfnis. Wir schlagen zwei Fliegen mit einer Klappe. Diese Schrittchen, man kann sie ja noch an einer Hand abzählen, an den Fingern einer einzigen Hand. Die zwei erziehungssüchtigen Leute seufzten sich in der dem Kind schon gewohnten Mischung von Erleichterung und Erschöpfung zu. Sie lächelten in der dem Kind schon gewohnten Mischung auf das Kind los: aufmunternd und erschlafft, streng freundlich. Du lernst das doch, ganz ganz leise zu sein? Sieh mal, wir beide, wir sind ganz ganz scharf drauf zu schlafen. So lückenlos und so lang wie irgend möglich. Verstehst du das? Obwohl das Kind seinem Bedürfnis nach etwas Grausamem nachgab und ehrlich war und deshalb *nein* sagte, sich in diesem Fall also eher zufällig nicht mit einem *Ja* anbiederte – was es auch oft machte, Anbiedern: planlos war es bald gefällig, bald ungefällig – obwohl das *Nein* vom Kind die Erwachsenen enttäuschen oder verletzen mußte (so jedenfalls wünschte es sich das Kind in diesem Moment seines *Nein,* einfach, damit etwas sich ergäbe, damit etwas sich entwickelte und veränderte), blieben die Erwachsenen geduldig und gaben sich Mühe, dem Kind das fanatische Schlafbedürfnis zu erklären. Sieh mal, du weißt noch nicht, wie anstrengend das ist, was Kurt da täglich macht, es scheint dir wie etwas Leichtes, du denkst: ach der sitzt einfach da und schreibt was hin, er hat es doch ganz bequem. Hör mal, du kannst noch nicht ermessen, wie anstrengend Christa lebt, du hörst nur, daß sie sehr rasch auf der Maschine klappert, du denkst vielleicht, das muß ja Spaß machen, und Spaß macht es ihr auch, das auch, aber Schreiben gehört zum Anstrengendsten und zu dem, was die meisten Kräfte verzehrt. So leben wir beide. Du versuchst doch wenigstens, das zu verstehen? Jetzt sagte das Kind *ja,* aber lustlos, denn ihm war jedes Interesse an diesem Thema verlorengegangen. Mit einem weiteren *Nein* hätte es mehr Hoffnung investiert. Es erhoffte sich aber nun nichts mehr von den Sätzen, die hierüber noch denkbar waren.

Geschafft, sagten Kurt und Christa zu den Freunden desjenigen Abends, an dem das Kind besonders schlecht einschlafen konnte, wahrscheinlich war es schon mitten in der Nacht, später als sonst. Vielleicht käme auch diesmal der Zeitpunkt für seinen Weg zum WC früher. Aber so lang Gäste im Haus waren, verbot es sich den Weg. Obwohl er ihm gerade dann von Christa und Kurt nahegelegt worden war. Sie hatten es beinahe gedrängt: Geh doch ruhig, Liebling! Alle werden sich freuen, wenn sie dich sehen, also, geh nur, wenn du mußt. Geschafft: sie ist jetzt nachts so leise, daß wir so gut wie nie durch sie wach werden.

Später wird es die kleine Paula einmal gut haben, falls sie später einmal autogenes Training oder so was braucht, und wer braucht das nicht eines schönen Tages, hörte das Kind von einer Frauenstimme. War das Olga oder Frau Eppner, eine von diesen beiden jedenfalls kam mit Hilfe von autogenem Training jetzt viel besser über die Runden ihrer Sensibilität, und der Neurologe war in ihrem Leben beinah überflüssig geworden. Die Gäste unterhielten sich in normaler Lautstärke, weil das Kind ja für glaubwürdig und demnach für schlafend gehalten wurde. Paula hat uns beteuert, daß sie nichts, aber auch rein gar nichts hört, versicherten die Gastgeber den Gästen. Ihr erster Schlaf ist wirklich tief. Das haben wir getestet. Nur nach dieser verdammten Unterbrechung wirds kritisch mit dem Schlaf. Vielleicht solltet ihr drauf achten, daß sie nach dem Abendessen nichts mehr trinkt, oder kaum was. Alles umsonst. Außerdem: sie soll sich nicht eingeengt fühlen durch Verbote, wie ihr wißt. Nach diesem Grundsatz läuft der Laden hier. Dieser Grundsatz stand festgemauert in der Erden, Wochen bevor wir uns entschlossen haben. Wochen? Monate. Vor der Übernahme. Lang vor der Adoption.

Der Schlafplatz vom Kind war nur durch einen Vorhang und ungefähr neun Meter von den Geselligkeiten der Erwachsenen abgetrennt. Das Kind lernt für sein Alter früh eine Kontrolle über sich selbst, sagte eine Männerstimme. Ja, sie ist jetzt ganz fabelhaft leise, nachts, sie *kann* also, wenn sie nur will. Vieles will sie leider nicht und deshalb kann sie es nicht. Anscheinend aber will sie immerhin jetzt doch diese Rücksicht auf uns. Das ist schon ein enormer Erfolg. Sie hat euch eben gern, sagte jemand, der mit Sicherheit Frau Ehrstein war. Wir hoffen, daß sie uns *lieb* hat, antwortete Christa. Nun gedulde dich, sagte Kurt, Gernhaben ist vorläufig genug. *Liebe* braucht Zeit und kommt noch. Du mußt immer bedenken, daß sie noch große Schwierigkeiten überwinden muß, gefühlsmäßig, bis wir ihr ganz und gar zu den allernächsten Bezugspersonen werden. Das heißt: bis ihr Gefühlsleben uns dazu macht. Zu den *geliebten* Personen. Zu den wichtigsten. Die Vertrauensbasis jedenfalls ist da, sagte Christa über andere Stimmen weg und lauter als vorher. Auf unserer Seite zumindest. Und das spürt sie wohl, hoffentlich. Trotzdem, manchmal, ich weiß nicht – immer wieder Rückfälle und dann ist sie verstockt, lügt auch. Geduld, Geduld, sagte Kurt.

Es tat dem Kind immer sehr leid, sein warmes Bett zu verlassen. Es zögerte den Abschied hinaus, bis es den Entschluß faßte und sich trennte, das Bettzeug aber wieder über die Schlafhöhle deckte. In der Schlafhöhle sollte nicht nur die Wärme aufbewahrt werden, darin mußte auch der Schlafgeruch erhalten bleiben. An sein warmes Bett zu denken, erlaubte es seinem Kopf, denn das war ein Beitrag zur Absicht *Schläfrigbleiben, Schlaf schön finden*. Es war kaum eigentlich ein Gedanke, es war ein weiches, aus einem verschwundenen Traum übernommenes Gefühl. Glücklich war das Kind, wenn es spürte, daß oben herum sein Nachthemd ein bißchen feucht war vom Schwitzen. Die Erwachsenen hatten ihm anfangs zu warmes Zudecken verboten, beziehungsweise ihm davon abgeraten. Das Kind schwindelte ihnen was vor von Frieren. Schwindeln war zu leichtgewichtig. Bitten um ganz dickes Zudecken hatten zuvor überhaupt nichts geholfen. Die Wahrheit, daß es gern ein bißchen schwitzte, nur an den Füßen nicht, war sofort als Perversion ein Angriffspunkt und

Lernmaterial geworden. Daher log das Kind schließlich so überzeugend und erfand ein fürchterliches Frieren, daß ihm eine Steppdecke, ein Plumeau und darüber sogar endlich die dicke, schon stark angeschlagene Blümchendecke, eingeschleppt aus seiner verpönten Kindheit *vor* der Übernahme durch Christa und Kurt, gewährt wurden.

So, anfangen mit dem vorsichtigen Schleichweg. Das Kind machte die Augen fast nicht auf, es behielt sein Bettschlafgesicht bei, es erschnupperte sich selber, aber halbschläfrig-wohlig. Es hatte diesmal Glück und war etwas verschwitzt. Der Körper war noch schön nächtlich. Der Körper war weich und warm und er roch unmißverständlich nur nach ihm und nur nach seinen eigenen Nächten. Jenseits seines Schlafvorhangs störte auch in dieser Nacht kein Parfum und kein Zigarettenrauch, der von Gästen hängengeblieben war. Das Kind schlich sich auf den Zehenspitzen durch den scheunenartigen großen Raum, darin sein Schlafplatz war. Das ist das ästhetische Zentrum unseres Hauses, sagten die Besitzer zu dem Raum, wenn Freunde zum ersten Mal kamen und alles Stück für Stück gezeigt und erläutert bekamen. Der große Zentrumsraum entlockte sämtlichen Neulingen Schmerzens- und Lustlaute: Oh, das ist wirklich fantastisch, ah, diese Weite, und dieser Ausblick – auweia und die Galerie da oben – wirklich ihr zwei! Ihr seid gut dran, hier atmet man gleich ganz anders. Dann atmeten die neuen Bewunderer ganz anders, es sah nach Gymnastik aus und nach sonst gar nichts, nur kamen bei weiblichen Neulingen vom Glück verzerrte Gesichter hinzu. Das Zentrum *Atelier.* Hier wurde es nie ganz dunkel. Alle Leute stimmten mit den Besitzern des *Ateliers* überein: aus ästhetischen Gründen sollte man keinesfalls sämtliche Fenster dieses einmaligen Raums durch Abdunklungsvorrichtungen ihrer Wirkung berauben. Das wäre ein Jammer. Der Raum würde regelrecht verspießern, obschon das bei einem *solchen* Raum nicht mal leicht wäre, das Verspießern. Aber die Jalousie vor dem riesigen Fenster genügt, und der eine Vorhang mit seinem auflockernden Hellorange. Die Empore muß hell bleiben. Das Oberlicht ohnehin. So ein zur Hälfte zweistöckiger Raum ist ein Genuß. Und wie gut ihr das mit dem Schlafplatz für euren kleinen Fremdling gelöst habt. Das gibt einen richtigen Akzent, der Schlafplatz gliedert. Der Schlafplatz ist eine geniale Idee. Selbst wenn ihr keine kleine Paula hättet; ja man müßte sie erfinden, beziehungsweise ihr Schlafkuschelplätzchen.

Das Kind kam jetzt in den Trakt des Hauses, aus dem man auch tagsüber jederzeit eine Nacht herstellen konnte, mit dicht schließenden Rolläden. In einem zusätzlich gegen jede Außenwelt der Helligkeitsunterschiede und der Geräusche absichernden Verschlag leider unmittelbar neben dem Badezimmer befanden sich Christa und Kurt. In ihrer heißgeliebten Finsternis. Jeden Abend wandte Christa Geduld und Kurt seine Langarmigkeit auf, um mit einem schwarzen Vorhang die schmale Fensterklappe auch an den Seiten so zu verstopfen, daß keine Lichtspalte, kein heller Ritz eindringen konnte in das Dickicht ihrer Schlafgenüsse. Das Kind war öfter als es selber wünschte zornig auf die Schlafbesessenheit der Erwachsenen. Wie verklärt sie sonntags aussahen, wenn sie Überstunden in ihren Betten gemacht hatten. Ganz blödsinnig stumpfsinnig, richtig elend miserabel, dachte das Kind. Warum sind sie so ungern wach? Aber wenn sie dann wach sind, warum sind sie gleich so beschäftigt und dann doch sehr gern wach, und warum hocken sie nicht mal ein bißchen träg herum und wissen nicht, was sie jetzt machen sollen? Warum sind sie mir unaufhörlich so unähnlich? Die *neuen* Eltern, dachte das Kind, wobei es sich nur über das Adjektiv, das sie nach langer Zeit doch immer noch *»neue«* Eltern sein ließ, insgeheim freute. *Eltern,* dachte es, wird mein Leben lang nicht stimmen. Eltern ist viel zu viel. Es ist falsch. Das Wort machte seine Beziehung zu den Schläfern und Schreibern zu nah, zu vertraulich, es paßte nicht. Es nannte die beiden sympathischen Leute, die es adoptiert hatten, offiziell Christa und Kurt, so wollten sie es auch. Es konnte ihnen, wenn es gerecht war, nicht so richtig etwas Aussprechbares vorwerfen. Aber es empfand in sich einen ganz gewaltigen Vorwurf gegen die zwei. Manchmal nahm es sich vor: wenigstens den Kurt will ich auslassen. Der ist richtiger als Christa. Der Kurt könnte ohne Christa und diese ganzen Freunde richtig nett werden. Dann aber wurde eine winzige Bemerkung des Kurt dran schuld, daß sich das Kind heimatlos vorkam. Eben noch hatte es den Kurt schrecklich gern gehabt, es hatte ihn fast wirklich geliebt: mitten im Wald. Der Kurt redete mit Christa, das heißt, er hörte ihr zu, Christa redete über einen Redakteur beim Radio, das Kind hörte: Mein neues Projekt findet er hochinteressant. Dann erzählte sie weiter und das Kind hörte nicht mehr zu, es ging ganz vergnügt mit sich allein in der Gesellschaft der Erwachsenen wie gewöhnlich einen Schritt hinter den beiden her. Da sah es die Brombeerbüsche. Es lief voraus und pflückte eine sofort klebrige und zerstochene Hand voll hutzliger Beeren. Die taugen doch jetzt nichts mehr, sagte Kurt und übernahm die Beeren gar nicht erst. Wirf sie weg. Im Spätsommer hatte Kurt sich vom übereifrigen Kind Hände voll Brombeeren zuliefern lassen, ein ziemlich kommentarloser Kurt, aber das Kind befand sich doch in einer Übereinstimmung mit Kurt, der versessen war auf die Brombeeren. Christa hatte sich währenddessen auf einem Baumstamm ausgeruht und geredet und keine Brombeeren gewollt, zuviel Zucker, sie nahm immer nur Süßstoff. Stör jetzt nicht, auch das konnte so eine Bemerkung Kurts sein, die dem Kind den Boden unter den Füßen wegriß, den Boden mit Kurt. Christa konnte das gar nicht, den Boden wegreißen und eine Verlorenheit herstellen. Sie sagte auch immer nur, beinah immer nur, Wohlüberlegtes. Und wenn Christa Kurt darauf hinwies, daß er das überempfindliche Kind nun vielleicht mal wieder gekränkt habe, übertrug das Kind die Herzlichkeit, um die Kurt sich selber und vor allem das Kind gebracht hatte, nicht auf Christa. Es war ihr auch nicht dankbar. Es belohnte sie mit nichts. Sie löste Kurt nicht ab, sie wurde nicht sein Ersatz. Obwohl sie oft mehr verstand als Kurt. Aber war das Verständnis? Und wenn das Verständnis war, was für ein hohles und erlerntes? Das Kind wollte und es konnte den Vorrat an Gefühl nicht wegwerfen ins Randgebüsch am Waldweg zusammen mit den hutzligen Brombeeren.

Warum war denn nie etwas endlich einmal von einem erkennbaren Anfang an bis zu einem Abschluß einfach schön und erwärmend. Dieser gut angefangene Spaziergang, ein Zuhausegefühl im Wald, bis hin zur Wärme, zu den Brombeeren – und Schluß, aus. Kaum eine Erinnerung als Vorgang, die nicht unterbrochen wurde oder gar abgebrochen wurde mit etwas Enttäuschendem, etwas Verletzendem. Weiter gings, aber mit einer Verwunderung, kühl gings zu, kühl bei den andern. Warum kann ich nicht auch so kühl sein. Meine Brombeerhände, dachte das Kind, Brombeerhändchen, klein und unansehnlich, aber ich habe sie gern. Damit war auf einmal, mit dem Gernhaben der eigenen Hände, wieder Gefühl in ihm. Durch ein neues Gerührtsein fühlte es sich wie erlöst. Das sind wenigstens meine Hände. Sie sind immer bei mir. Sie erleben alles mit. Sie nehmen an mir Anteil. Wie ich sind sie gezwungen, mit diesen beiden kühlen Sätzemachern zusammenzusein, äußerlich. Sie machen bei mir mit. Sie sind wie ich enttäuscht, aber wir machen zusammen weiter. Na, wartet nur, ihr zwei, ihr neuen Leute. Das Kind wusch sich bis zum Insbettgehen nicht die blaurote Farbe von den Händen. Es wollte sich erinnern. Es wollte sich erinnern. Die Hände, verschmiert von Brombeeren, empfand das Kind als Eigentum und als seine Gefährten. Das war angenehm.

Die Adoption war ein Vorgang, der schließlich dann auch in den Akten stand. Die Adoptiveltern hatten zum Kind gesagt: Jetzt bist du also ganz und gar unser Kind. Na? Fein, was? Vor allem mal als Paula, aber immer wenn du magst, auch als der Paul, hm? Und wenn du unbedingt willst auch als das Paulinchen – wir haben in einem von deinen Heften gelesen, daß du manchmal von einem kleinen armen Paulinchen schreibst – na, aber so klein bist du selber ja nicht mehr und arm schon gar nicht. So. Du bist unsere Paula, jetzt auch für die Gesetzeshüter und die Bürokraten, und in den Akten, darin bist du natürlich die Paula. *Unsere* Paula. Da natürlich nicht der Paul, in den Akten, da nicht. Du weißt ja im Grunde selber: du bist nun mal ein Mädchen, nicht wahr? Christa und Kurt lachten für sich und mit dem Kind; es lachte mit, wenn auch nicht ganz zufrieden über sein Mitlachen.

Du warst ja selbstverständlich vom ersten Tag an in Wahrheit und in unserem Gefühl – sie sagten mal *Gefühl* und nicht *Bewußtsein* oder sonstwas, *Gefühl* – und eigentlich schon als du noch bei den Großeltern auf unser Zusammenleben gewartet hast, *unser* Kind, wir drei haben damals schon zusammengehört, nicht wahr? Aber jetzt ist es aktenkundig. Sag mal, noch mal zu deinem *Paul.* Der gibt uns doch zu denken. Du spielst doch immer den Paul. Wir haben da kürzlich an deiner Wand einen neuen Ausschnitt aus der Zeitung entdeckt, den hast du uns übrigens geklaut – hat der was damit zu tun, daß du kein Mädchen sein willst?

Das war ein Ausschnitt mit der Überschrift *Mehr männliche Genies.*

Aber so weit in die Zukunft blickst du doch noch gar nicht.

Und: *Genie!* Willst du so hoch hinaus? Die Erwachsenen lachten. Und wenn du den Artikel genau liest, liest du auch, daß es ebenso wie *mehr Genies* mehr männliche Idioten gibt. *Debile. Schwachsinnige.* Die Schwankungen sind einfach größer bei den männlichen Lebewesen. In den Gehirnen der Männer. Das ist kompliziert. Im Durchschnitt gilt: Frauen und Männer sind gleich begabt. Das Kind war nicht zu Wort gekommen. Es wußte nicht genau, ob es deswegen unter anderem auch lieber der Paul war, wegen Pauls besserer Chancen, ein Genie zu sein. Sieh *mich* an, sagte Christa. Habe etwa *ich* einen Minderwertigkeitskomplex, weil ich kein Mann bin?

Wieso streckte sie dazu denn die Brust so heraus und zog den Bauch so ein.

Sie weiß doch das Wort nicht, Minderwertigkeitskomplex, mahnte Kurt. Na, das kann sie bei ihrem Intellekt schon herausrätseln, ich meine, was gemeint ist. Sieh mich an! Eine noch busigere, fraulichere Frau, Christa, baute sich vor dem Kind auf, wie in einer komischen Positur für einen Photographen. Ich bejahe es, eine Frau zu sein. Übrigens bei einer Umbenennung meines Vornamens käme Christus heraus. Fällt mir jetzt grad auf. Viel Gelächter, überwiegend Christas, ohne das Kind. Paß auf, sie könnte empfindlich reagieren, denk an ihre Vorerziehung mit Religion und so, sagte Kurt. Übrigens ginge auch Christoph oder Christian, meine Liebe. Also, mein Mädchen, sagte Christa, deine Christa, die möchte weder ein Christoph noch ein Christian sein, natürlich schon gar nicht *Christus,* aber im Ernst: im Gegenteil, sie ist stolz darauf, daß sie Christa ist. Heutzutage kämpfen wir Frauen für unser zu lang verschüttetes, von den Männern mißbrauchtes, einfach übergangenes Selbstbewußtsein. Du wirst noch lernen, wieviel bequemer es für die Männer ist, Frauen als Untermenschen zu behandeln. Die Frauen sind die

Neger in der sogenannten christlichen Gesellschaft. Wir sind aber längst aufgewacht. Du mußt auch eines Tages aufwachen. Es sei denn, du bist der Paul einfach so aus Spieltrieb und weil du lieber ein bißchen frecher und stärker und verwegener sein möchtest als man es von den Mädchen im allgemeinen annimmt. Das ist übrigens auch ein veraltetes Rollendenken: Liebe schwächliche Mädchen, kühne Knaben. Na, aber wenn du aus Übermut der Paul sein möchtest, dann ist der Paul uns recht, dann ist er sogar sehr gut, dann nützt er dir sogar, in gewissem Sinn. Aber du darfst es nicht übertreiben, es nicht überdrehen und verdrehen und in den Kopf verlegen, hm? Du darfst dich sowieso nicht so oft wie möglich vor den Wirklichkeiten und den Wahrheiten drücken. Das macht der Vogel Strauß. Er steckt den Kopf in den Sand. Du neigst ein bißchen zu arg dazu, dich um die Wirklichkeit herumzumogeln. Warum nur? Du mußt immer *Ja* sagen zur Wirklichkeit und damit: zu dir selber. Du mußt sagen: es ist schön und richtig, daß ich ein Mädchen bin, denn darin habe ich meine ganz besonderen, nur mir eigenen Möglichkeiten und Qualitäten, und ich freue mich sehr darauf, sie entwikkeln zu können bis hin zu dem stolzen Moment, in dem ich erkenne: ich bin jetzt eine Frau. Darin liegt meine Stärke und meine Aufgabe. Das Kind empfand eine Übelkeit. Christa stand immer noch so aufgepflanzt da. Sie hatte so einen kurvigen Gymnastik-Körper in dieser Haltung. Das Kind kannte die Körper der Adoptiveltern nackt in- und auswendig. Ihm waren physische Details, die Unterschiede zwischen den Körpern von Kurt und Christa, zig-mal erklärt worden. Es hatte immer mit einem Unbehagen hingesehen. Am liebsten wärs mir, ich bekäme weder so einen Körper wie Kurt noch so einen wie Christa. An beiden ist zu viel Gebaumel. Bei Christa noch mehr. Am liebsten bliebe ich so wie ich bin, so übersichtlich und gerade.

Hallo, die Adoption, so was muß man feiern, jetzt stehts in den Akten! Los, heut kriegst du den ersten Sekt deines Lebens! *Wir trinken einen Schluck drauf,* hatte das Kind schon oft gehört. Zum ersten Mal war es in den Plural *wir,* der sonst immer nur Erwachsene meinte, eingeschlossen. *Das muß begossen werden,* von *uns. Uns:* darin war das Kind enthalten. In dieser 1. Person Mehrzahl war sogar diesmal es selber die Hauptperson. Es kam sich großartig und wichtig vor und es fühlte sich, verwundert, überrumpelt, zusätzlich *geborgen,* fast wohl auch zum ersten Mal zwischen Christa und Kurt. Es bekam eins von den Gläsern, zu denen es sonst keine Beziehung hatte. Es sollte diese Gläser sonst niemals anfassen. *Das ist kein Verbot, das ist nur ein guter Rat, übrigens zu deinem eigenen Schutz,* hieß es beim Abtrocknen, wenn diese Art von Gläsern beim Spülkram dabei waren. Alle Gläser aus der Vitrine waren *kostbare Stücke.* Es ereigneten sich auch Abendgeselligkeiten, bei denen Gläser verwendet wurden, die das Kind abtrocknen durfte. Jetzt hast du einen Barockkelch in deinen kleinen Händen, paß fein auf, ja? Er ist Jahrhunderte alt, stell dir das mal vor.

Das Kind fühlte sich ziemlich wohl. Dein erster Sekt, aber der Anlaß ist auch ganz danach. Trinken wir auf unsere neue kleine Familie. Fühl dich wohl bei uns, Herzchen. *Herzchen* war wirklich viel. Es ging dem Kind sofort zu Herzen. Es nahm alles Herzliche unmäßig in sich auf, und das Herzliche dieser kleinen Stimmungsrunde stieg ihm mehr zu Kopf, pulsierte lebhafter und ungewohnter in seinem Blutkreislauf als der Alkohol. So ging mal alles wirklich gut. Ob es bis zu einem Abschluß gut ginge, fragte das Kind sich gar nicht. Aber dann schenkten Christa und Kurt sich neu ein und das Kind bekam Selterswasser, wenn auch in den *Sektkelch.* Es fühlte sich zwar immer noch wohl, aber jetzt schämte es sich auch. Es schämte sich nicht wegen des Selterswassers, es empfand das Selterswasser durchaus schon als einen kleinen Stilbruch, aber nicht als Demütigung, und es konnte sich gut auf das Selterswasser einstellen, es konnte gut sein Gefühl, sehr klein zu sein, zu klein für zweimal Sekt, ganz kindlich und schonungsbedürftig, nun daraufhin in sich hegen. So klein wie es sein wollte, manchmal, konnte es von Zeit zu Zeit absichtlich werden. Es schämte sich, weil es sich gut fühlte. Die Großeltern fielen ihm ein. Es wünschte sich die Großeltern gleichwohl nicht hierher in diese kleine, wichtige Feier. Die Feier wurde ihm etwas unheimlich. Auf einmal sah alles so nach Endgültigkeit aus. Dem Kind war komisch zumute. Wen müßte es denn jetzt rächen, anstatt hier vergnügt mitzumachen. Die Großeltern? Nur die? Diese armen alten Lieben in ihrer dämmrigen, dem Kind behaglicheren Wohnung mit den kleinen, vollgestopften Zimmern. Aber wen noch? Die wahren Eltern, meine Familie am Tisch des Herrn. Oder was war denn los? Der Familie ging es doch so ausgezeichnet gut sorgenfrei ruhig am Tisch des Herrn. Wohlfühlen soll ich mich, dachte das Kind, das möchte mein wahrer Vater sehr, Heldentaten, die zum Wohlfühlen und zu mir selber führen, darauf warten sie, sie beobachten mich, daß ich nicht unglücklich bin und untergehe, das wünscht mir meine wahre Mutter ganz dringend, und mein Schwesterchen weint jedesmal, wenn ich verzweifelt bin. Also: Mitfeiern. Aber aufpassen. Genau aufpassen. Ich selber bleiben. Meine Hände und ich. Es hatte plötzlich Lust, diese beiden freundlichen Leute, die es nun wechselweise ständig säuerlich sektartig anhauchten und ihm zu nah kamen, im blauen Heft so bald wie möglich ganz wüst zu beleidigen. Nachher, wenn die beiden sich hinlegen würden. Auf Mittagsalkohol antworteten Christa und Kurt mit leidenschaftlichem Schlafbedürfnis. Dann aber, wenn sie erst schliefen! Bei einer ruhigen Gelegenheit später würde das Kind, so beschloß es, während es sogar zurückküßte und lachte, im gelben Heft diese ganz wüste Verunglimpfung verwerten. *Gestalten:* ein Wort aus dem Erwachsenenwortschatz der beiden Schreiber.

Warum heißt du eigentlich Christa, fragte das Kind Christa. Wieso, wieso denn nicht? Ich finde, du dürftest so nicht heißen. Aber warum denn? Was ist denn nun schon wieder? Ist das kein ganz passabler Name? Natürlich, es gibt welche, die mir lieber wären, aber wozu drüber nachdenken? Man heißt so, wie die Eltern einen genannt haben. Eigentlich heiße ich Christine. Wäre dir das lieber? Mir wars etwas zu lang.

Ich finde, es paßt überhaupt gar nichts zu dir, was mit Christ anfängt, sagte das Kind.

Aha. *Das* ists, *das* mal wieder. Die etwas reichlich vage romantische sentimentale *Frömmigkeit* ist mal wieder dran. So viel denkt man sich nicht mehr bei einem Namen wie Christa. Oder Christine. Es kommt auf den Klang an, weitgehend. Wer denkt an das Christentum dabei? Ich, behauptete das Kind aufs Geratewohl, es dachte aber an Weihnachten, das erste Mal ohne Christkind. Na na, nun mach's mal halblang. Das klingt ganz schön aufgeblasen. So viel verstehst du noch gar nicht davon. Daß das Christkind richtig *kam* und die Geschenke besorgt hatte, glaubte es ja selber auch nicht, nicht so – aber daß das Ganze gar nichts mit dem Christkind zu tun hat, wollte es nicht und konnte es nicht glauben. Wie sollte ich denn nach deiner Meinung heißen? Eva, sagte das Kind. Christa lachte, das Kind fand: etwas hämisch. Nun bist du aber ganz schön reingefallen, du kleine Bibelexpertin! Eva, die springt einen ja zu allererst aus der Bibel an, hm, zusammen mit dem Adam. Um Ehre bei Kurt und Christa einzulegen, hatte das Kind an Weihnachten gerufen: Ich glaub ja selber längst nicht mehr ans Christkind! Das weißt du doch, mit Adam und Eva. Also, da muß dir schon ein anderer Name einfallen. Das Kind wurde bei der anspringenden Eva und dem mitspringenden Adam sofort wieder an die unbekleidet ihre Fitneßübungen durchhopsenden Erwachsenen erinnert und auch an ihre Demonstrationen am lebenden Objekt. Kurts Adamsmerkmale. Christa mit allem wohlgeratenen Eva-Zubehör. Viel unnötiges weiches Fleisch. Monika? Oder Sigrid, Elke, gefällt dir das, bist ein bißchen neidisch auf deine Freundinnen? Das sind nicht meine Freundinnen und die Namen finde ich abscheulich, sagte das Kind. Jetzt hätte es gern hinzugefügt, daß ein abscheulicher Name für Christa passen würde. Aber in Wahrheit war es schüchtern und auch höflich. Es war ihm selber oft unheimlich, wieso es sich so häufig ohne richtigen Anlaß rächen und warum es beleidigen wollte. Also, bleiben wir bei Christa, ja? *Vielleicht hat sie nur Streit gesucht? Ist das der Alkohol? War der eine Kelch schon zu viel? Ist was los? Wohl nichts!* Nach neuen Agressivitätserkenntnissen, sagte Kurt abends zu Freunden, *muß* ein Kind von Zeit zu Zeit – woraufhin das Kind nicht mehr zuhörte. Das verleugnete Christkind, sein Verrat, der ihm heute wieder eingefallen war, mußte beim Einschlafkomplizen am Nachthimmel nochmals gerechtfertigt werden.

Eigentlich fühlte sich das Kind viel öfter doch wohl, gelegentlich sogar sauwohl, viel öfter, als es sich eingestand und als die Niederschriften im blauen und gelben Heft eine Interpretation seines Innenlebens nahelegten. In den Heften verbreitete das Kind lieber so Empfindungen, die das Phänomen *Weltschmerz* wiedergaben. In den Heften behandelte es am liebsten seine Hauptkrankheit: Heimweh.

Bei der Adoptionsfeier fühlte das Kind sich auch wieder sauwohl, wie immer, wenn die zwei Hausbevollmächtigten einen Frieden im Haus verbreiteten, wenn die zwei sich nicht nur wie gewöhnlich gut vertrugen, sondern in ihren Frieden auch das Kind einschlossen. Trotzdem, es bleibt dabei, dachte es, die Sache mit der neuen kleinen Familie und dem Sekt macht mir einen Ekel. Das war ein absichtlich übertriebenes Denken. Der Verrat ist da. Aber ich verrate nur nach außen hin, mich, die wahre Blutsverwandschaft, und mein Heimweh, ihr zwei habt ja keine Ahnung, und meine Freuden mit dem Heimweh, und meine Puppe Margarinchen und seine zerschlagene Nase, die ihr unschön findet, nur für euch sieht es nach Verrat und Einverständnis aus, denn ich verstelle mich erstklassig, ich habe weiter mein Eigentum, meine Hände und meine Füße und meinen nächtlichen Körpergeruch und überhaupt mich und meine Welt, alles gegen euch oder neben euch. Ihr habt keine Ahnung. Ich verrate die Adventszeit schon nicht, wenn ich nur achtgebe. Schöne Adventszeit, Schnee fällt. Zur Zeit war weder Adventszeit noch fiel Schnee. Es konnte jederzeit Adventszeit sein und ein Schneetreiben dazu, wenn das Kind es sich vorstellte. Trotz eines gewissen Triumphgefühls hatte das Kind, während Kurt und Christa sich zuerst lebhaft und dann in ein Gähnen hinein tranken, eine ihm dämmernde Angst vor einem Verlust. Immer bei gleichzeitigem Glücksempfinden. Denn wenn es ehrlich war, mußte es zugeben: ich habe ein Glücksempfinden, leider ja, leider immer doch, wenn ich diesen erwachsenen Zugehörigen angenehm bin, wenn ich keinen Anstoß errege. Und dann fühle ich: jetzt ists aber höchste Zeit und ich müßte endlich Anstoß erregen. Das geht diesmal vielleicht so: *Ihr laßt euch ja ganz schön vollaufen* sagte das Kind. Es erregte keinen Anstoß. *Ihr seid ja schon stockbesoffen,* sagte das Kind nicht mehr, denn Kurt hatte es eben hochgehoben und wieder auf dem Boden abgesetzt und es fühlte sich gut. Es spürte eine Hoffnung darauf: Endlich wird etwas Ungewisses doch noch gut. Endlich werde ich hier doch leben und nicht untergehen. Kurt wird mich von jetzt an öfter und einfach so hochheben und auch in seine

Arme nehmen, wenn was los ist, oder so, wenn er vielleicht Lust dazu hat.

Im Verlauf seiner üblichen Unterbrechung in der Nacht schlich das Kind jetzt durch den dunklen Hausteil. Es mußte weiter darauf aufpassen, wenig zu empfinden. Jetzt zum Beispiel durfte es kaum was von der heimlichen Schadenfreude empfinden, die es allerdings empfand, nur: wenig wenig, kaum was, redete es sich zu, und versuchte, trotzdem gleichzeitig seine Schläfrigkeitsreste zu überwachen. Es sollte nicht barfuß nachts durchs Haus laufen. Nachts war die Heizung gedrosselt, der Thermostat wurde auf 15 oder 16 gestellt, das war gesünder für Schlafende, das war aber eine Erkältungsgefahr für Mondsüchtige und Nachtwanderer anderer Art, für beharrliche WC-Besucher. Der Boden kühlte auch aus, wie alles im Haus, wie das Haus selbst, die Kühle paßte zum Haus. Die kühlen Teppiche auch, die so dicht beieinander lagen, daß das Kind von einer Stoffinsel zur nächstgelegenen Stoffinsel ohne zu große Schrittspannen schleichen konnte. Oft hatte das Kind die Absicht, sich zu erkälten. Es hatte Sehnsucht nach einer Krankheit. Sie ist ziemlich krank, sie macht uns ziemlich große Sorgen, wollte es in etwas gedämpfteren Stimmen als üblich hören. Stimmen, die sich auf das Kind konzentrierten. Aber ihm fiel meistens auch gleich der Nachteil einer Bettlägerigkeit ein. Erstens: nach wirklichen körperlichen Schreckenszustände hatte es keine Lust. Schmerzen waren nur schön, wenn sie abklangen. Dann waren sie sehr schön. Das Betäubungsgefühl war sehr schön. Aber vorher, der Schmerz, war ekelhaft. Zweitens: im Bett wäre es zu sehr eingeschränkt. Die Beeinträchtigungen seines Eigenlebens, beispielsweise dadurch, daß es kein eigenes Zimmer hatte für sich und für seine Wand und für sein Nachdenken und seine Spielsachen, bekümmerten das Kind ja ohnehin auch in gesundem Zustand. Die Spielsachen, sofern sie durch Alter skurril und sogar zum Teil auch einen *Wert* besaßen, waren ja *integriert,* gaben *einen touch, machten sich prima, lieferten* den *Kontrast.* Für das Kind, zum Spielen, waren die Spielsachen von früher eigentlich auch gar nicht mehr gedacht. Christa und Kurt hatten neue Sachen angeschafft, didaktisch funktionelle Spielsachen, mit denen das Kind konstruktiv bauen, ineinanderfügen, herstellen, insgesamt: durch Spiel *lernen* sollte. Nach einem wissenschaftlich erprobten Rezept war erworben, verschafft, dem Kind schmackhaft gemacht worden, womit es sich dann nicht nur anödete, sondern wodurch es sogar regelrecht abgeschreckt wurde. Lauter glattes geometrisches zu farbiges Zeug, das seine Phantasie nicht anregte. Heimlich machte es sich doch immer wieder zum Beispiel an seine alten, stark angeschlagenen Puppen. Das Uddinchen war fast nur noch ein sägmehliger Brei, aber heiß geliebt, zerquetscht vom Umarmen, Küssen, Ans-Gesicht-Pressen. *Was sehen da meine entzündeten Augen? Bist du denn nicht heut wieder der Paul? Hast du uns das nicht vorhin erst großartig verkündet? Und deine angetrübten Paulklamotten angezogen? Und jetzt: Puppen? Na hör mal, was ist denn das für ein perverser, für ein reichlich komischer Paul, der benimmt sich ja wie ein sentimentales dummes kleines Mädchen.* Das Kind widersprach und war stolz darauf, daß es ihm mal gelang, schlagfertig und mit dem Andenken an eine *Lehre* und *Entwicklungshilfe* zu reagieren, und es wies Christa zurecht: Du hast doch gesagt, daß Mädchen nicht dumm und so was alles sind. Sie sind doch genauso stolz drauf, Mädchen zu sein, wie die Buben drauf stolz sind. – Ach, das ist ja was ganz anderes. Dein Paul, wenn du die Rolle wirklich richtig durchspielen willst, gibt sich einfach nicht mit Puppen ab. Als Paul läufst du lieber raus und mischst dich unter die anderen Kinder auf dem Baugrundstück drüben, oder klettre mal auf einen Baum. Du machst dir deine ganzen Schrammen ja immer selber, ich meine, wir haben schon gemerkt, wie du irgendwie an dir herumkratzt und schabst und nachher erklärst du uns, du hättest dich bei einer Mutprobe verletzt. Siehst du, das ist wieder so eine Mogelei um die Wahrheit herum. Die Wirklichkeit ist eine Aufgabe. Du mußt sie schön und gut und richtig finden. Das Kind sagte, *Paul ist eben anders* und *Ich will ihn so, ich will, daß er anders ist, er wird ja wahrscheinlich später mal ein Genie.* Trotzdem, so hieß es, mit Puppen spielt er nicht, und so anders sollte er auch nicht sein. Bildet er sich etwa was drauf ein, daß er so anders ist? Warum möchte er denn so gern so anders sein? Ist er ein Fantast, ein Einzelgänger? Dann wird ers um so schwerer haben, jetzt und erst recht später. Denn Menschen leben nun einmal miteinander und bilden eine einheitliche Gemeinschaft. Einer bedarf des andern, so oder so. Ohne den Müllabfuhrmann müßte sogar Paul verdrecken, und käme kein Briefträger – wie allein wäre er da und immer so weiter. Hochmut kommt vor dem Fall. Und nach dem Müllwerker und dem Heizungsmonteur. Die Menschen sind einer auf den anderen angewiesen. Das lernst du jetzt, später begreifst du es. Aber später bist du sowieso wieder Paula und sonst niemand. Am besten, du fängst rechtzeitig an, umzudenken. Versteif dich nicht auf den *Paul*.

Paul oder Paula, Paul und Paula, sie liebten gleichermaßen eine alte Puppenküche, die bei der Übernahme des Kindes in die *neue Heimat* mehr als nur Gnade gefunden hatte, sie war ein *Fund* und wurde ohne Zögern mitemigriert, wie einige andere Altertümer aus der Vorgeschichte des Kindes auch. Das meiste Zeug vom Kind taugte nichts weiter. Nicht alles durfte Kurts und Christas schönes Haus betreten, nicht das, was wirklich Abfall und auch durch Benutzung über Gebühr unappetitlich war. Das Kind hatte ein paar Sachen heimlich gerettet und eingeschleust. Also schön, bis zum Eingelebtsein, wir dulden auch das, auch das noch. Bei der Puppenküche und bei der Puppenschule und bei einigen anderen *Funden* handelte es sich um abbildungsreifes, ausstellungsreifes Spielzeug aus einem vergangenen Jahrhundert. Wahrscheinlich hatten schon irgendwelche Ahnen mit diesen Sachen gespielt. Merkwürdigerweise war einiges ziemlich gut erhalten. Über die Puppenküche waren Paul und Paula immer sehr gerührt. Der Fußboden aus Holz hatte ein blau-weißes Karomuster. Die ganze Küche war in Blau und Weiß. Christa räumte rigoros Utensilien aus den *putzigen, niedlichen, irrsinnig altmodischen* Regalen und Schränken der Puppenküche, die nicht stilgerecht hineingehörten, sondern später planlos zum Spielen dazugekommen waren. Bis die ganze Puppenküche stilrein und ein Schmuckstück war. Am besten, man würde sie außer Reichweite des Kindes aufstellen, am besten sogar hinter Glas. Um aber dem Kind wenigstens in den ersten Monaten, die zum Einleben der besonderen Einfühlungsgabe der neuen Eltern bedurften, nicht weh zu tun – denn mit der Puppenküche stellte es sich wirklich an, das war nicht einfach die übliche *Bockigkeit,* dieser Widerstand saß tiefer, und ihm mußte noch subtil nachgespürt werden – um also lehrbuchgetreu behutsam vorzugehen, blieb die Puppenküche im Benutzungsbereich des Kindes, blieb sogar am Boden, obwohl diese Unterbringung am Boden für die wöchentliche Putzhilfe eine zusätzliche Belastung war. Andererseits: dort am Boden machte sich das nette kleine Altertum richtig gut. Eine weitere beglückende Gliederung des riesigen Raums *Atelier,* zwischen dem Bücherregal für philosophische und politische Literatur – überwiegend einförmige strenge Buchrücken – und der ebenfalls strengen Empirekommode und in der Nähe der technischen Ecke für Plattenspieler, Stereoanlage. Fabelhafter Kontrasteffekt. Du kannst doch jederzeit damit spielen. Warum *spielst* du nicht. Du sitzt ja einfach nur davor, du bewegst die Hände nicht, du sitzt da und schaust alles an. Du kennst ja alles. Nun *spiel* doch wenigstens damit. Ich denke mir Sachen aus, sagte das Kind. Wann, und wobei, was für Sachen? Immer wenn ich was anschaue, denke ich mir viele Sachen aus, sagte das Kind. Koch uns doch mal was, was ganz Winziges, hier mit dem winzigen Kasseröllchen. Ich koche ja nichts, sagte Paul. Paul kocht niemals. Dann vielleicht morgen, falls du morgen ausnahmsweise geruhst, Paula zu sein. Schön, wie du willst. Das waren so Dialoge. Es fiel nie ein hartes Wort. Das Kind empfand die kühlen, sachlichen Wörter als hart. Als steinig steinern, in solche Wörtersteine kann ich kaum jemals ein Loch machen. *Paulinchen* übrigens, *das* kocht, sagte Kurt, als ahne er plötzlich, wie man sich zum Innenleben des Kindes doch noch einen Zutritt erschleichen konnte. Bei *Paulinchen* pflegte das Kind weich zu werden und ein wahres, unverhohlenes Paulinchen. Diesmal aber floh es einfach, wenngleich als Paulinchen, vor Kurt und der Puppenküche und besonders vor Christa, die lernwütig zuschaute, rasch zu seinen Schreibheften. Es fiel ihm zwar nichts ein, aber es tat so und kritzelte, es machte Buchstaben, die keine Wörter ergaben, die Erwachsenen sollten denken: Aha, nun schreibt sie ihren Protest und ihr Unverstandensein auf, aber es schrieb nur verrückte, sinnlose Buchstabenkombinationen und strich anschließend alles dick durch, mit einem geklauten Filzschreiber. Diese Filzschreiber von den Arbeitsplätzen der Profischreiber durfte es strenggenommen nicht benutzen, jedoch war Nicht-Dürfen auch bezüglich der Filzschreiber ja kein Verbot im herkömmlichen Sinn. Das Kind durfte oft geradezu machen, was es strenggenommen nicht durfte, denn dann war das Kind ein besonders ergiebiges Anschauungsobjekt, ein richtiges Schaustück, ein Lernmaterial erster

Klasse. Geheime Wünsche gaben sich zu erkennen, und zu ermitteln blieb, wie man gegen sie anging, mit welcher Vernunft man zu lavieren hatte. Mit der Puppenschule durfte das Kind ebenfalls spielen, hier kam allerdings der Zusatz *Vorsicht* hinzu. Die Puppenschule war von einem Fachmann für alte Kinderspielsachen getestet und sehr hoch eingeschätzt worden. Sie war schon etwas ramponiert. Die Püppchen waren zerbrechlich, das ganze Inventar war hochempfindlich. Wenn du sehr vorsichtig bist, kannst du durchaus damit spielen, Schatz. Schulespielen, so was macht sogar vielleicht der Paul, wenn es einen Paul ja doch auch im Grunde mehr hinauszieht zu den andern Kindern und in die Abenteuer. Die Puppenschule war selbstverständlich auch *integriert.* Der gesamte kindliche Kram war gut organisiert. Penibel und nach einem ästhetischen System in die Erwachseneneinrichtung gemischt. Aber was machen wir da verkehrt? Sie spielt nie richtig. Doch gar nichts machen wir verkehrt. Wo es doch bei uns kein Eckchen gibt für irgendein noch so winziges Geheimnis, hier ist alles frei, freier Zutritt, hier gibts für keinen von uns dreien einen Schlupfwinkel, hier herrscht die vertrauensvollste Vertrauens- und Gleichheitsbasis, die man sich vorstellen kann. Siehst du, hier hast du ein großes, schönes, weiches Kissen. Darauf kannst du gemütlich hocken und mit allem spielen, jederzeit, ungehindert, ungestört, Puppenschule, Puppenküche, immer wenn dir danach zumute ist, und du hast dirs ja vom ersten Tag an angewöhnt, leise zu sein, du störst also auch uns nicht, die wir arbeiten, so wenig wie wir dich stören, die du spielst. Also Spielen! Aber vergiß nicht ganz über den Antiquitäten die schönen neuen Sachen, die wir extra für dich gekauft haben, weil wir älter sind als du und uns darüber informiert haben, daß du mit den neuen Spielsachen weiterkommst in deiner Entwicklung, weiter als mit den alten Sachen. Mit den alten Sachen bleibst du stehen.

Die alten Sachen regen dein Gemütsleben an, das verstehen wir, aber wir halten es eigentlich für angeregt genug. Mit den neuen Sachen aber kommt dein kleines Gehirn weiter und du *lernst, spielend,* ohne daß du es merkst, nicht wie in der Schule.

Das Kind hörte zu, wie Christa *So ideal möchte ich geradezu auch noch mal aufwachsen* sagte. *Dermaßen eingebettet in Toleranz.* Also, hier stört keiner keinen, sagte Kurt freundlich zum Kind. Du beispielsweise, du singst gern, wie wir bald heraushatten. Du hast sicherlich schnell begriffen, daß wir hier, Christa und ich, wenn wir schreiben oder wenn wir mal eine Pause machen, um zu überlegen und um zu überprüfen, was wir geschrieben haben, richtig *arbeiten,* daß das, was wir machen, die größte Konzentration erfordert, und die ist nur möglich, wenn absolute Ruhe herrscht, und deshalb hast du dir angewöhnt, nur noch ganz leise zu singen. Das war sehr rücksichtsvoll und ein sehr rasches Verständnis für unsere Lage. Du summst nur noch, man kanns kaum hören. Es stört uns nicht. Du kannst ruhig zwischendurch auch mal ein bißchen lauter summen. – Na ja, ich weiß nicht recht, sagte Christa, das ist dann doch gleich wieder Singen, oder? Und ein bißchen zu laut, vielleicht? Die beiden hörten oft Radio- oder Schallplattenmusik, auch zur Schreibarbeit. Auf ein früheres Befragen des Kindes hin – es hatte sich in einer gemischten Trotz-Annäherungsstimmung damals befunden – bekam es zur Erklärung zwei freundliche, gleichmäßige Stimmen und viele Sätze: Dann handelt es sich um eine Absprache. Dann ist es jeweils für uns ein Schreibmoment, in dem Musik, eine bestimmte Musik, uns anregt, und uns in eine ganz bestimmte innere Ausgewogenheit versetzt. Niemals handelt es sich um etwas, das einer von uns zufällig oder spontan tut. Es ist was anderes als mit deinen gesummten Liedchen, es ist nämlich Kunst, verstehst du. Ob Gregorianik oder eines der letzten Streichquartette, die noch komponiert werden, die Streicher sterben aus. Immer handelt es sich um Kunstwerke aus der Musikliteratur.

Immer handelt es sich um eine grauenhafte öde Musik, bei der man sich nichts vorstellen kann, dachte das Kind. Es sagte diesen Satz so wenig wie den: Wenn *ich euch* nicht störe, meinetwegen, aber *ihr* stört *mich,* verdammt, dauernd, vom Morgen bis zum Abend. Oder doch meistens. Verdammt, ich hätte ihnen das mal ins Gesicht brüllen müssen. Verdammt gleichbleibende Gesichter, damit sie sich mal verändern und irgendwas befürchten oder ahnen und so. Verdammt. Wenn ich nur ehrlicher wäre. Wenn ich nur *immer* ehrlich wäre, ich bin es nur manchmal und ich höre zu rasch wieder auf mit meiner Ehrlichkeit. Verdammt noch mal. Warum bin ich so verdammt höflich. Verdammt! Es heißt doch immer, kein Mensch hätte je versucht, auch nur *versucht,* mich zu erziehen. Woher habe ich denn verflucht noch mal diese verfluchte verdammte Höflichkeit. Das Kind riskierte immerhin so viel: es fluchte. Aber der Fluch hing zusammenhanglos in einer Leere herum. Die Erwachsenen lächelten verwundert. Womöglich ein bißchen belustigt. Erfreut? Verdammt.

Also vielleicht mal eine Krankheit. Nicht so schwer in Wirklichkeit, aber dem Anschein nach. Gäbe es doch eine Beachtung so mit Sorge, leichtem bis schwererem Kummer, eine ratlose Beachtung: *Was mag mit ihr los sein? Willst du was vorgelesen kriegen?* Sofort fiel dem Kind das langweilige Zeug ein, das man ihm vorlesen würde. O ja, vorlesen, bitte Gedichte, würde es aber sagen. Bitte den Erlkönig. Das ist zu schaurig für dich. Du hast ja ohnehin Fieber. Dann bitte *Wanderers Nachtlied* und *An den Mond* und das *Lied über den Herbst.* Was soll denn das sein, das *Lied über den Herbst?* Kennen wir nicht. Sicher so ein Edelkitsch aus dem »Trostbüchlein für Poesie«.

Das hat doch neulich die dicke Schauspielerin, die Sängerin in dem Film *Effi Briest* gesungen, sagte das Kind, es war so schön. Die Erinnerung an den Filmabend mit *Effi Briest* war eine der ganz überwältigenden Ausnahmen in seinem Leben, eine reine Glücksausnahme. Ganz planlos hatte es, einfach so, einfach ohne Absprache und Rede hin und her, aufbleiben und zusehen dürfen. Es hatte sich unheimlich glücklich und mitgerissen gefühlt.

Nur meistens endeten Abende, an denen das Kind auf diese rare Art planlos, lehrbuchwidrig einfach aufbleiben und fernsehen durfte, mit einem gefährlichen Überschwang beim Kind, gefährlich fürs Kind. Merkst du was, Kurt, sie kommt wieder ins Plaudern, sie salbadert, hör jetzt auf, du schwankst ja schon, du versprichst dich ja dauernd, was willst du denn noch, was? Was: Beteuern? Du hast uns so gern? Ja, sehr schön, wir freuen uns sehr, aber jetzt ists Schluß, los, marsch, ins Bettchen. Du bist übermüdet. *Hat sie heimlich was eingenommen? Sie wirkt ja wie jemand unter Drogeneinfluß.* Entsetzlich verletzt landet das Kind vor dem verschlossenen Eingang zu seiner Nacht. So gnadenlos, unversöhnt konnte es nicht einschlafen und wollte auch nicht. Nun weinte es, diesmal. Nun sah es aber keiner. Bis morgen früh sähe man keine Elendsspur mehr. Vielleicht wäre sein Elend hörbar zu machen und jemand käme, um es zu trösten, Kurt vermutlich. Es weinte mit Geräusch. Es stöhnte, schluchzte. Aber die Schlaf-Fans schliefen. Alles umsonst. *Füllest wieder Busch und Tal* half schon. Weiter: das *Vaterunser* durchnehmen. Der Komplize war ganz nah, er war nicht weit entfernt von den senkrecht aufragenden Ästen der Steineiche. Der Nachthimmel, auf den das Kind vom Bett aus durchs Atelier-Oberlicht schaute, war milchig, mondig. *»Lösest endlich auch einmal meine Seele ganz.«* Das Kind summte, es fühlte sich seiner gewöhnlichen schönen Erlösung nah. Der Schmerz über die unbenutzten Gefühle klang ab. Das leichtere Wehtun war erwünscht.

Jetzt hast du dir also auch noch Goethe an die Wand gesteckt. Höher hinaus gehts wohl nicht.

An den Mond ist so schön. Und der Wanderer mit seinem Nachtlied. Das ist doch so schön.

Sieh mal her, Kurt, die Paula, die wirkt ja völlig verschwärmt.

Das Kind fühlte sich aufgeweicht von so Zeilen wie »*Den, der doppelt elend ist / doppelt mit Erquickung füllest.*« Ob es alles richtig verstand, war ihm egal, obwohl Kurt und Christa sagten, *du verstehst das noch gar nicht richtig,* denn es wußte, ohne Argumente zu finden, daß Zeilen wie diese von keiner Menschenseele richtiger verstanden werden konnten als von ihm. Als von meiner *Seele.* Und dauernd bin ich gemeint. Goethe hat zu viel gegessen, mein Schatz, ja er hat sich regelrecht überfressen, stell dir vor, und wurde schon wegen Zahnschmerzen ganz wehleidig, und dann hat er vielleicht mit seinem vollen Wanst deine *deine* schönen *schönen* Zeilen gedichtet. Du machst wieder einen deiner Lieblingsbogen um die Wirklichkeit.

In einer Abhandlung hatten sich die beiden sowieso gerade noch mal über das Lebensalter unterrichtet, in dem vor allem Mädchen dazu neigen, eine Person anzuschwärmen oder sonstwas anzuhimmeln und zu verklären: Paula hatte dieses Lebensalter jeder Gesetzmäßigkeit widersprechend viel zu früh, das heißt sie war noch gar nicht darin, sie spielte jetzt vielleicht entweder ein Theater, alles war künstlich und Mache, oder sie befand sich in einer gefühlsmäßigen Gefahr. Abwenden. Zurechtrücken. Richtig wieder geradebiegen. Paula auf ihre Altersstufeneigenschaften manövrieren. Ja ja, Aufgaben noch und noch. Aber langweilig wurde es nie. Nie nie nie, sagte Christa abends zu den Freunden.

Und doch, und andererseits: das Kind dachte doch immer mal wieder an die Möglichkeit, einfach mal als *krankes Kind* für ein paar Wochen im Bett zu verschwinden. Christa und Kurt in schlimmen Sorgen – es hätte hohes Fieber, es würde mit Eßwaren zum Essen verlockt, die es normalerweise nicht bekam und nach denen es immer Lust hatte. Es bekam keine dicke Erbsensuppe und keinen dicken Reisbrei mit Zucker und Zimt, normalerweise, wenn es gesund war, weil das unter vielem andern, wonach es Lust hatte, ungesund war. Es bekam die speckige Fettsoße nicht über die Kartoffelklöße, die es auch nicht bekam. Ich habe ein Heimweh nach – Nach Sachen, die man ißt, hat man kein Heimweh. Das ist ein unangebrachter Sprachgebrauch. Du sollst nicht immer alles dramatisieren, das mußt du dir abgewöhnen, und das Sentimentalisieren, wenn du verstehst, was wir meinen. Du betrachtest alles, aber auch alles, mit zu viel Gefühl. Aber euch nicht, sagte das Kind. Euch doch nicht? Nein, das stimmt, sagte Christa, sie sah aber nicht betroffen aus. Da scheinst du gottlob vernünftiger zu sein. Gott sei Dank. *Gottlob* und *Gott sei Dank* darf man nur sagen, wenn – Wenn was? Na? Sprich dich aus? Meinst du das 1. Gebot? Oder welches Gebot ists genau? Man sagt es aber, weißt du, man sagt es halt, es gibt einen gewissen Nachdruck. Sei beruhigt, dein lieber Gott wirds uns nicht weiter übelnehmen. Vermutlich müßte er auch andere Sorgen haben. Hoffentlich hat er andere Sorgen. Stell dir mal vor, was in der Welt alles Schauerliches dauernd passiert. Du siehst ja die Nachrichten mit uns. Stell dir mal die verhungernden Negerkinder vor von gestern abend. Und dann dich. Wie gut hast du es, wie schlecht haben *sie* es. *Sie* würden gern den Quark essen und den Möhrensaft trinken, den du verschmähst. Redest du darüber auch mal mit deinem lieben Gott? Na? Und da müßte man nun sagen, ob man nun an einen Gott glaubt oder ob mans nicht fertigbringt: Gott gebs! Daß du auch darüber nachdenkst, über so einen Gott, der das zuläßt. Um Gottes willen! Ist auch so eine Unterstützung eines Ausdrucks. Da du ja immer *dichten* willst, gell?

Hohes Fieber, ein leidendes Kind: dann bekämen Kurt und Christa wenigstens diesen kleinen Ausschnitt aus der allgemeinen Ratlosigkeit des Kindes mit. Wenigstens eine körperliche Ratlosigkeit. Eine ratlose Gesundheit. Das wäre schon etwas. Wenn es dann so da läge, wie ein Rätsel, ohne Hunger und Durst, doch, Durst hätte es viel, dauernd, bei Fieber. Falls es auch Hunger hätte, würde es so tun, als hätte es keinen Hunger. Und sonst, was dann, ja, was? Na, immerhin, die zwei müßten dann doch schon was unternehmen für das Kind und es könnte sich beachtet fühlen, anders beachtet als sonst, wenn es beobachtet war wie ein Lehrmodell zum Lernen, beachtet im Bett in seiner Krankheit im Sinn von: besorgt, behütet. Vielleicht. Sehr fraglich eigentlich. Das ganze Vorhaben war dem Kind doch ziemlich unsicher. Kurt und Christa würden doch hauptsächlich schlafen und tippen und zwischendurch mal nach ihm sehen, z. B. wenn sie Appetit hatten auf eine ihrer extravaganten Konservendelikatessenmahlzeiten. Im übrigen käme ein Arzt, oder er käme gar nicht mal, man würde telefonieren, in der Apotheke was Harmloses besorgen, nichts zum Betäuben, was zum Starkmachen, Vitamine, Vitalstoffe, es gäbe erst recht keine schweren Sachen zu essen, keinen Reisbrei und keine Erbsensuppe, erst recht nichts *aus der Küche des vorigen Jahrhunderts*, und die Schreibmaschinen möglichst weit weg vom Kind, damit es in erster Linie sich durch Schlaf auf die *natürliche* und *schönste* Weise wieder gesundmachen konnte. Ausgerechnet schlafen: das käme dabei heraus. Besser, gesund bleiben.

Das Kind ging in der Nacht aus Trotz barfuß. Es fand das richtig und zugleich hundsgemein, daß es sich so oft rächen wollte. Christa und Kurt: immer so nett, meistens so nett zu ihm. Aber *nett* und beinah sonst nichts. Aber es durfte sich wahrhaftig beinah über nichts klarwerden auf diesen Nachtschleichwegen. Es sollte nun mal um seiner selbst willen weiterschlafen nach der üblichen Unterbrechung in der Nacht. Bis endlich auch die abgeschafft wäre. Um deinetwillen, Paula. Im Schlaf regeneriert sich dein Körper, das heißt: er sammelt neue Kräfte. Er holt auf. Während du nichts davon merkst, erholt sich jede winzige kleine Zelle in deinem Körper vom Tag davor und macht sich stark für den Tag, der kommt. Christa und Kurt sagten zu ihren Freunden: Daß ein Kind früh aufwacht, ist bekannt, ist auch normal. Wir haben mit einem gewissen Schrecken auch *daran* gedacht, *vor* dem Plan, Paula zu übernehmen. Ahnen konnten wir aber nicht, daß Paula ungewöhnlich früh aufwacht, für ihr Alter um ein paar Stunden zu früh. Das gibts ja gar nicht. Es paßt zu keiner wissenschaftlichen Erkenntnis über ihr Lebensalter. Wie so manches bei ihr, übrigens, bedauerlicherweise, oder wie mans nimmt, wie soll man sagen – Vor allem paßt es nicht, und es schadet ihr selber, was unser Hauptanliegen als Kummer ist, daß sie dann nicht weiterschlafen kann. Ich würde lieber sagen, daß sie nicht *will.* Sie will nicht weiterschlafen. Was das nun wieder sein mag, weiß der Kuckuck. Es steht schließlich nicht *alles* in den einschlägigen Büchern. Immerhin steht soviel da: man muß solche Ausnahmekinder dazu bringen, sich an eine Norm zu gewöhnen. Sie müssen lernen, zu wollen, was sie nicht wollen. Aber mittels *Wollen,* das schon. Das Ungewollte als *Wollen* lernen und es lernen wollen. Sie lernen einen Wunsch, sie lernen ein Bedürfnis. Sie werden nicht dazu erpreßt. Sie wird nicht gezwungen, weiterzuschlafen, sie wird gelehrt, weiterschlafen zu wollen. Doch doch, man kann Wünsche lernen. Ja, das stimmt. Auch ich habs gerade kürzlich gelesen. Gilt auch für Erwachsene.

Wir üben das mit Paula. Wir machen neuerdings sogar Fortschritte, endlich. Geduld braucht man schon, eine Engelsgeduld. Ich vermute, die wird einem nur durch Neugier gegeben, wenn man neugierig ist auf ein Kind und auf seine Reaktionen. Paula schläft jetzt meistens wieder ein. Sie sagt es. Das ist oft genug leider kein sicherer Beweis bei ihr, denn sie macht sich gern wichtig und schwindelt. Aber da sie nicht mehr tagsüber plötzlich so erschöpft ist, und weil ihre Gesichtsfarbe auch ein bißchen besser geworden ist, müssen wir ihr, beziehungsweise dürfen wir ihr das ausnahmsweise wohl schon mal glauben. Das Kind hörte zu und bekam Herzklopfen vor Empörung wegen der Gesichtsfarbe. Wurde es etwa rosig, gar rotbackig? Ich möchte bleich sein, beschloß es. Ich werde mein Gesicht, mit Mehl vielleicht, bleich machen. Oder mal sehen, was in Christas Töpfchen ist, vielleicht auch was Weißes. Sie läuft ja leider blöderweise immer ziemlich hellbraun rum. Also wahrscheinlich dann Mehl.

Also, vor 6 Uhr aufwachen, das gibts nicht. Soviel wir ihr durchlassen, ja, sie lebt doch weiß Gott in einer Welt ohne Verbote. Sie lebt in einer Welt der guten Ratschläge statt der Verbote, der didaktischen und immer vorsichtigen Zurechtweisungen, das schon. Verbote, Strafen – sie kennt das überhaupt nicht. Sie kennt zwar Maßnahmen. Das geht einfach nicht anders. Oft genug ist sie regelrecht einfach auf kindischste Kinderart ungezogen, man muß schon mal das altmodische Wort anwenden, wirklich. Dann gibts so eine Maßnahme. Zum Beispiel sie darf nicht der *Paul* sein. Die Paulsachen werden einfach weggesteckt. Oder das zerdellerte Margarinchen ist plötzlich weggereist. Einfach nicht da. Das wirkt. Und wir haben noch so ein paar Tricks auf Lager. Das Margarinchen ist im Haus Sonnenschein und hat es gut da, erfand das Kind sich und dem Margarinchen zum Trost.

Ihr habt recht, es geht um ihre Gesundheit und überhaupt. Ja, einfach ist es nicht, vor allem nicht bei einem Kind, mit dem einen keine irgendwie verwandtschaftlichen Bande verknüpfen. Denn das tun die doch wohl. Ich weiß ja auch nicht, wir haben nie an so was, doch etwas Veraltetes und irgendwie archaisch Anmutendes geglaubt, aber wahrscheinlich ist was dran. Manchmal erscheint sie uns wirklich als Fremdkörper. Immer wieder das Fragezeichen. Ein Schloß ohne Schlüssel.

Das Kind triumphierte auf die traurigste Art, die es sich in einem herannahenden Schlaf abverlangen konnte. Das ists, dachte es todmüde. Da sprechen sies nun doch endlich mal aus. Ein Fremdkörper, ein verschlossenes Schloß. Ehe es eine richtige, erwünschte, passende, gerechte Verzweiflung hinkriegte, schlief es ein.

Wo das Erlaubte anfängt, ihr zu schaden, müssen, leider leider leider, Verbote das Erlaubte abbrechen. Oder so. Stop. Sofern Verbote dieser Art überhaupt Verbote sind. O nein, Christa, sicher nicht, machen Sie sich darüber keine Gedanken. Ich spreche als Mutter, ich meine, von *eigenen* Kindern. Ich –

Bei den Wörtern *Verbote, Christa, Mutter* war das Kind nochmal halb aufgewacht. Es schlich sich auf dem auswendiggelernten Weg vom Bett zum Badezimmer. Das Kind erwähnte nur noch selten, dann aber hartnäckig den unbefriedigten Wunsch nach einem eigenen Zimmer. Erfolglos. Netter Einspruch. Ein eigenes Zimmer für dich zerstört die Schönheit der Raumaufteilung im Haus. Deine Übernachtung in der Schlafnische belästigt nicht das ästhetische Empfinden von uns Ästheten auf Schritt und Tritt, im Gegenteil, die Schlafnische ist ein Erfolg, und es ehrt dich doch, daß du so inbegriffen bist und sogar das schöne *Atelier* noch verschönerst. *Atelier,* obwohl keiner darin malte. Du hast doch überallhin freien Zugang wie jeder von uns. Du bist nirgendwo im ganzen Haus nicht zugelassen. Du kannst gehen, stehen, sitzen, spielen wo du willst. Du kannst leben wie wir Erwachsenen. Warum wollte dieses Kind sich nur immer zurückziehen. Warum war es dann geradezu wieder fast lästig anlehnungshungrig und wich, überwiegend Kurt, nicht von der Seite. *Lästig* durfte man wohl nicht sagen, aber *störend,* denn Arbeit ist Arbeit. Was für Wechselbäder in diesem komplizierten Innenleben des Kindes. Auf der andern Seite, sagte Christa zu Freunden, sind wir ganz froh darüber, daß wir uns eine Art Problemkind ins Haus geholt haben. Man kauft ja die Katze im Sack, gewissermaßen, und gerechnet hatten wir beide nicht mit so viel psychischem Hin und Her beim Kind. Ganz normal ist es mit Sicherheit nicht. Das Kind hörte zu. Es wußte wieder nicht, ob das Furcht war oder Rachsucht und Schadenfreude, was es dabei empfand.

Die beiden Erwachsenen, die jetzt auch offiziell seine Eltern waren, hatten vor Jahren freiwillig ein kinderloses Eheleben geplant, und weder mit Paula, noch mit einer Adoption überhaupt war gerechnet worden. In eine Situation hineinzuschlittern, lag beiden Partnern nicht, aber Hineinschlittern traf ein bißchen auf die Übernahme des Kindes Paula zu. Obgleich auch dieser Vorgang nicht unüberprüft und einfach blindlings spontan genannt werden kann. Christa und Kurt legten sich sehr wohl Rechenschaft über ihre eigene moralische und auch kinderpsychologisch-pädagogische Eignung ab, ehe sie den wohltätigen Schritt wagten. Sie mußten auch ganz praktisch dabei denken: Haben wir genug Zeit für ein Kind? Wird ein ohnehin einzelgängerisches Kind bei uns Kinderlosen auch nicht *zu* einzelgängerisch und dann *eigen* und vielleicht zu altklug? Genug Zeit hatten sie schon mal genau genommen nicht, denn beide schrieben und schrieben, viele Artikel, Feuilletons, Berichte, Beiträge, Essays, und von Kurt gab es sogar ein halbes Regal, darin standen Bücher, die er selbst geschrieben hatte. Es gab ein weiteres halbes Regal mit Büchern, darin Beiträge von Kurt zu finden waren. Christa und Kurt lebten an Schreibtischen und zwischen Tippgeräuschen. Die Tippgeräusche störten sie nicht oder nicht mehr. Sie waren so weit, daß es den einen nicht mehr unruhig machte, wenn er den andern tippen hörte und er selbst gerade kein Tippgeräusch herstellen konnte, sofern er nicht ungereimtes Zeug, einfach, um Töne zu erzeugen, vor sich hinklappern wollte. Aus diesem kindischen Konkurrenzanfang ihrer Schreibpartnerschaft waren sie heraus. Einige Kindergeräusche könnten aber stören. Glücklicherweise hatten sie, als sie sich doch, trotz der Großelternbesuche und Vorstudien immer noch in der Praxis reichlich uninformiert, auf Paula einließen, ein stilles Kind eingehandelt. Insofern war das Kind ein Glücksfall. Auch gut, daß es so versessen war aufs Alleinsein. Wenngleich manchmal ein bißchen verletzend. Werden wir denn nicht genug gebraucht vom Kind, als Partner? Es gab täglich neue Fragezeichen im Zusammenleben mit dem Kind. Oft schien ihnen das Kind selbst wie ein Fragezeichen durch ihr Leben zu gehen. Was sie vom Leben des Kindes mitbekamen, war vielfach noch ein Fragezeichen hinter den Fragezeichen. Na ja, wenigstens hört es nicht auf, lehrreich zu sein, sagten die am Thema Kind Interessierten, Christa und Kurt.

Ja, doch, durch die Schlafnische ergab sich ein neuer innenarchitektonischer Reiz, ein Reiz wie der durch die altmodischen Spielsachen. Es wäre schade gewesen, das Kindertümliche in ein Kinderzimmer zu verbannen. Erwachsene hatten ihren Spaß an diesen Gegensätzen. Du brauchst kein Zimmer für dich, du hast das ganze Haus.

Trotzdem, nach mehr als 16 Jahren Ehe ohne zusätzlichen menschlichen Störeffekt, mußten Christa und Kurt sich ganz schön umstellen, wußten die Freunde im Freundeskreis. Beide sind ja so beruflich engagiert. Beide sind ehrgeizig und fast von der Arbeit besessen. Christa war zwar sehr gefragt als freie Mitarbeiterin bei Radiosendern, Zeitungen, Zeitschriften, aber sie wollte noch viel weiter kommen. Jetzt möglicherweise sogar gerade durch das Kind. Sie sammelte Material über die Erfahrungen mit dem Kind. Das würde vielleicht mal ein Buch. Von dem Buch stand noch nicht genau fest: würde es ein Buch *über* Kinder oder ein Buch *für* Kinder. Etwas hemmend wirkte es sich auf Christa aus, daß Paula immer so untypisch war. Es würde, so oder so, ein Buch, das sich mit einem Ausnahmefall befaßte.

Lauter alte Gewohnheiten, lauter geübte Vorsichtsmaßnahmen: das Kind auf seinem Nachtweg. Es bewegte leise einen Vorhang in der Finsternis. Das Haus hatte nur zwei Türen außer der Haustür: die Küchentür und die Badezimmer/WC-Tür. Christa und Kurt schlossen sich nie ein im Badezimmer, nie auch, wenn sie aufs WC gingen. Vergeblich war bisher ihr Bemühen, das Kind ebenfalls am Abschließen der Tür zu hindern. Das Kind fühlte manchmal, wie ein Atemkrampf, der ihm den Hals und die Brust einengte, sich plötzlich löste, wenn es einen Schlüssel hinter sich herumgedreht hatte. Nachts durfte es allerdings den Schlüssel nicht bewegen, denn das Schloß in der Badezimmertür war ein richtiger Nachbar von Christa und Kurt, die in einer stockdunklen Schlafkoje ihre sämtlichen Schlafphasen mindestens so ernstnahmen wie das Klappern an der Schreibmaschine.

Genau so geräuscharm müßte das Kind den Rückweg hinkriegen. Es müßte aber trotzdem schläfrig bleiben. Auf den Rückwegen war es noch weniger als auf den Hinwegen einigermaßen auch von selbst noch schläfrig. Allein die Wärme im Bett konnte eine Anziehungskraft ausüben. Währenddessen: aufpassen, nirgendwo anzustoßen, keinen Vorhang quietschen zu lassen, nichts von sich wahrnehmen zu lassen. Diese Aufpasserei: schläfrig. Es mußte zudem gleichzeitig aufpassen, daß die Aufpasserei nicht nur die Ruhe im Haus in Ruhe ließ, sondern daß die Aufpasserei auch sein Denken in Ruhe ließ.

Ausnahmsweise hatte das Kind aber diesmal gleich beim Aufwachen gespürt, daß was los war. Daß was anders war. Daß sogar was Schönes los war. Eigentlich wollte es dahinterkommen, warum es sich selber verändert fühlte, weil offenbar doch irgendwas anders war, und was daran schön war. Es war etwas außerhalb des Hauses. Es war ja zwar sowieso nie wirklich Nacht im sogenannten Atelier, aber die Halbnacht diesmal war weicher und milchiger. Die verbotene Lebenszeit gegen halb fünf, und das Kind verpaßte heute mehr als sonst. Das war übel. Aber es gab sich dennoch die dressierte Mühe, schläfrig zu bleiben. Immer und immer wieder war ihm nicht klar, was es dringender wünschte. Christa und Kurt zu gefallen? Es wurde dann gelobt, es biederte sich an, um noch mehr Befriedigung von Christa und Kurt einzuheimsen. Oder ob es doch dringender etwas tun wollte, das den beiden in die Quere kam. Es war ihm bald so, daß es beachtet werden wollte. Und dann wieder bald so, daß es nur seine Ruhe haben wollte und ganz unbeachtet bleiben wollte. Viel zu oft war ihm das gar nicht klar und immer wieder fiel es rein, so oder so.

Heute – morgens, nachts – fühlte das Kind sich gerührt. Es wußte nicht warum. Das Gefühl einer Rührung war ihm immer ganz unheimlich wichtig. Es wartete oft auf eine bestimmte Gemütsverfassung, in der es einfach ohne besonderen Anlaß gerührt durch die Zimmer des Hauses lief und Lust hatte, Möbelstücke zu umarmen und Bilder zu streicheln. Es durfte sich kein Gerührtsein entgehen lassen. Das war jetzt ein starker Einwand gegen die Verpflichtung, weiterzuschlafen. Oder kann man gerührt im Bett liegen, gerührt über den Vorsatz: Weiterschlafen. Ja, das geht vielleicht. Vielleicht geht das besonders gut. Und dazu ein bißchen was singen, halb unter der Bettdecke, oder ein bißchen mit dem lieben Gott reden, noch mehr unter der Bettdecke. Heimlich gerührt es selber sein.

So streng das Kind sich bei den üblichen Unterbrechungen in seiner Nacht Empfindungen verbot, es kam nie daran vorbei, herannahende Sonntage *doch* zu empfinden. Sonntage zerstörten seine Konzentration aufs Schläfrigbleiben ganz von selbst. Sonntage spürte es im ganzen Körper. Sie mischten sich ein in die gewissenhafteste Aufpasserei auf *Schlafen ist doch das Schönste* und in andere Leitsprüche zum Thema *Schlaf*, an die es ja selber nicht glaubte, die es nur auswendiggelernt hatte. Sonntage machten dem Kind immer ein Unbehagen. Aber *Vor Sonntagen habe ich Angst* sagte es seit längerer Zeit nicht mehr zu den beiden Erwachsenen. Darauf, daß das Kind ohne Angst aufwuchs, legten beide Erwachsenen ganz besonderen Wert. Siehst du, du brauchst dich ja gar nicht mehr wie früher bei den Großeltern sonntags schön anzuziehen, *davor* hast du vielleicht Angst gehabt, oder vor weißen Strümpfen und Sonntagsbraten, obwohl das dann nicht *Angst* wäre, sondern *Furcht*, denn nur *Furcht* hat einen Gegenstand – Sonntagsbraten, Sonntagskleid, oder Furcht vor einem Schäferhund, um ein für dich leider passendes, bis jetzt noch immer leider passendes Beispiel zu nennen – und Furcht wäre, ebenso wie Angst, doch ein übertriebenes Wort für dein Sonntagsgefühl. Dir ist einfach etwas unbehaglich, weiter nichts, das hat man oft, bei vielen Leuten, die an Sonntagen eine gewisse Leere empfinden. Aber so wie wir den Schäferhund und deine Furcht vor ihm und vor Hunden überhaupt aus der Welt schaffen werden, Kurt und ich, Christa und ich, so werden wir auch das Leeregefühl aus der Welt schaffen, paß mal auf. Du wirst noch mal ein richtiger Sonntagsnarr. So wie wir beide es sind. Du mußt einfach mal an unserem Beispiel lernen. Beobachte uns, wie wirs mit den Sonntagen machen, dann siehst du, was das für herrliche Zwischentage sind.

Christa und Kurt blieben sonntags noch länger im Bett als sonst. Sonst mußte ja mindestens einer ans leisegestellte, leiseschnurrende Telefon, ein sehr ungehaltener und sich für den andern elegisch opfernder Aufsteher, der den Anrufenden in einer Stinkwut verabscheute. Gegen zehn kam der Briefträger und wieder mußte einer an die Haustür, und danach begann sowieso viel Alltag, in dem das Kind sich besser aufgehoben fühlte als in der Planlosigkeit der Sonntage. Diese Alltage bekam es nur mit, wenn es vorgab, sich nicht wohlzufühlen, und wenn es deshalb nicht in die Schule mußte, oder in den kürzeren Ferien, in denen nicht verreist wurde. Es war froh, wenn Christa und Kurt endlich an ihren beiden Arbeitsplätzen untergebracht waren. Sonntags blieben sie aber oft bis in den Nachmittag hinein ganz unangezogen und verknautscht, unter Kurts Bademantel schlapperten vom Bett verbeulte und ausgeleierte Schlafanzugshosen über nacktem Fußzehen in Sandalen, Christas Gesicht war vercremt und beschmiert und sie hatte so durchsichtige Nachtsachen an unter dem aufklappenden Morgenrock. Irgendwann nahmen sie heiße Bäder. Sie wollten auch eine bis ins Ungewisse hinein nicht angekleidete Paula, auch sie sollte ins Badewasser. Paula mußte sich wieder ausziehen. Das haßte sie sehr. Irgendwann wuschen sie sich die Haare. Sie schnitten sich die Fingernägel und die Fußnägel. Das Kind bekam immer ein Heimweh, wenn es zu einer ordentlichen Zeit die Kirchenglocken hörte, zum Beispiel. Wo hat sie dieses Bürgerliche nur her? Sie will doch nicht etwa in die Kirche? Irgendwann hopsten Christa und Kurt auf verschiedenen Teppichen, benachbarten Inseln, ihr Fitnessprogramm ab, sie schauten einander zu und sie belehrten sich dabei, einer drückte den Rücken des andern tiefer runter, sie brachten einer den andern zu besseren Leistungen in Beweglichkeit, manchmal schnappten sie sich das Kind, aber das Kind widersetzte sich.

Da gab es einen Zwischenfall, das lag schon länger zurück. Das Turnen mit Christa und Kurt machte dem Kind einen Ekel. Es kam zu dem Zwischenfall. Das Kind biß Christa, die ihren simulierten Dauerlauf unterbrochen hatte, um das Kind zu fassen zu bekommen, ganz fest in die Hand. Christa schrie auf vor Schmerz. Strafen gab es auch diesmal nicht. Kurt schüttelte den Kopf. Christa faßte sich sofort. Sie sahen so aus, als würden sie den Zwischenfall erstmal vorm Kind nicht weiter durchgehen, sie wollten erstmal in einem der kinderpsychologischen Nachschlagewerke nach einer ähnlichen Widerstandssituation suchen, dann handeln. Zuvor den Zwischenfall noch kurz in die Maschine tippen. Am meisten hatte das Kind beim Beißen in Christas Hand eine Entdeckung erschreckt: es war in ihm ein eigenartiger, fast mordgieriger und blutrünstiger Genuß entstanden. Es hätte gern noch viel mehr zugebissen und darüber hinaus mehr und schlimmer die ganze Christa und nicht nur deren Hand mißhandelt. Warum denn. Das Kind spürte eine gewaltige Aggression, eine ungezielte Lust, brutal zu sein. Das entging den Eltern. Das Kind war anschließend ganz erschöpft. Es ging später in den Garten. Auf dem Nachbargrundstück gab es ein dickes kleines Kind. Der Udo war vielleicht erst vier. Das Kind ging in der Absicht in den Garten, den Udo zu mißhandeln. Es fand den Udo am Zaun. Der Udo war nicht ganz normal, wußte das Kind von den Eltern. Es liebte eigentlich den Udo sehr. Er hatte so einen breiigen und ganz dicken großen Kopf. Der Kopf und der ganze Udo sahen so weich aus.

Das Kind hatte immer Lust, den Udo anzufassen. Aber wenn es ihn anfaßte, wurde es auch immer brutal. Es empfand ein Bedürfnis, in das Weiche vom Udo hineinzuschlagen. Darüber war es befriedigt und unglücklich. Es betete sich später abends im Bett diese Grausamkeit vom Gewissen weg. Das Kind hatte mit der Zeit einen lieben Gott gemacht, der nur für es da war und der ihm alles, alles verzieh. Anders verzieh als Christa und Kurt – der liebe Gott vom Kind brauchte nichts erklärt zu bekommen und er belehrte nicht, er reagierte eigentlich überhaupt nicht, war aber immer verfügbar. Seine Anwesenheit hing vom Kind ab.

Sonntags konnte sich jeder jederzeit in der Küche was zu essen suchen. Die einzige Mahlzeit an diesem Tag, die gemeinsam am Tisch stattfand, hieß *brunch* in englischer Aussprache. Zum *brunch* kam es ebenfalls einfach *irgendwann*. Das Kind konnte diese Mahlzeit überhaupt nicht ausstehen. Den Erwachsenen war sie ein Höhepunkt des schlampigen Sonntagsgefühls. Unzählige Konservenbüchsen standen halb geöffnet auf dem Tisch herum, es wimmelte von auserwählten delikaten Kleinigkeiten, bis zu zwei Stunden konnten Christa und Kurt es vor diesem Eßchaos aushalten. Christa vergaß beim *brunch* die Kalorien und Vitalstoffe und sagte *sündigen* dazu. Sie rauchten zwischendurch und fingen von neuem an mit einem Radieschen oder einer Ölsardine. Das ist unser einziger Tag in der Woche ohne Fahrplan, sagte Christa, wir lassen alles so laufen. Du brauchst nicht am Tisch zu bleiben, wenn du dich langweilst. Geh deiner Wege, sagte Kurt. Ach, was für erkennbare hörbare überschaubare Wege in diesem türlosen Haus.

Das Kind sehnte sich nach einer Stundenunterteilung. Eine Ordentlichkeit, die verhinderte, daß plötzlich in der Dämmerung ein kleiner Gang beschlossen wurde, vermißte das Kind. Das Kind wußte gern im voraus: wir gehen dann oder dann ums Viereck. Es dachte: Eigentlich könnte ich doch die Sonntage ganz gern haben, zum Beispiel, wenn sie rechtzeitig aufwachen, vor der Bachkantate im Radio, oder weil ich nicht in die Schule muß. Aber obwohl das Kind sehr ungern in die Schule ging, blieb es dabei: es hatte Werktage lieber. Das Kind hatte Ferien nur deshalb gern, weil es in den Ferien nicht in die Schule gehen mußte. Andererseits: es mußte dann nirgendwohin gehen. Kam schlecht aus dem Freien-Zutritt-Haus ins Freie. Ferien machten dem Kind ein Unbehagen, das es ebenfalls nicht mehr *Angst* nennen durfte. Es konnte besonders die kurzen Ferien um Feiertage herum nicht leiden. In diesen Ferien verreisten sie nicht. Verreisen war was ganz Gutes. Die Erwachsenen hielten sich an Hotelgesetzmäßigkeiten und gingen viel spazieren, oder sie besichtigten irgendwas, sofern sie in wichtige Hauptstädte fuhren. Das Kind trottete mit, immer ein paar Schritte hinter Christa und Kurt, und fühlte sich wohl bei einer ziemlich ziellosen, aber ganz dringenden Nachdenklichkeit. Es dachte wie so oft: Nachdenken muß ich. Ich muß ganz unheimlich dringend über irgendwas nachdenken. In den kürzeren Ferien hingegen stellten die Erwachsenen sich auf das Kind ein und sprachen das oft aus: wir widmen uns dir, arbeitsteilig. Wir machen Schichtwechsel bei dir. Einer von uns steht halbwegs zeitig auf, der andere hat frei, am nächsten Tag: Wachablösung. Einen von uns hast du immer zu deiner Verfügung. Dadurch fühlte das Kind sich überanstrengt. Es hatte den Eindruck, als müsse es einen von den beiden, die sich ihm widmeten, mit irgendwas beschäftigen und interessieren. Das Kind war am liebsten entweder richtig allein oder inoffiziell allein, sozusagen außendienstlich, unbeglaubigt allein, wenn es mit den beiden, mit Christa und Kurt zusammen, den Tag verbrachte. Sobald das mit dem *Widmen* anfing, bekam es Angst, etwas zu verpassen.

Während der üblichen Unterbrechungen in der Nacht mußte das Kind, wenn ein Sonntag der nächste Tag war, ganz besonders leise sein. Schlimm, wenn irgendwas umfiel oder klirrte. Es war ganz rekordsüchtig im Leisesein, vor allem vor anfangenden Sonntagen, bis 12.05, Bachkantate, mindestens so lang. Sonntags war dem Schlaf der neuen Eltern nur die Grenze durch ein Geräusch durchs Kind gesetzt. Die Eltern beglückwünschten einander, wenn sie es schlafend zu einer besonders weit vorgeschrittenen Tagesstunde gebracht hatten. Wenn sie sogar die Mittagszeit überschliefen, konnten sie sich endlos freuen. Hatte das Kind einen guten Morgen hinter sich, mit Ergebnissen sogar im gelben Heft, so verschmerzte es auch die manchmal ohnehin ein bißchen zu heitere, beiläufige verpaßte Bachkantate. Wer hatte den erfolgreicheren Schlaf absolviert, wem war die Überlänge diesmal geglückt? O Kurt, fabelhaft. Christa Christa, das war medaillenreif. Das Kind freute sich, wenn es nebenbei gelobt wurde, weil es unhörbar geblieben war. Hast du sehr gelitten, weil wir die Bachkantate verschlafen haben, Schatz? So gut waren sie gelaunt.

Aber warum war es denn heute gerührt, inmitten der pflichtbewußten Schläfrigkeit? Was war denn heute los? Was würde denn heute besser? Was war das Schöne, was war für es schon da, schon bereit, was wartete nur darauf, daß das Kind es endlich wahrnahm? Was war anders und eine Ausnahme, trotz Sonntag? Das Kind dachte: Wahrscheinlich würde ich es gleich erfahren, Schnee wahrscheinlich, wenn ich vorsichtig mit zwei Fingern in die Jalousie vor den großen Atelierfenstern greife und einen schmalen Spalt mache. Aber dann würde ich wach. Ich würde gern wach werden. Ist das Schnee, endlich mal Schnee? Das Kind hatte Angst. Das Kind hatte Furcht. Angst oder Furcht: genau die beiden Empfindungen die es im Zusammenleben mit Christa und Kurt völlig voneinander unterscheiden und loswerden sollte, genau die beiden Empfindungen, ein Gemisch aus den beiden Empfindungen hatte es genau vor Christa und Kurt, den Psychologie- und Erziehungsexperten mit ihrer unendlichen Lerngeduld.

Ich will ganz schnell und leise rausspähen. Ich will meine Rührung auskosten. Etwas, das sich draußen verändert hat, steht mir heute bei und zwar schon längst und es erwartet mich schon längst, und es ist einfach gegen mich und saublöd, wenn ich es versäume. Es ist womöglich *Schnee.* Todsicher: *Schnee.*

Noch hielt es sich trotzdem an die geübten Rücksichten. Mit angehaltenem Atem. Mit eingezogenem Bauch. Leise, leise. Die Erwachsenen brauchen ihre schwerverdiente Nachtruhe. Das Kind wollte aber nicht nur die Erwachsenen in Ruhe lassen. Das Kind wollte hauptsächlich selber von den Erwachsenen in Ruhe gelassen werden. Das wußte es, darüber war es sich klargeworden. Seit es dahintergekommen war, wie viel ihm daran lag, selber seine Ruhe zu haben vor den Erwachsenen, fiel ihm das Leisesein leichter. Aber nie ist auf mich so richtig Verlaß, spürte das Kind gelegentlich und war betrübt. Mit Absicht stieß es beispielsweise die *Motta*-Kuchenpackung um, die als Erinnerungsverzierung auf einer Erinnerungsbierdose stand, beim Vorüberschleichen. Scheppern, Klirren. Es wartete ab. War jemand aufgewacht?

Oder es machte Krach mit der Küchentür, es spielte Stolpern auf den beiden Treppenstufen zwischen hellerem *Ateliertrakt* und dunklem Schlaftrakt des Hauses. *Bist du wahnsinnig geworden, was machst du denn da mitten in der Nacht?* Mit solchen Reaktionen mußte es rechnen. Es konnte warten und warten, was Schöneres kam nicht dabei heraus. Aus dem geliebten Schlaf gerissen, waren Christa und Kurt frei vom Druck der Lehrbücher über die Psychologie der verschiedenen Kindesalter. Der blödeste Traum ist ihnen heilig, dachte das Kind. Es war wütend und dann wartete es auf den Zustand nach der Wut: So, da habt ihrs mal wieder, ich bin verlassen und allein, keiner versteht mich, ich bin sehr traurig. Ich werde in der nächsten Minute weinen. Merkwürdigerweise fühlte das Kind sich jetzt wohl, in diesem Schmerz und mit den ersten Tränen. Es war gerührt über sich selber. Es erzählte sich selber etwas von seiner wahren Mutter. Sie nimmt mich in ihr Bett rein. Ich bin schon ganz ausgekühlt und im Bett bei meiner Mutter ist es warm und nebenan liegt mein Vater, er erzählt mir eine Fortsetzung von der Geschichte der Zwerge und vom Seehund, und er hat meine Tränen abgetrocknet, sein Taschentuch riecht gut. Der Unterzwerg hat im Meer vor der holländischen Küste ein riesiges Reich. Der Unterzwerg hat immer alles, wonach man Lust hat. Er hat einen großen eisernen Schrank, der bis oben vollgefüllt ist mit Vanilleeispackungen. In einem anderen Schrank hat er immer Cervelatwürste. Sie haben ein schönes Unterwasserkino und können jederzeit jeden Film anschauen, jeden Film der je gedreht worden ist. Der Mittelzwerg lebt auf einer Insel ganz in der Nähe und schreibt für eine Inselzeitung Reportagen über das Meer und das Leben in den Inselstädtchen. Die Frau vom Mittelzwerg ist meistens beim Friseur. Dann gibt es noch den ganz besonders winzigen Unterstzwerg, der in einer ledernen Schatulle lebt und eine Art Försterkleidung trägt. Er macht dauernd Gedichte. Hauptsächlich Gedichte über den Strand und über das Wäldchen auf der Insel. Der Seehund ist einer, der immer einen Unsinn im Kopf hat. Der Unterzwerg, dem alles untersteht, muß dauernd so blödes Zeug und einen lustigen Quatsch vom Seehund glattbügeln und alles wieder in Ordnung bringen. Ja, das ist mein wahrer Vater. Er ist älter als Kurt. Ich weiß nicht, wie er mit Vornamen heißt. Er macht keine Gymnastik. Er zieht sich nicht nackt aus vor mir. Meine wahre Mutter ist auch älter als Christa und sie zieht sich auch nicht nackt aus vor mir und sie macht auch keine Gymnastik nach dem Aufstehen. Beide wahren Eltern, die Mutter hat auch keinen Vornamen, stehen ziemlich früh auf, die Mutter macht in der Küche ein schönes normales Frühstück. Sonntags ziehen sie sich auch an, nachdem sie genau wie werktags aufgestanden sind, und wir essen nicht aus lauter Konservenbüchsen so einen Krimskrams, so Delikatessen. Wir essen Brötchen mit Butter und etwas drauf, meine wahre Mutter macht die Brötchen für uns zurecht. Meine Schwester ist immer dabei. Meine Schwester heißt Marlene. Weil sie so blond ist und weil ich so dunkelhaarig bin, spielen wir immer Schneeweißchen und Rosenrot. Meine Mutter spielt uns das Lied von den zwei Königskindern vor – dann müssen wir immer etwas weinen. Nachher werden wir wieder getröstet. Es gibt ja kein falsches Nönnchen, das meine Schwester und mich auseinanderbringt. Wir beide können ja zueinander finden, immerzu. Wir sind nicht unter Wasser. Oder wenn: dann würden uns ja die Zwerge helfen. Meine Mutter soll das Lied immer wieder spielen und singen, und wir sind ganz schrecklich gerührt, aber wir werden ganz schrecklich getröstet. Das Kind nahm die Photographie mit ins Bett, auf der die zwei kleinen Mädchen sich umarmen. Die Mädchen waren ungefähr fünf und sieben Jahre alt. Das kleinere Mädchen war Paula, es hatte ein Kränzchen auf dem Kopf und, als Paulinchen, ein liebes weiches lächelndes Gesicht. Das etwas ältere Mädchen war die Schwester von Paula, Marlene, die blickte freundlich und sanft und ganz hellblond über das Kränzchen auf dem dunklen Kopf von dem kleineren Mädchen weg den an, der die Photographie gemacht hatte.

Manchmal wurde dem Kind, besonders beim Betrachten dieser Photographie, die Traurigkeit zu viel. Das ergab keinen Genuß mehr. Das Kind mußte aufpassen und das Photo rechtzeitig wieder weglegen unters Kopfkissen.

Privater konnte es nie leben als zur Schlafenszeit der Erwachsenen. Weil es kein eigenes Zimmer hatte und keine Tür, die es hinter sich zumachen konnte, gehörte nur in den von den Erwachsenen zerschlafenen Morgenstunden das Haus dem Kind und seinen Gefühlen. Das Kind hatte immer wieder diesen einen großen und ihm selber nicht ganz klaren, aber sehr inständigen Wunschgedanken: Ich brauchte eine Höhle, oder dieses ganze Haus hier allein für mich, oder einen ganz weiten Platz, einen leeren Raum, so was Ähnliches, und darin ist vorher nichts, darin fange ich an, alles auszufüllen. Ich richte alles ein, ich stelle Sachen auf, die mir gefallen – ich schmeiße Sachen von Christa und Kurt aus den Fenstern. Das Kind konnte eine Menge Sachen von Christa und Kurt nicht ausstehen. Vor allem neuerdings die Bilder. Das waren *Gemälde.* Es waren teilweise *Originale.* Das Kind hatte erklärt bekommen, wie wertvoll Originale sind und was Lithos, Graphiken, Gouachen und so Sachen sind. Es hatte die ganze bildende Kunst, die es nicht leiden konnte, erklärt bekommen. *Mit einer Engelsgeduld haben wir ihm heute den Klee erklärt,* hörte das Kind Christa, die das Kind für schlafend hielt hinter seinem Vorhang, während wieder eine Geselligkeit im Sitzgruppenabteil des *Ateliers* stattfand. *Der Klee müßte ihm doch zumindest liegen. Da gibts doch viel Kindliches zu entdecken. Aber auch die rein geometrischen Sachen! Wir haben sie dem Kind wirklich zu Spielsachen hin erläutert.* Das Kind dachte an die alten Bilder, die bei den Großeltern hingen. Es hatte Heimweh nach einem Landschaftsbild. Darauf sah man einen Bauernhof und viel Entfernung hinter dem Hof. Eine Allee führte zu dem Hof hin, eine lange Strecke mit einer Kurve. Das Kind dachte sich Geschichten zu den Landschaftsbildern aus. Die Großeltern hatten viele Bilder, bei denen sich das Kind was denken konnte. Das Bild mit dem Bach und den Weiden am Ufer. Das Bild »Wald im Schnee«. *Bei diesen alten Leuten hängt alles wie Kraut und Rüben durcheinander, dicht an dicht. Ein paar schöne Sachen sind schon dabei. Mal sehen, jetzt so aus Nostalgie, vielleicht können wir der kleinen komischen Paula zuliebe was den Großeltern abschwatzen! Ihr zuliebe geht das doch ganz sicher. Zum Beispiel diesen alten Flamen, 18. Jahrhundert, unbekannt, aber nicht so ohne. Ein Seestück, Küste.*

Ich möchte ganz viel Ruhe haben. Ich werde erstmal abwarten. Dann wird mir was einfallen. Ich werde was anfangen in der ganz riesigen Ruhe. Es stellte sich vor: Keiner kommt so bald zurück. Christa ist verreist, Kurt kommt vielleicht am Abend zurück. Es muß furchtbar viel Zeit zur Verfügung stehen. Ich weiß noch nicht genau, was ich mache mit der ganzen Zeit und der ganzen Ruhe. Ich will nachdenken. Ich will mal denken. Ich will dahinterkommen. Hinter was, das erfahre ich ganz von selbst. Das Kind kam sich zwischen Christa und Kurt atemlos vor. Warum denn? Es war doch durch Christa und Kurt überhaupt nicht eingeengt. Beide machten das Kind immer wieder auf seine fast unbeschränkte Freiheit aufmerksam. Aber so oft merkte das Kind, daß es ganz verkrampft war und nicht richtig atmen konnte. Das Kind hörte dann plötzlich auf zu hoffen, die riesige Ruhezeit würde irgendwann um es herum sein. Es dachte verstört: ich werde nie richtig denken können. *Was möchtest du denn heute Schönes anfangen, willst du was spielen? Willst du? Soll einer von uns mit dir spielen?* Es war eine Sonntags- oder eine Kurzferienfrage. Das Kind antwortete: ich möchte mal einfach nur so auf und ab gehen, immer so durchs Haus. *Das ist ja zwar ein bißchen komisch, aber bitte. Wie du willst. Was versprichst du dir davon?* Das Kind antwortete: Ich muß mal nachdenken, ich muß einfach so hin und hergehen. Nachdem das gestattet war, ging das Kind einfach so umher, aber es ergab sich nichts daraus. Es wurde ja beobachtet. Es mußte an Christa vorbei, Christa blickte auf das Kind, das Kind machte ein wichtiges und verschlossenes Gesicht, und als es weiter machte mit dem Hinundhergehen, merkte es, daß Christa sich zu einem Schreibblock runterbeugte und eifrig Notizen kritzelte. Das sind jetzt Notizen über mich, dachte das Kind. Es wurde jetzt ernst genommen, und das gefiel ihm, doch, auch, durchaus, etwas schon, immerhin. Aber es war nicht das Richtige. Es gab seine Wandelgänge wieder auf. Kurt blickte ihm ebenfalls nach, er unterbrach sein Rasieren. Beide versuchten, das Kind nicht zu stören. Das Kind heuchelte aber längst nur noch *Nachdenken.* Dem Kind fiel überhaupt nichts mehr ein. Es fühlte sich leer und gelangweilt.

»19. 11.: Paula wieder äußerst kontaktarm. Andererseits Annäherungsversuch, erzählt erfundene sentimentale Geschichten, angebliche Erinnerungen an die toten Eltern und die tote Schwester. P. hat diesmal die tote Schwester debil sein lassen. Ahnt sie doch was von dem armen Teufel, dem toten debilen Bruder? Vor ein paar Tagen noch hat P. die tote Schwester zu einer Heldin stilisiert. Sie fiel von einer Sprungschanze. Früher war die Sprungschanze ein Drahtseil. Bei bestem ausschließlichem Eingehen auf die Erfindungen des Kindes und behutsamem Zurechtrücken seiner fixen Ideen, wurde P. bockig und schließlich wie erstarrt. Zog sich zurück in absolute Isolation und Kontaktverweigerung.«

Unter einem etwas früheren Datum las das Kind, diesmal in den Schreibmaschinenbuchstaben von Christa: »Zuerst morgens fing sie tatsächlich als Paula an. *Rock! Bluse! Kniestrümpfe. Ist gleich: Knie nicht verstecken.* Weder K. noch ich haben den Knick dieses Tags mitgekriegt, durch welchen Paula sich in ihren *Paul* zurückverwandelte und wieder in Hosen usw. erschien. Ob es das war: wir haben ihr gesagt, das Margarinchen müßte nun endlich weg, wir wollten es fein im Garten begraben, wir würden es sehr feierlich und schön machen. Ein Puppengrab, das sie pflegen könnte, ideal für ihre Gier nach Gefühl etc. Das Margarinchen ist mittlerweile dermaßen schmutzig und verdellert, wir halten es aber nicht für unhygienisch, wenn P. weiter mit ihr rumläuft und sie mit ins Bett nimmt. Auch für. . .« Ha, da hat Christa plötzlich nicht weitergewußt! Das Kind triumphierte, hätte aber selbst gern gewußt, wofür sonst noch Christa die Puppe hielt. Das Margarinchen war die Lieblingspuppe vom Kind. Es besaß noch mehr alte Puppen, einige davon gefielen Christa und Kurt so gut, daß sie zu Dekorationszwecken verwendet wurden. *Du kannst sie trotzdem immer mal nehmen. Sags uns nur bitte vorher. Du mußt auch vorsichtig umgehen mit den Puppen! Diese Porzellangesichtchen! In Zürich sahen wir neulich deine Lilli wie einen Zwilling, wie eine zweite Lilli. Du ahnst noch nicht, was für Unsummen heutzutage für solche Lillis verlangt und sogar ausgegeben werden.*

Das Kind erklärte, heute wolle es gerade mal mit der Lilli spielen. Mit Lilli zu spielen machte dem Kind eigentlich keinen Spaß mehr, seit Lilli in die Welt von Christa und Kurt und deren Freundeskreis aufgerückt war. *Muß das sein? Ich finde es übrigens unlogisch, du nicht auch, und du Kurt nicht auch, daß du überhaupt mit Puppen spielen magst, als Paul.*

Selbstverständlich waren die toleranten Eltern zwar gegen das Spielen eines kleinen Mädchens Paula, das ein Paul zu sein vorgab, ausgerechnet mit der teuersten aller Puppen, selbstverständlich aber war die Lilli vom Regal runtergeholt und dem Kind überreicht worden. An diesem Tag hatte das Kind der Lilli eine kleine Schnittwunde mit einem Taschenmesser beigebracht, dieser Kratzer lief längs der Nase rechts runter zum Kinn und war der Lilli mit deren vollem Einverständnis eingeritzt worden. Ohne Lillis Billigung hätte das Kind so was nicht gemacht. Es hat der Lilli zwar etwas wehgetan, aber sie bat mich darum, erklärte das Kind den Erwachsenen, die zunächst ziemlich ratlos und ohne Worte abwarteten, bis sie sich, lehrbuchgemäß, reif fühlten für eine Reaktion. Immerhin wieder mal eine neue, sicher sehr wichtige Erfahrung. Brutalität? Weshalb der Widerstand? Strafen? Auf gar keinen Fall. Transparentmachen, Durchreflektieren, Auseinanderdividieren. Entgegen der Theorie im entsprechenden Kapitel des Lehrbuchs wollte das Kind nicht sich selber in dieser Handlung als sein eigener Feind erkennen, daraufhin sich schämen, verändern. Vielmehr blieb es bei der Behauptung, die Verwundung Lillis sei eine Sache, die nur die Lilli und es etwas angehe, die Lilli habe selber den Wunsch geäußert, eine Narbe zu bekommen und nur es selber, das Kind, könne die Sprache der Lilli verstehen. Nebenbei habe die Lilli gesagt, daß sie sich nicht wohlfühle oben auf dem Regal. Sie wollte da runter zu den anderen Puppen, und die anderen Lilli-ähnlichen Puppen mit den fast so teuren Porzellanköpfen wollten ebenfalls alle miteinander von ihren verschiedenen Zier- und Schauplätzen runter und weg und zusammenleben an einem Platz, den das Kind für sämtliche Puppen, auch die für Christa und Kurt uninteressanten, aussuchen und einrichten müsse. *Bei aller Nachgiebigkeit: dazu haben wirs nicht kommen lassen.*

Wenn ich die Schlafenden störe, so störe ich mich selber. Wenn ich sie wachmache, beraube ich mich einer Gelegenheit zum Nachdenken. Heute will ich es wieder versuchen und denken. Das Kind erinnert sich an heimliche Stunden frühmorgens. Es merkte aber nach einigen Stunden des heimlichen Frühaufstehens, daß es überanstrengt war. Ihm war übel und schwindlig. Es klappte nicht mehr mit dem Denken. Seine rechte Hand wurde zittrig beim Malen: es malte die blonde Marlene, die auf einer Balkonbrüstung mutig hoch über dem Garten spazierenging. Und mittendrin verlor es jeden Eifer, weiterzumalen. Es verlor die Geduld, den

Garten richtig auszuführen, die Marlene selber schön hinzukriegen. Die linke Hand, die das Malpapier festhielt, fing auch an, zittrig zu werden. Das Kind hörte seufzend auf. Das Profil der Marlene war noch ganz gut gelungen, aber der Körper sah plump aus. Jetzt wollte es ein bißchen weinen. Mein totes Schwesterchen. Es konnte nicht einmal weinen. Es war rastlos und nervös und auch erschöpft. Ich müßte den Absturz vom Marlenchen malen, dann könnte ich vielleicht doch noch wenigstens weinen. Wenn dann später Christa und Kurt mein verweintes Gesicht sehen, wird vielleicht alles plötzlich ganz anders mit uns allen und mit dieser Adoptiererei. Doch war es nicht mehr fähig, mit dem Absturz anzufangen. Statt dessen versuchte es noch ein Gedicht. »Marlenchen hoch auf dem Balkon/Geht mutig hin und her/Ach Schwesterchen, nun schwankst du schon/Jetzt seh ich dich nicht mehr.« »Marlenchen stürzt von dem Balkon/Herab auf Kies und Stein/Ich weiß es, lieber Gott, dein Thron/lädt jetzt mein Schwesterchen zum Sitzen ein.« Das war beides nicht so gelungen, wie das Kind wollte. Meistens wurde es schlechter, wenn es auf die Schlußzeilen zuging. Ihm fiel auf: ich heiße Paula. Da gibts doch so einen Reim aus dem Struwwelpeter. *Paulinchen war allein zu Haus.* O ja, darauf würde es ein Hauptgedicht, eine ganz große traurige aber auch zornige Sache machen. Später. Das war ein gutes Ziel für einen der nächsten heimlichen Vor-Vormittage. Jetzt war es erledigt. Jetzt würde es irgendwelche Geräusche machen, um die zwei Erwachsenen wachzubekommen. Egal, wie öde es zuginge mit der ganzen üblichen Sonntagsleere und der Gymnastik und der Unordentlichkeit und den Stimmen der Erwachsenen.

Weil die Erzieher einen so guten Schlaf hatten und so scharf aufs Schlafen waren und weil das Kind so vorzüglich leise sein konnte, hatte es wochenlang nach der üblichen Nachtunterbrechung diese Art Privatleben geführt und immer mit einer Überanstrengung und einem Erledigtsein aufhören müssen. Es war damals wochenlang nicht zurück ins Bett gegangen, manchmal schon ab 4 Uhr in der Nacht. Es hatte zuerst im Halbdunkel herumgesessen, in Decken gehüllt, es hatte versucht, nachzudenken, gegen fünf Uhr hatte es den Thermostat etwas höher gestellt, weil es zu sehr fror. Es zündete sich eine Kerze an und spielte Adventszeit. Die ersten Stunden verliefen sehr gut. Das Kind fühlte sich von einem Glück eingeschlossen. In seiner Decke und mit der Kerze und so allein empfand es, daß es behütet war. Die geheime Lust über sein unerlaubtes Privatleben kam als Antrieb dazu. Diese zwei Halbtoten und Scheintoten da in ihren Betten. Sollten sie doch ewig schlafen. Warum nur kam denn der elende Moment, in dem das Kind anfing, diese zwei Leute doch um sich herum haben zu wollen.

Aus purer Schwäche, weil es in den Schulstunden dauernd gähnte und gar nicht merkte, wenn es was gefragt wurde, und weil es nach dem Mittagessen sich freiwillig hinlegte, sogar einschlief, aus purer Schwäche hatte es sich den Erwachsenen anvertraut und von der wichtigen, aber anstrengenden Nachtzeit erzählt. Zuvor hatten Christa und Kurt sich über Paulas freiwillige Mittagsschläfchen zwar gewundert, aber gefreut. *Das ist das Wachstum, es macht sie so müde. Wird sie womöglich vernünftig?* Die Mittagsschlaferei war dem Kind aber verhaßt. Wenn es aufwachte, war jede Beziehung zur Wirklichkeit weg. Es lief tranig umher. Heimlich, wenn *heimlich* in dieser Art Haus mit seinem innenarchitektonischen Reiz des türlosen freien Zutritts und der Gemeinsamkeit sämtlicher Räume und ihrer gleitenden

Übergänge ging, goß das Kind sich heißes Wasser im Badezimmer auf einen Becher mit viel Kaffeepulver und trank das scheußliche Zeug. Es wurde davon kaum wacher, es bekam Herzklopfen und einen Druck in der Magengegend. Doch. Etwas wacher. Aber die Wirklichkeit war immer noch so unwirklich. Es konnte sich nicht vorstellen, wie jetzt um die gleiche Zeit irgendwelche anderen Leute und Kinder irgendwas ganz selbstverständlich machten, einfach indem sie irgendwas weitermachten, mit dem sie irgendwann angefangen hatten. Beim heimlichen Zurechtmachen dieses Kaffeegesöffs hatte das Kind zwei gleichwertige, gleich große Ängste: Es durfte nicht erwischt werden. Es wollte erwischt werden. Beides war dringend, jede Angst und jeder Wunsch. *Ist sie ein bißchen schizophren? Einerseits sucht sie den Widerstand, andererseits geht sie den Weg des geringsten Widerstands.* Aber wie das Kind sich auch verhielt, es kam ja immer straffrei weg, immer. Sich beklagen und bejammern, das wird doch kein Bedürfnis von dir sein, mein Schatz, fragte Kurt. Sofort hatte es Kurt ganz gern. Es hatte Kurt überhaupt lieber als Christa. Doch, sagte das Kind. Aber das machen doch nur alte einsame Tanten, sagte Christa. Du mußt Spaß haben an deinem Leben. Sofort hatte es auch Christa ganz gern, obwohl sie wieder einen Unsinn redete. Immerhin: Das war jetzt Zuwendung. Es war ihm jetzt mehr danach zumute, Paulinchen zu sein. Es fühlte sich zu schrecklich im Stich gelassen, wenn es nach den Mittagsschlafminuten nicht mehr zurückkommen konnte auf den Boden. Es war ja dann den ganzen übrigen Nachmittag unfähig, allein und in Ruhe zu sein. Deshalb hielt es sich nun wieder seit Wochen in der Frühe an das alte Programm mit dem Befehl: *Schläfrigbleiben*. Es mußte diese von den neuen Eltern und offenbar auch von seinem Körper unerwünschten Augenblicke übergehen.

Aber wenn das heut wirklich Schnee war? Schnee, ach Schnee! Es war so versessen auf Schnee. Darüber hatte es sich mal mit Kurt und Christa unterhalten. Du möchtest gern rodeln? Nein, ich will den Schnee nur sehen. Nur rausschauen. Vor dem Schulweg hatte es Angst, wenn Schnee lag, es hatte Angst vor Schneebällen. Warum denn? Wirf doch zurück! Ich will nicht, daß jemand mich bewirft. Aber das ist doch ein Spaß. Du mußt dich nur richtig drauf einstellen. Du mußt also denken: Was für ein Spaß, Schneeballwerfen, wie herrlich ist das, eine Schneeballschlacht. Eine Schlacht ist doch nicht schön, sagte das Kind. Doch, eine Schlacht zum Spaß und mit schönem Schnee, das ist schön. Schneebälle sind nicht böse gemeint. Aber richtig treffen will man schon. Und wer geworfen werden soll, der muß ganz flink sein und sich ducken. Schnell den Kopf runter, so! Und gleichzeitig schon den eigenen Ball fertig in der Hand und wieder los und drauf und Kopf runter, Kopf hoch. Du wirst schon sehen. Das Kind sagte: Nein. Schneebälle sind ganz gemein. Sie sind ganz bös gemeint, sie sollen weh tun. Na gut, und deshalb sollst du ja ganz ganz schnell und flink sein und dich wegducken, du sollst ja lernen, listig zu sein. Beim Spielen lernt man am meisten. Man lernt, wie es ist, wenn man einen Gegner hat und wie man mit dem Gegner fertig wird. Das aber sind nur Schneegegner, bei der Schneeballschlacht. Kurt und ich, Christa und ich, wir finden überhaupt, du lachst uns zuwenig. Zuwenig mit andern, mit Gleichaltrigen. Und bei den Schneeballschlachten kann man ganz prima das Lachen lernen. Nebenbei ist der ganze Spaß auch gesund. Es ist gut für die Durchblutung.

Das Kind ist auf seinem Standpunkt geblieben. Es ist den Erziehern von Widerspruch zu Widerspruch rätselhafter geworden. Schließlich ist es gar nicht mehr um Schnee gegangen. Vorher haben sie alles ziemlich gut verstanden: das

Kind hat ja sowieso ein Reservoir von Angst. Darin kommen Furchtsamkeiten vor, eine Furcht nach der anderen. Die Veranlagung zur Angst mit den Furchtgegenständen innerhalb der Angst wird für die Erzieher übrigens oft durchkreuzt in ihrem klaren Denken übers Kind, weil das Kind auf Gebieten mutig und unerschrocken ist, wo Kinder normalerweise gegenteilig, also mit Furcht und ungewisser Angst reagieren. Das Haus von Christa und Kurt hat keinen Keller, aber als das Kind noch bei den Großeltern wohnte, in diesem wahrscheinlich für den Verlauf seiner Entwicklung ungünstigen Zwischenstadium, war das Kind besonders gern im Keller. Das war außerdem ein richtig altmodischer Keller, ein Gewölbekeller, tief und dunkel, groß und gespenstisch. Sogar Christa, ein angstfreier Mensch, ging ungern hinunter in diesen Keller, als aufgeräumt werden mußte, um unter Sachen vom Kind, überwiegend Plunder, nach noch Brauchbarem zu fahnden. Wobei sie ein paar Funde machte, skurriles Zeug, das gut ins *Atelier* paßte, jetzt, übermalt, wieder instandgesetzt, etwas aufgeschönt. Unter anderm diese Puppenküche, die gut 80 Jahre alt sein mußte, wenn nicht älter. Und erst recht die Puppenschule, vielleicht noch älter. Das waren wirkliche Schätze, und Christa, wenn sie die alten Spielsachen genoß, die nun dem *Atelier* einen besonderen Pfiff gaben – es macht sich so gut, wenn nicht nur *Seriöses* aufgestellt ist, wenn das alles eine Mischung ist in der Ausstattung, zwischen *ernst* und *kindlich* und ruhig auch ein bißchen *Kitsch* – Christa sah nun ihren Mut belohnt, in den ziemlich furchterregenden kalten Keller der Alten herabzusteigen. Also: beim Kind eher eine Leidenschaft für diesen Keller. Das Kind war auch so gern allein. Man mußte es geradezu vor einigen Gelegenheiten zum Alleinsein schützen. Z. B. war es früher allein aus dem Haus gegangen, als ihm ja noch grundsätzlich einfach *alles* erlaubt war, und bevor ein paar Verbote oder Einschränkungen dem Erlaubten da Grenzen setzten, wo Gefahren und Schaden fürs Kind anfingen. Christa und Kurt hatten gedacht, das Kind geht zu andern spielenden Kindern auf ein unbebautes Terrain. Dort tummelten sich immer Kinder. Das struppige Terrain war ein gutes Kommunikationszentrum, fanden die Erzieher von jeher. Nur suchte Paula weder als Paula noch als Paul dieses Kommunikationszentrum auf. Es war als Paulinchen allein spazierengegangen, einige Male, und die Gegend fing ziemlich bald hinter der günstigen Wohnlage seiner Adoptiveltern an, einsam zu werden, in Ackerlandschaft und schließlich in Wald überzugehen. Wiederum ein abwegiger Mut, kinderpsychologisch gesehen auch unplausibel. Das Kind überraschte immer wieder mal mit ähnlich abartigen Fehlern in der Unterscheidung von Sicherheit und Unsicherheit. Man mußte dem Kind ein paar Ängste tatsächlich beibringen. Nicht Ängste, verbesserte Kurt Christa, oder Christa Kurt, oder ein Gast den andern: ein paar Furchtsamkeiten. *Von einem, der auszog, das Fürchten zu lernen*. Wir müssen doch tatsächlich, so widersinnig und ekelhaft das im Grunde genommen oder auf Anhieb sich anhört, die kleine Paula das Fürchten lehren. Die Erwachsenen lachten.

O doch, abwechslungsreich und interessant war es schon, so viel Unerwartetes kam vor im Zusammenleben mit einem Kind. Und speziell mit einem eigenartigen Kind. Mit so einem *Cocktail aus Paradoxien:* eine Notiz der Christa oder des Kurt über das Kind. Es entspricht nicht der Norm. Am Ferienplatz läuft es uns manchmal weg. Lang weit weg am Meer entlang, den Kopf ein bißchen nach unten gebeugt, aber es sammelt keine Muscheln. Es betrachtet nicht den Horizont, es kümmert sich nicht um die Meereslandschaft, denn sonst behielte es ja den Kopf hoch oben. Kleiner Fremdling. Aber darin spielt sie sich ganz gern ein bißchen auf.

Manchmal denkt man: aha, jetzt will sie einen wieder überraschen, um nicht zu sagen: reinlegen. Sie weiß ja, wie gut wir uns in der Theorie auskennen.

Also, vom Schnee und konkreten Schneeballängsten weg hatte das Kind die Eltern in die Irre und in die Ratlosigkeit argumentiert. Das Kind sagte: es geht keinen was an. Was meinst du denn damit? Wir reden doch von Schneeballschlachten. Ich gehe keinen was an. Also darf keiner nach mir mit Schnee schmeißen. Das ist ja ein schöner eigensinniger und hochmütiger Unsinn, den du da verzapfst, sagte einer der Erwachsenen und reagierte sofort mit dem Zeigefinger vor den eigenen Lippen beim *Vorsicht*-Zuruf des andern Erwachsenen. Beide sahen neugierig auf das Kind. Erfahrungen noch und noch. Was für ein absonderliches Denken in diesem kleinen Kopf.

»Ach, mein lieber kleiner Kopf, mein ein und alles«, schrieb das Kind auf. »Mein kleiner Kopf mit dem Kränzchen, umarmt von meiner lieben kleinen Schwester. Ach mein totes Schwesterchen.«

Was ist los mit der Schneeballschlacht, was hat das damit zu tun, daß du keinen was angehst. Du gehst doch alle was an, die dich kennen und gern haben und die mit dir zusammensein wollen. Andere Kinder wollen auch mit dir zusammensein, das mußt du mal begreifen. Warum hast du uns immer was vorgelogen, wenn wir dich gefragt haben: warst du mit den anderen Kindern auf dem unbebauten Grundstück, hast du gespielt? Warum hast du alles mögliche erfunden, warum hast du nicht gesagt, ich bin allein weggelaufen in den Wald, warum *lügst* du so schrecklich gern. *Das wird schon bald notorisch bei ihr, das Lügen.*

Ich müßte erst gefragt werden, ob ich mich mit einem Schneeball beschmeißen lassen will oder nicht. *Werfen,* meinst du. Schmeißen, mein ich, und mir weh tun lassen.

Damit ist doch nur gemeint, daß du zurückwerfen sollst, du kannst ja wieder wehtun, obwohl es doch, wie wir dir x-mal erklärt haben, ein Spiel ist und gar nicht wirklich ums Wehtun geht. Es tut aber weh und ich hasse es. Ich kann mich nicht beschmeißen lassen, das geht nicht, ich muß erst einverstanden sein. *P. hat eine frühreife und vermutlich hysterisch-neurotisch-paranoische Angst um ihre Intimsphäre*.

Den Ehrsteins sagten die Erzieher: Also, ratlos sind wir schon gelegentlich, das müssen wir zugeben. Aber langweilig wird es dadurch nicht. Jemand anderes sagte: Sie ist doch wahrscheinlich ein bißchen sehr altklug. Oder auch ein bißchen wunderlich, so alles in allem? Ja, sicher, sicher beides. Zu beidem wäre es wohl nicht gekommen, wenn wir sie nicht so relativ spät, eigentlich ja für echte wirksame Maßnahmen zu spät übernommen hätten. Sie hat so viel in sich reingefressen an Gefühlen, die nicht ganz geheuer sind, ehe ein vernünftiger wachsamer Mensch sie beobachten konnte. Arme Kleine. Dem Kind fiel ein, daß die neuen Eltern, falls heute Schnee lag, heute mit ihm eine Schneeballschlacht proben würden. Du sollst mal sehen – Wir machen dich zum Schneeballsuperstar. Dann wirst du die Kameraden alle in Erstaunen setzen. *Kameraden* sagte das Kind. Na, was denn. Die anderen Kinder, wenn du so willst. Warte nur, wenn wieder mal Schnee fällt.

Das Kind dachte an die Probeschlacht im Schnee. Es sah eine grauenerregende und lächerliche Szene vor sich. Aber es hatte kaum Bedenken. Es würde nicht besonders schwierig sein, davor zu kneifen. Wenn ihm nicht nach einer Lüge zumute wäre – leider wurden neuerdings ziemlich viele Lügen durchschaut, auch *Lügen* genannt, da, wo das Kind dachte, ich täusche doch bloß ein bißchen was vor, das ist nicht gleich *lügen,* wenn was nicht ganz stimmt, wenn was verschwiegen wird oder wenn ich was etwas anders sage, als es wirklich ist. Ich würde einfach sagen: Ich habe keine Lust. Dazu, *ich habe keine Lust zu sagen,* hatte es schon jetzt Lust. Etwas Wahres über es selber zum Vorschein kommen lassen. Wieder ein Versuch, damit etwas Wichtiges einmal ernstgenommen würde. Dem Kind würde ein Widerstand einfallen, der garantiert undurchdringlich wäre. Falls wirklich draußen heute Schnee fiele: das würde, auch wenn das Kind mal wieder *eklig bockig komisch* im Kommentar der Erwachsenen erschiene, für eine eigene innere Begütigung ausreichen. Es war entschlossen, sich weich zu fühlen, so oder so. Die Hauptsache war *Schnee* und *Schneeanschauen.*

Aber es ging immer noch geräuschsparend auf seinem Nachtpfad mit sämtlichen Hindernissen um.

Das war auch nicht immer so. Gelegentlich überraschte das Kind sich selber beim Bedürfnis, Krach zu machen. Bei einem derartigen Bedürfnis legte es sich nicht erst Rechenschaft darüber ab, in welcher von seinen Rollen es nun auftrat, krachmachend. Das war doch ganz sicher der Paul, der Frechdachs, sagte einer der Erwachsenen möglicherweise, sofern überhaupt reagiert wurde. Ganz und gar an der Wahrheit vorbeigedacht. Das Kind war, in jeder Erscheinungsform, im Grunde immer es selber. Paula, Paul, Paulinchen: die zusammen bildeten eine einzige Person, ein Lebewesen, es selber. Sie ergaben das Kind.

Es betätigte inmitten einer wochenlangen Stillhaltephase doch die Wasserspülung. Wenns hoch kam, wusch es sich außerdem die Hände: Plätschergeräusche. Vorsätzlich vom Waschbeckenrand glitschende Seife. Mit Absicht auf den Kachelboden klatschende Sandalen. Das Kind hoffte sehr, daß auf die versammelten Verstöße später, wenn es für Christa und Kurt *Tag* war, zurückgekommen würde. Daß man es zur Rede stellte. Es wußte im voraus, *aus Versehen* oder *ich hab's* einfach vergessen würde es unter Garantie nicht sagen. Eher so was wie: *Ich fand es appetitlicher. Es ist hygienischer*. Hygiene: eine Leidenschaft Christas, mindestens die erste nach dem Schlafen, oder die dritte nach Schlaf und Schreiben. Vielleicht war es demnach schlecht, *Hygiene* anzubringen. Auf *Hygiene* hin bliebe jede Verstörung aus. Ich werde *Ach ich hatte einfach Lust dazu* sagen, beschloß das Kind, und zusätzlich eins meiner verbockten verstockten Gesichter machen. Christa und Kurt waren fast keinen Moment lang ratlos. Das Kind brachte sie wieder mal nicht aus der Fassung. Es ist ja nicht so, dachte es, daß ich gern geschimpft würde, bestraft und so weiter, ich würde sie bestimmt hassen, wenn sie mich schlagen würden – ja, aber dann *könnte* ich sie *hassen* und ich würde weglaufen und ihnen Sorgen machen und die Polizei müßte eingeschaltet werden und sie würden mich suchen lassen, über Interpol und so weiter. *Ge*schimpft will ich gar nicht werden. *Be*schimpft komme ich mir aber trotzdem vor, wenn sie mit mir so einen Vorfall *ausdiskutieren*. *Bestraft*. Das Kind mußte sich zureden: *bestraft und beschimpft,* ein geprügelter Hund ohne Prügel. Es wollte sehr bald notieren, daß zwischen Geschimpftwerden und Beschimpftsein ein Unterschied war. Und mehr darüber.

Wir sind tatsächlich so ziemlich unmittelbar nach Paulas Einzug bei uns jegliches impulsives oder spontan-unüberlegtes Reagieren losgeworden, erzählten Christa und Kurt den Freunden. Ah, großartig. Wie habt ihr das nur schaffen können. Mir, was mich betrifft, mir rutscht schon manchmal die Hand aus, ich mag das nicht, aber – Oder ein Wort, statt der Hand, nicht wahr? Kein Wort zuviel, sagte Christa. Das Kind dachte ganz anders darüber. Es notierte: Jedes Wort ist ein Wort zuviel. Es korrigierte: Immer ein Wort zuwenig. Es dachte: Was stimmt denn jetzt. Es schrieb: Nie das richtige schöne wohltuende Wort.

Das Kind wartete vergeblich auf einen Überschwang der durch Geräusche Verletzten. Beide waren gar nicht verletzt, allerdings gestört worden. Sie entschädigten sich für die Störung freudig-begierig mit einem Exkurs über partnerschaftliches Verhalten, über das Phänomen der Rücksichtnahme innerhalb einer Gruppe – auch innerhalb der kleinsten möglichen Gruppe – über soziales Denken und Handeln. Somit kamen sie wieder voll auf ihre Kosten, während kein einziges Geräusch, Wasser oder sonstwas, sich für das Kind gelohnt hatte. Diese ganze langen geduldigen langweiligen gleichmäßigen auseinandernehmenden Sätze, die alten physischen Schmerzen, die im Gehör anfingen und schließlich bis in Fuß- und Fingerspitzen ausstrahlten. Wir sind relativ rasch wieder eingeschlafen, sagte Christa, diesmal, aber es kann ja auch mal anders sein, wir wachen auf, weil du plötzlich *Lust* hast, dir die Hände zu waschen – alles in allem ein begrüßenswerter Wunsch, nur tagsüber kommt er so erstaunlich selten bei dir auf – kurzum, es kann gut anders sein, weil wir durchs Schreiben immerzu, auch während des Schlafs, gewissermaßen *besetzt* sind, und dann schlafen wir nicht mehr ein, eine Formulierung geht Kurt im Kopf herum, ein denkbarer neuer Akzent innerhalb meines Artikels fällt mir ein, uns läßt unsere Arbeit nicht mehr los, wir werden immer wacher, wir brauchen aber den Schlaf und wir müssen uns hüten vor diesen Halbschlafdenkanstößen, damit wir am Tag dann vor den Schreibmaschinen voll da sind, und fit.

Das Kind verabscheute schon die Ausdruckswahl. *Voll da sein. Fit sein.* Diese Schlafmützen kannten tagsüber, solang *tagsüber* bei ihnen dauerte, keine Erlahmungserscheinungen. So wie es sie selber oft erlitt und vor denen es Angst hatte. Bei Kurt konnte es schon mal vorkommen, daß er mittendrin gähnte. Das Kind betrachtete ihn mit großer Sympathie. Kurt rieb sich die Augen. Kurt brauchte mitten drin einen starken Kaffee. Christa gab nur zögernd und mit Anzeichen beträchtlicher Verachtung seinem Drängen nach und stellte ihm den starken Kaffee hin. Sie hingegen schluckte heimlich in der Küche irgendwas: klein und hellblau, oder rosa glänzend und lang, Kapseln, auch weiße Tabletten, auch gelbliche, und was Christa heimlich zu tun hoffte, blieb dem Kind gegenüber nicht geheim, ihm entging nichts, Kurt aber schien sehr leicht hinters Licht zu führen zu sein. He, Paula, was suchst du hier, rief Christa. Das Rufen war aber wie ein Getuschel. Endlich mal sah Christa nach allem dem aus, was sie offiziell vermied: nach Impulsivität, nach Unüberlegtheit. Spontane Christa. Denn das Kind stand in der jetzt offenen, vorher nur angelehnten Badezimmertür oder auf der Schwelle zur Küche, stand plötzlich unerwartet unerwünscht da, wo immer sich der kleine zu verheimlichende Vorgang abspielte, und hatte alles mitgekriegt, das Rauspulen der kleinen Drogen, das Versteck in Christas schnell zuschnappendem Mund, die ganze Hast und Dringlichkeit, Runterspülen – aber wie? Die Flasche mit dem *stillen Wasser,* die Plastikflasche mit dem Wasser aus den Quellen der französischen Vogesen, einfach am Mund. Man benutzt immer ein Glas, wenn man trinkt, wußte das Kind von Christa. Ha! Lauter Mißachtungen Christa'scher Lehrsätze durch Christa selber. Wasser trinkt man niemals aus der Flasche, man setzt überhaupt an keinen einzigen Flaschenhals den Mund, denn das ist unhygienisch und Gläser haben wir schließlich genug. Heimlich machen wir drei hier *gar* nichts.

Christa, ertappt vom Kind, erwischt als ein Mensch, den man bedauern, demnach also liebhaben konnte, Christa bei einem winzigen, weils aber Christa war, bei einem monströsen Verbrechen vom Kind überrascht, Christa stand im Begriff, von einer Zärtlichkeit des Kindes vereinnahmt zu werden. Laß uns das bitte Kurt nicht sagen, hätte sie sagen sollen. Oder sonstwas Verängstigtes, etwas, wodurch sie das Kind brauchte. Das Kind empfand Stolz und eine Art Macht und bereitete sich schon auf Gnade und erwachsenes Mitempfinden vor, während es drauf wartete, wie Christa endlich reagieren würde. Christa ihrerseits war stolz auf ihren ersten Satz nach dem blödsinnigerweise verräterisch impulsiven Schrecksatz. Dieser Satz handelte zunächst mal von dem absolut reinlichen Flaschenhals dieser von Christa zum Zwecke eines eiligen Schluckens eigens desinfizierten Flasche. Sie redete von Vereinfachung, und sie sagte: Manchmal muß es eben schnell gehen. Denk nicht, ich hätte dies Medikament womöglich auch *heimlich* genommen. Du weißt, *heimlich,* das gibt's nicht hier. Kurt weiß Bescheid. Ich habe nun mal einen zu raschen Motor. Ich muß mit künstlichen Bremsen arbeiten, gegen zu viele Umdrehungen von diesem Motor in mir. Du weißt ja, ich schreibe wie eine Besessene. Nicht wahr? Während unser guter Kurt leider manchmal gähnt und erschöpft mitten am hellichten Tag rumsitzt und nicht recht weiter kann, muß *ich* mich stoppen, abbremsen, mir fällt zu vieles auf einmal ein und das ist, dieses irre Tempo, das ist meiner Gesundheit abträglich. Also, falls das jetzt eine deiner bockigen und leider hin und wieder etwas feindseligen Stimmungen ist, in der du da hinter mir hergeschlichen bist, womöglich um mich zu erschrecken oder bei irgendwas zu erwischen, falls das so ist: dann wärst du reingefallen, Liebchen. Oder ich sage wohl besser: Paul. Ich müßte dich jetzt wohl besser Paul nennen, hm? Du hast nichts gegen mich in der Hand. Du kannst mich, du Paul-Bösewichtchen, beim guten Kurt nicht verpfeifen, um mal in einer Paul-Sprache zu reden. Mit diesen Sätzen waren die beiden, Christa und das Kind, längst wieder im schönen Atelier-Superraum angelangt, und um vor Kurt und der außer Kurt leider zur Zeit nicht zuschauenden übrigen Welt liebevolles *partnerschaft-*

liches Einvernehmen zu demonstrieren, lag eine Hand Christas auf der Schulter des Kindes. Na, ihr zwei, sagte Kurt, mit seinem letzten Gähnen, nach dem letzten Schluck Kaffee. Er dehnte sich, streckte sich aufstehend, sah entschlossen aus, nun ebenfalls wieder *fit* und *voll da* zu sein, na ihr, ihr seht ja aus wie zwei Komplizen, was gibts denn Schönes?

Das Kind machte seine Schulter von der warmen Hand Christas los, und zwar so, daß der Vorgang als Unwille und als Ekel und als Befreiungsversuch erkennbar hätte sein müssen. Wem entging das? Entging das etwas Christa? Die den Widerstand schon rein physisch bestimmt mitbekommen hatte? Es entging Christa bestimmt nicht schon rein physisch, denn die Hand hatte auf der Schulter des Kindes nicht nachgeben wollen, sondern einen Druck ausgeübt. Aber sie tat absolut so, als sei es ihr entgangen. Kein Wort mehr über den Vorfall. Beim Abendessen fragte das Kind: Bist du jetzt immer noch abgebremst, Christa? Was soll denn das nun wieder heißen, fragte Kurt. Ihm war anzumerken, daß er sich für keine Auskunft interessierte. Ihm war überhaupt nicht selten anzumerken, daß Verlautbarungen des Kindes ihn doch ziemlich wenig berührten, manchmal auch langweilten, aus irgendwas an besserem, wichtigerem Denkstoff herausbrachten, nein, nicht erst herausbrachten, weil er gar nicht weiter auf gewisse undurchschaubare, verrätselte Verlautbarungen des Kindes achtete. Christa hingegen war pausenlos voll Interesse. Sie nahm alles auf. Oft raste sie, nach einem Satz des Kindes, zum Schmierpapiervorrat und zu den stets griffbereiten Kugelschreibern, um eine entsprechende Notiz zu machen. Ach Kurt, ich habe ihr mal was über meinen Grundumsatz eröffnet, du weißt, über meinen irren Verbrennungsprozeß, Stoffwechsel, natürlich in einfacher, verständlicher Form. Anscheinend hat sies aber doch nicht ganz kapiert. Kurt hörte überhaupt nicht mehr zu, weil ihm jetzt daran lag, bei der Aufteilung des Endiviengemüses nicht zu kurz zu kommen. Das Kind sagte: Sie muß immer was schlucken gegen ihren zu schnellen Motor. Aber nur Christa ging ein auf diese Mitteilung für Kurt, der jetzt *Sarrasani kommt übrigens demnächst* sagte, wodurch auch das Kind sofort völlig abgelenkt war. Sofort wußte es wieder eindeutig, wohin sein gesamtes Gefühlspotential gehörte. Ich liebe Kurt, ich liebe den Zirkus, ich liebe Kurt, weil er dran denkt, daß ich da bin und daß deshalb in den Zirkus gegangen wird. Ein weiches breites wohltätiges Glücksgefühl bewirkte im Kind, daß es sich, mitten in der Mahlzeit, wie zerdehnt und aufgelöst vorkam. Es lächelte den Erwachsenen dauernd zu. Sie kriegten das nicht dauernd mit. Manchmal schon. Der einzige Schaden, den das Glücksgefühl nahm, entstand dadurch, daß sein dauerndes Lächeln von keinem Gegenlächeln beantwortet wurde. Am Tisch blieb alles normal, alles wie immer. Das Kind freute sich aber noch nachts in seinem Bett auf den Zirkus. Es sah voraus, wie die erste Zirkuserinnerung mit Christa und Kurt sich glückspendend wiederholte: es sah sich selber zwischen Kurt und Christa in einer der Logen sitzen und es fühlte sich ganz klein und ganz unheimlich neugierig und sogar: geborgen. Mindestens bis zum Ende des Programms. Vielleicht aber auch bis in den Anfang der Nacht. An diesem Abend mit der Zirkusvorfreude betrachtete es vorm Schlafengehen nochmal auf seiner Wand das auf die Programmheftseite verkleinerte Zirkusplakat vom letzten Mal. Ein Tiger und ein Löwe, beide auf den Hinterbeinen und im Sprung erstarrt, mit gefletschten Gebissen freundlich-gefährlich lächelnd, hielten mit den Vorderpfoten ein geschwungenes Spruchband: *Ein Begriff – weltumspannend.* Oben drüber stand: *Triumph der Leistung.* Ach, was für ein herrlicher Abend im Zirkus, damals. Auf dem Heimweg im Fond des bequemen warmen großen neuen Peugeot 404 und während die zwei Erwachsenen vorne sich über die Vorzüge des neuen Peugeot 404 unterhielten, aber auch über ein paar Nachteile, besonders aber über die Vorzüge, speziell die der neuen Kopfstützen und der verbesserten Sicherheitsgurte für Fahrer und Beifahrer, hatte das Kind sich immer noch angeregt und glücklich gefühlt. Obwohl es auch betrübt war, weil der Zirkusabend überhaupt hatte zu Ende gehen können. Es liebte trotzdem in diesen Momenten auf der Rückfahrt beide Erwachsenen, auch Christa. Es blieb sogar glücklich, als Christa sagte: Sie ist wirklich überdreht, sie redet und redet, war das zuviel, das Programm war zu lang, und Kurt sagte: Na laß sie halt, sie ist angeregt davon, hör nicht weiter zu, ich geh nicht davon ab, die Heckscheibe ist nicht in Ordnung, sie muß irgendwie gewölbt sein. Ich werde das morgen bei der Werkstatt beanstanden. Das Kind dachte: Bleib ich halt weiter überdreht, ich muß ihnen jetzt einfach noch sagen, daß ich mir aus den Clowns am wenigsten mache und aus den großen Tieren am meisten. Es fing an mit etwas sehr Gemütvollem über die Elefanten. Wart mal, bis morgen, dann geben wir dir was zu lesen über die Elefanten, so wie sie wirklich sind. Gemütvoll und rührend sind sie ganz bestimmt nicht, aber Tierforscher werden diese Aufklärung für uns übernehmen. Dann behauptete das Kind, das wegen der neuen sehr hohen Kopfstützen im Fond kaum mehr die vorne sehen konnte und hinten angenehm allein blieb, vor den Raubtieren habe es überhaupt keine Angst. Du meinst wohl mal wieder: Furcht. Und die hättest du sehr wohl, du kleine Aufschneiderin, als Paul auch, sogar Paul fürchtet sich halt leider vor Schäferhunden, noch immer. Vergiß nicht, die waren in einem Käfig und du warst bequem gesichert in einer Loge. Trotzdem, das Kind beharrte drauf, vor kleineren Tieren ja, vor denen fürchtete es sich viel eher, vor pelzigen Nagetieren, die sich rasch und unvermutet bewegen, aber nicht vor Löwen, bestimmt nicht. Es erinnerte sich, während der Vorfreude auf den nächsten Sarrasani, an so ein paar kleine Einbußen und Kränkungen vom Heimweg, die aber seinem allgemeinen Glücksgefühl nichts hatten anhaben können. Im Gegenteil, eigentlich. Und während Christa und Kurt dann zu Haus, obwohl es schon sehr spät war, bei Wein in den Sesseln saßen und das ganze *Wir lassen es ausklingen* nannten, ist auch das Kind nicht ins Bett geschickt worden, es hat immer weiter vom Zirkus geschwärmt, einfach und ganz zwanglos und ungestört in seinem Übermaß, auch seelenruhig überdreht.

Bei einem Interview wurde Kurt nach seiner Lieblingsbeschäftigung gefragt und er hatte *Schlafen* geantwortet. Bei einem Interview wurde Christa nach ihrem Hobby gefragt und sie hatte *Schlafen, unter anderm, aber besonders Schlafen* genannt.

Stimmt denn das wirklich, sagt ihr das im Ernst, fragte das Kind, das sich im allgemeinen wenig nach den Bedürfnissen und den inneren Vorgängen der Erwachsenen erkundigte, nur: schlafen, das war halt so ein Kapitel. Der Erwachsenenschlaf betraf sein Alltagsleben ja sehr. Na ja, wir wollten schon auch so ein bißchen provozieren, falls du weißt, was das ist, ein bißchen Spaß da reinbringen, insgesamt sind das ja sonst Fragen und Antworten, die doch so ziemlich in die Tiefe gehen, die schürfen und bohren und uns Schreibenden nachspüren wollen. Na und das paßt auch ein bißchen: Wer dumm fragt und so weiter, obwohl es gar nicht so dumm ist, nach Hobbys zu fragen und obwohl auch unsere Antworten gar nicht so verkehrt und so bloß verulkend waren, denn Schlafen ist wirklich und wahrhaftig etwas vom Schönsten. Wobei nicht zu vergessen ist: auch vom Wichtigsten. Die Gesundheit, die Kraft für die Arbeit, fürs Weitermachen. Du, du lebst jetzt noch dein leichtes, sorgloses

Kinderleben. Wenn du erst mal erwachsen bist und berufstätig, wirst du das schon noch begreifen. Ich glaube, bei mir wird es später mal ganz anders, sagte das Kind. Es durfte noch einen Haferkeks haben, ja gut, noch einen, dann aber Schluß, denk an deine Quälereien mit der Verdauung, Dies nur als Warnung. Jede Süßigkeit verstopft dich noch ein bißchen mehr, und wie du weißt: die etwas sonderbaren Bilderbuchzeiten, deine bei den Großeltern, diese Stunden auf dem WC mit dem Bilderbuch, die sind passé. Hast du heut morgen auch nicht wieder deine Bauchgymnastik vergessen? Du weißt, du machst sie *dir zuliebe*. Damit die alten harten Sachen aus dem Bauch rauskommen, alles was du gegessen hast, ja?

Kurt und Christa hatten ihren Interviewpartnern gegenüber sofort anschließend an die Konfession, Schlaf-Fans zu sein, ernste Gesichter aufgesetzt, beide hatten sie sofort anschließend das ernste, das tiefgreifende und echte, ja schlichtweg wahrlich echte Engagement für ihre Aufgabe als Schriftsteller bzw. Publizisten betont. Das Gewissen der Nation schläft zwar unheimlich gern, aber: alles zu seiner Zeit. Ausgeschlafen, ist das Gewissen der Nation, der Schriftsteller, tagsüber um so wacher. Er reagiert um so seismographischer. Das ist mehr als ein Bonmot, sagten die Schlafpassionisten. Genauso ernst war das Engagement Christas, als sie noch Wandteppiche webte und ehe sie zu Kurt stieß, dann angesteckt wurde von ihm und ebenfalls schrieb.

Das Kind war zu Interviews nicht nur zugelassen, es wurde sogar regelrecht gebeten um sein wenn auch – wie erbeten – sporadisches Erscheinen. Etwa in der Art: Von Zeit zu Zeit ziehst du dich bitte zurück. Dann erscheinst du bitte wieder. Dann setzt du dich vor deine Puppenküche, als wäre alles wie immer. Und frag uns was, was du willst, einfach mittenrein, so, daß es fast wie ein Störung aussieht, ehe die ihr Tonband abgestellt haben, fragst du irgendwas, also ganz *spontan*.

Spontan? Bei Interviews war das erwünscht, sogar gefordert. Weißt du, wenn du so kommst und gehst und bleibst und fragst und so, dann ist das für den Gesamteindruck nützlich, es bringt Stoff rein, es ergibt einfach eine Art Spielhandlung, oder: Handlung, Echtheit unseres Alltags, und die Interviewleute kriegen das mit ohne daß wirs erst erklären müssen, quasi von selbst: Aha, so ist dort das Leben, das Leben mit einer adoptierten Achtjährigen, und diese Achtjährige lebt in partnerschaftlicher Freiheit, lebt ungezwungen mit, ist integriert. Wir präsentieren, per Lebensstunden, was wir sonst umständlich erst erzählen müßten: wie es bei uns zugeht, nämlich wie unter gleichartigen Freunden, keiner, und schreibt er noch so Wichtiges, schließt sich hermetisch ab, das Kind geht immer vor, hier ist es unautoritär – aber nicht antiautoritär. Autorität hat vielmehr jeder von uns, ja, jeder, selbst du, du auch, du besitzt die ganz spezielle Autorität als unser adoptiertes Kind, du hast deine Autorität deiner dir eigenen Rechte und Wünsche und Befriedigungen – so, also verkriech dich nicht, am 28., am Donnerstag, am 12. 6. und so weiter, montags, übermorgen wenn der Soundso vom Funk und wenn die Tante von der *Isabelle* da ist, wir bitten dich darum, ja?

Das Haus war völlig still, auch kalt. Was mit dem Glücksgefühl los war, heute, hing mit dem Schnee zusammen. Das Kind beherrschte sich trotzdem, warum eigentlich – das kam als Frage in ihm allerdings auf, entgegen allen Maßnahmen, kaum was zu empfinden. Es dachte: Ich bin schon ziemlich schneesüchtig. Das fand es gut. Aufschreibbar zunächst mal fürs blaue Heft. »Schneesüchtig ging ich verloren – bin ich geboren ...« Etwas davon, von dieser Gefühlsmischung, müßte ins gelbe Heft kommen, in Reimen, denn das Kind liebte nur Gedichtetes, das sich reimte. Einzelne Sätze, die es auch liebte oder die es beeindruckten, konnten auch ungereimt schön sein, traurig sein und einen Platz an seiner Wand bekommen. Vorgestern war das der Satz *Das Böse ist ein Mangel an Liebe* gewesen. Eines Tages sollten Christa und Kurt diesen Satz an der Wand des Kindes finden. Sie inspizierten die Wand des Kindes ziemlich oft. Angeblich aus erzieherischen Gründen und um in der Kinderpsychologie Fortschritte zu machen. In Wirklichkeit aber klauen sie mir oft was von der Wand, dachte das Kind, ich weiß, daß sie bei mir Entdeckungen machen und auch verwenden und abschreiben.

Obwohl die Gedanken *Aufstehen, Mit-dem-Schnee-Anfangen* die Schläfrigkeit noch nicht vertreiben sollten, weil das Kind sich den Erwachsenen gegenüber und mit ihnen für heute, wenn schon tatsächlich Schnee fiel und lag, einen ruhigen Tag vornahm und wünschte, hatte es auch eine Angst, wieder einzuschlafen, die eingewurzelt war und mit dem Schnee gar nicht zusammenhing. Es träumte immer mal wieder, daß Christa und Kurt, wie unwahrscheinlich das auch war, lachend und lang vor ihm erwacht, an seinem Bett standen, worin es selber noch schlief. Sie überrumpelten es. Sie riefen ihm *Du Langschläfer, kleiner Faulpelz, na haben wir dich doch mal erwischt* zu, sie amüsierten sich sehr, beide ganz angezogen, nach ihren Düften duftend. Es mußte schon spät, mitten im Tag sein. Ging dieser Traum auf ein vergessenes Erlebnis zurück? Das Kind erinnerte sich nicht. Ins gelbe Heft hatte es allerdings eine Geschichte gedichtet. Darin kam ein lang schlafendes Kind vor. Das Kind war zu Besuch bei einem jüngeren Ehepaar, mit dem es, weitläufig verwandt, keine gefühlsmäßigen Beziehungen unterhielt. Onkel und Tante zu sagen, weigerte sich dieses Kind. Die beiden schienen tagsüber ganz nett zu sein. Beide waren Maler. Sie malten Bilder, auf denen nichts vorkam. Auf den Bildern sah man bloß Farben, die nicht zueinander paßten, und Geometrie. Das Langschläferkind wachte eines Morgens ein bißchen auf, es war noch nicht ganz Tag, und da standen die halbwegs verwandten Leute neben seinem Bett und grinsten und photographierten das Kind und malten es ab. Im gelben Heft blieb die Geschichte unvollendet, das Kind hatte auch noch keinen Namen, war kein Bub und kein Mädchen bis jetzt, die ganze Sache hatte plötzlich die Anziehungskraft fürs Weiterdichten verloren.

Paula, Paul, Paulinchen: vom ersten Tag bei Christa und Kurt an studierte es frühes Aufwachen regelrecht ein. Anfangs ging das eigentlich über seine Kräfte. Da ermüdete es schon in der Schule in der 1. Stunde, nach der großen Pause fühlte es sich schlaff, die Mittagszeit war eine Qual zu Haus, es saß auch nachmittags lustlos und erschöpft bald da bald dort vor seinen übers Haus verteilten Spielsachen, war unfähig, die Schulaufgaben zu machen, und wurde nirgendwo ansässig; abends strengte es sich ganz ungeheuer an, die Augen offen zu behalten, denn es durfte ziemlich lang aufbleiben, ziemlich oft mit Christa und Kurt fernsehen. Wenn ihm die Augen zufielen, wurde das manchmal von einem der beiden Erwachsenen bemerkt; dann kam entweder eine Heiterkeit darüber auf, oder die keineswegs unfreundliche Aufforderung: Ins Bettchen, Paula, du schläfst ja schon. Und auch das wieder lachend. Das Kind fühlte sich verhöhnt, obgleich kein Hohn in den Stimmen der Erwachsenen war. Ja, das war eine sehr anstrengende Zeit für das Kind, es hatte viel zuwenig Schlaf, zusätzlich sollte es sich die Großeltern abgewöhnen, die neuen Eltern angewöhnen, sich selber in der neuen Umwelt wohlzufühlen lernen. Bei den Großeltern schlief es bis – irgendwann. Es war ihm egal. Entweder, in der Schulzeit, ließ es sich von der Großmutter wecken und empfand darüber nicht die geringste Scham, die Großmutter kam in sein Zimmer, trat neben sein Bett, und dem Kind machte es sogar ein spezielles Behagen, sich vor der Großmutter halbschlafend noch herumzuräkeln, vor der Großmutter seine Trägheit nicht zu verheimlichen, im Gegenteil, und es bekam seinen Morgenkuß, der nicht besonders gut roch, an dem es aber trotzdem hing. Oder es wachte von selber auf, auch das kam vor. Alles war unüberdacht und selbstverständlich bei den Großeltern, alles kam wie es kam. Die alten Leute waren Frühaufsteher, und das Kind war manchmal halt auch ein Frühaufsteher, wie es sich so ergab, und nie ergab sich aus einem frühen Aufwachen ein besonderer Stolz, aus einem Verschlafen eine Beschämung, es ergab sich überhaupt nichts, es war, wie es gerade war. Abends wurde vom Kind kein nächster Morgen vorgeplant. Das Kind schlief ohne Vorsatz ein.

Einmal nur hatte das Kind während der ersten Wochen nach dem Umzug zu Christa und Kurt versucht, etwas über seine neuen Schlafübungen verlauten zu lassen. Ich bin manchmal am Tag so schwach, erzählte es, weil ich das Frühaufwachen trainiere. Was fantasierst du denn da schon wieder? Wir wissen doch, Kinder wachen halt früh auf, du brauchst uns doch keine Märchen zu erzählen. Doch, ich zwinge mich dazu, beharrte das Kind. Na, hör mal, Paula, wenn das wirklich stimmen sollte – stark zu bezweifeln – dann gewöhn es dir so rasch wie möglich wieder ab. Das wäre ja ein schöner gesundheitsschädlicher Blödsinn. Du hättest auch nicht den winzigsten Anlaß für so einen Blödsinn. Im Gegenteil: du weißt doch, wie nötig und wie schrecklich gern wir zwei Erwachsenen den langen Schlaf haben. Tu uns den Gefallen und sei uns ein guter Langschlafpartner. Ja?

Das Kind dachte: Nein. Aber warum eigentlich: nein? Bloß keine List gegen mich, während ich noch schlafe. Die beiden könnten sich nur schlafend stellen, in Wahrheit aber wach sein und mich beobachten. Sie hecken was gegen mich aus, das natürlich irgendwas *für* mich und *mir zuliebe* wäre. Sie wollen mich reinlegen. Sie wollen was bei mir feststellen. Sie schreiben das dann sofort auf. Sie schreiben mir meinen kleinen geheimen Schlaf ab. Mein Schlaf und mein Schlafgesicht und meine Nacht: das alles geht keinen was an von diesen beiden, keinen außer mir und dem lieben Gott und meinen wahren Verwandten, meiner Familie dort am Tisch des Herrn.

Nach den ersten Erfolgen im Frühaufwachen, einen kräftezernagenden inneren Wecker im Bewußtsein, schlief das Kind vom Morgengrauen an in angefressenen Wachträumen, stets halb ermahnt zum Aufstehen, beunruhigt, und kurz nach dieser Umstellung ist das Kind krank geworden. Es fühlte sich ganz und gar miserabel. Das war sicher die Grippe. Oder es war sonst eine Infektion, die was zu tun hatte mit Schnupfen, schweren Gliedern, Hustenkitzel, Kopfweh und großer Müdigkeit und Unlust. Jetzt bedurfte es einer weiteren schweren Willensübung: das Kind mußte um jeden Preis – der Preis war seine Schwäche und sein elendes Befinden, es mußte ihn bezahlen – für Christa und Kurt weiterhin als gesund erscheinen. Denn damals hätte es noch keinen Versuch riskiert mit einer Bettlägerigkeit. Es fühlte sich noch viel zu unaufgehoben in der neuen Umgebung. Es war ihm einfach viel zu unsicher, hilflos zu werden, wer weiß, wohin das führte, es wagte nicht, ganz und gar angewiesen zu sein auf diese Schreibleute. Was ist an unserem adoptierten Kind so merkwürdig, so unnormal, fragten die Adoptiveltern den Arzt, der schließlich hatte gerufen werden müssen, weil das Kind plötzlich zusammengebrochen war inmitten seiner Überanstrengung und nun mit hohem Fieber und viel zu schnellem Puls offenbar sehr krank auf der violetten Couch im Atelier lag. Der Arzt war ein Bekannter aus dem Geselligkeitszirkel der Adoptierer. Was hat Paula veranlaßt, uns ihre Grippe oder was es nun ist zu verheimlichen? Warum lief sie rum als wäre nichts? Es muß ihr doch schon eine ganze zeitlang schlecht gegangen sein, sie muß doch gemerkt haben, daß was nicht in Ordnung ist, Fieber, das spürt man doch. Was ist denn los mit ihr? Wir haben wahrhaftig nichts Auffälliges wahrnehmen können, sie scheint ja eine Verstellungskünstlerin zu sein – warum aber? Und ausgerechnet uns gegenüber, wir sind derartig tolerant, sie besitzt jede aber auch jede Freiheit. Hat sie denn kein Vertrauen? Aber braucht man denn überhaupt Vertrauen, großes Wort, um zu erklären: ich fühle mich krank, ich sollte vielleicht ins Bett gehen, Fieber messen und so weiter? Alles, aber auch alles kann sie uns sagen. Sie weiß das doch. Wir haben es ihr plausibel gemacht. Undenkbar, daß sie es nicht begriffen hat. Unvorstellbar. Was ist an diesem Kind so abnorm? Hm? Sagen Sie mal, Doktorchen.

Und dann: Sie hält sich für ein Genie. Beziehungsweise: sie wird mal ein Genie, daran glaubt sie ziemlich fest. Sie meint jetzt schon, geniale Gedichte schreiben zu können. Wenn sie abends endlich im Bett verstaut ist, suchen wir nach ihren Heften. Sie hält ihre abwechselnden Verstecks für sicher, eben weil sie abwechselt mit den Verstecks, sie versteckt die Hefte bald da, bald hier. Man muß schon suchen, raffiniert ist sie. Früher nahm sie die Hefte mit in ihren Schlafverschlag, hier, hier, bei uns im Atelier, wo sie nie unter Einsamkeit leiden muß, hier schläft sie nämlich. Na, und in den Heften haben wir so manches gefunden. Das Kopfkissen war ihr mal sicher, aber dann hat sie mit dem Draufliegen die Hefte zerknautscht, und sie ist in so was pedantisch, ihre Hefte sollen schön aussehen, also wählte sie sich als Versteck das Kinderstühlchen am Kopfende ihres Bettes, versteckte die Hefte, ein blaues und ein gelbes, unter ein paar andern Büchern, vorsichtshalber, besser: raffinierterweise unter solchen Büchern, die wir ihr zur Lektüre empfehlen, gute moderne aufgeklärte Jugendliteratur, sogar Kinderbücher gestehen wir ihr noch zu, sogar solche, die unter ihrer Altersstufe liegen, aber dann nur solche mit sehr künstlerischen Illustrationen und so weiter, auch vom Text her nicht so infantilisierend wie die Kinderbücher früherer Tage und so, nichts mit dem veralteten Kitsch, keine Nesthäkchenromantik – denn leider: so was liebt sie, leider, bis jetzt, immer noch. Aus Trotz legt sie neuerdings ein sogenanntes Trostbüchlein der Poesie obenauf, das aber nur nebenbei. Nun, das Stühlchenversteck gab sie auf, sie hat uns wohl mal gehört, als wir es nachts während einer unserer Geselligkeiten – Sie waren damals wohl nicht als Gast dabei – ausfindig machten: wir zeigen sie ja gern im Schlaf, die kleine Paula, und zusätzlich dann die Hefte, das war schon ein Fund, wir hatten einen wahrhaft gelungenen Abend, kolossal, aber wir haben uns über keine einzige Zeile lustig gemacht, das nicht. Sie könnte aber auch, selbst wenn wir uns lustiggemacht hätten über gewisse wirklich ausdrucksschwache Stellen und vor allem über ihre Sentimentalitäten usw., keinen Laut gehört haben, bestimmt nicht. Trotzdem: sie kam auf den Trick mit Verstecks hinter unseren Büchern, von Tag zu Tag fast alternierend, anscheinend ist sie doch nicht ganz so sicher, manchmal sieht mans ihr auch an, sie guckt dann ein bißchen ratlos aus der Wäsche. Aber das Wichtigste: *Warum überhaupt Verstecks?* Ausgerechnet bei Menschen wie uns, ausgerechnet in einem Zusammenleben wie diesem? Was hat Paula? Was stimmt nicht mit Paula?

Mehr noch, weiter: Paula will ein Paul sein. Wir kommen nicht dahinter, wozu diese Rolle gut sein soll. Denn wie ein richtiger Junge benimmt sie sich keineswegs. Es handelt sich bei ihrem Paul um einen ziemlich verzärtelten, empfindlichen, outsiderischen Psychopathen, das Gefühl hat man wirklich leider. Wir würden den Paul liebend gern akzeptieren, wenn er die reale Paula ein bißchen realistischer und lebensmutiger und kecker – Sie wissen schon – machen würde. Weil Paul als zukünftiger Mann mehr Chancen hat, ein Genie zu werden? Was ist mit Paul? Was stimmt nicht mit Paul, weil was mit Paula nicht stimmt, und was ist das? Und mit dem Paulinchen? Na, das ist noch relativ durchschaubar. Da flüchtet sie, als das Paulinchen, halt einfach gelegentlich in ihre frühkindliche Welt, nach der hat sie wohl ein wenn auch ebenfalls nicht gerade *gesundes* Heimweh oder so was. Das Paulinchen, das kann man allenfalls noch verstehen. Obschon: abgeschafft werden muß es endlich auch, eigentlich vor allem es, das Paulinchen, der Zeitpunkt ist eigentlich längst da, besser: schon überschritten, nun denn, bei unserer Toleranz und eingedenk ihrer Schwierigkeiten als Vollwaise lassen wir ihr noch ein bißchen Zeit.

Was ist los mit dem Kind? Diese Querlagen zur Realität wohin man sieht. Sie singt vor sich hin, aber nicht nur das: es sind immer Sachen in Moll. Sie singt mitten in den Sommerferien am Strand Winterlieder. Auch Adventslieder im Frühjahr, überhaupt Gesangbuchslieder, z. B. am Meer im Sommer. Singt vorzugsweise Selbstgemachtes, eigene Texte oder abgewandelte. Mit Gesangbuchsachen kennen wir uns ja nicht so aus, aber es wirkt so, so halbecht. Sie hockt in der schattigen Strandbude, wir fordern sie auf: Komm raus, leg dich zu uns in die herrliche Sonne – tut sie nicht, einölen läßt sie sich schon gar nicht – komm und spiel Ball mit uns – ach und was nicht alles, alles vergeblich. Allein läuft sie rum, durch die Dünen oder am Strand entlang. Einmal haben wir uns an sie rangeschlichen, hinter ihr her geduldig und leise, sie hat mitten im grellsten Sonnenschein im prächtigsten Aerosol längs der Flutmarke nicht aufgeschaut, nicht tief eingeatmet, sie hat stattdessen laut gesungen, laut, weil ja das Meer noch lauter ist, sonst singt sie immer nur leise, und was hat sie gesungen? »O wie ist es kalt geworden ... Und die Sonne scheint nicht mehr.« Auch so eine Sache im düsteren Moll. Den Winter besingen im Hochsommer. Übrigens hat sie dieses Lied, den Text und die Melodie, mal nicht selber gedichtet und komponiert. Zuerst wollte sie uns das in aller Unverfrorenheit vormogeln, daß sie es selbstgemacht habe, zu solchen Unverfrorenheiten, wir wollen die nicht gleich so hart, wenn auch leider zutreffend, *Lügen* nennen, ist sie nämlich häufig, zu häufig durchaus fähig. Wir haben ihr klargemacht: Paula, bleib bei der Wahrheit. Wir kennen das Lied, dein Lied mags ja sein, weil du das Lied so gern hast, aber *von dir* stammt es nicht. Du kannst uns weder hiermit noch mit sonstwas so leicht was vormachen, sieh das in aller Ruhe ein. Ohne Trotz und Wut, und übrigens paßt das Lied jetzt nicht, hierhin nicht, es paßt in den Winter. Noch eine Bemerkung zu diesem Lied. Auch so eine Moll-Trübseligkeit nebenbei. Alles Traurige hab ich gern, sagt sie uns, diese komische Kleine. Wenn wir *warum denn* fragen und drauf hinweisen, daß das nicht ganz normal ist, behauptet sie, alles Traurige mache sie froh. Sie redet dann so was von Erlösung und Bestätigung. Beziehungsweise sie meint so was in der Art. Sie fühlt sich, nebenbei, Johann Wolfgang von Goethe wesensverwandt. Hach, es geht oft kaum höher hinaus, kaum höher als am höchsten. Schwierig genug. Aber doch noch zu diesem Winterlied. Wir haben eine Entdeckung gemacht, die uns alarmierte. Im gelben Heft. Eine Umdichtung oder Weiterdichtung dieses Liedes, und uns ist klargeworden: da liegt in ihr irgendein brutaler Trieb. Ein Trieb, von dem wir schon zuvor etwas mitbekamen: anscheinend schlägt sie manchmal zu, da gibts auf einem Schrebergrundstück in unserer Gartenzaunnachbarschaft einen kleinen, etwas debilen oder mongoloiden Jungen, einen Udo, da haut sie hin, dem ins Gesicht, wir haben jedenfalls aus der Entfernung, in der wir uns befanden, diesen Eindruck erhalten. Ob da was Traumatisches über den kleinen toten Idioten zugrunde liegt, ihren Bruder? Na, schlimm genug alles, und dazu diese Lieddichtung, das davon, was nun wirklich von *ihr* ist: »Oh, wie ist es kalt geworden« ist noch das Original, das ihr anscheinend bis zu den *grauen Nebeln,* die *von Norden ziehen* zu gut gefällt für ein Umdichten. Dann aber gehts bei ihr weiter: *»Jeder Mörder / muß jetzt morden / mein Marlenchen lebt nicht mehr.* « Über *Paulinchen,* das durchgestrichen ist, geschrieben, das *Marlenchen.* Wer das nun sein soll. Sie erfindet sich ein Marlenchen offenbar als Schwester. Ihre zwei Jahre ältere Schwester war 5, als sie bei dem Unfall mit den Eltern umkam, und Paula kann sich bestimmt nicht mehr an diese Schwester erinnern, jedenfalls nicht richtig. Es gibt noch so ein Photo, das schon. Trotzdem. Marlenchen hieß die Schwester nicht, sondern Margarete. Paulas zerdellerte Puppe, ein unansehnliches Exemplar unter anderen zum Teil sogar unhygienischen Exemplaren, heißt *Margarinchen.* Wir vermuten da so manche Hintergründe. Vielleicht wird doch mal ein Psychiater fällig. Oder etwas in der Art.

Das stille Haus. Es war noch nicht 6 Uhr, weil die Standuhr vorging und jetzt 6mal schlug. Die Standuhr war die einzige Uhr in einem Haus mit ziemlich vielen museumsreifen diversen Uhren, die einzige, die über Nacht nicht stillstehen mußte. Systematisch machten vor dem Schlafengehen Christa und Kurt die Runde durchs Haus und hielten Tischuhren, Traguhren, antike Reisewecker an. Die verschiedenen Tickrhythmen und einige Synkopen, die durch die verschiedenen Rhythmen entstehen, bringen unseren Herzschlag durcheinander, erklärten sie dem Kind. Das Kind behielt als Anhaltspunkt für sein Zeitgefühl die Standuhr, die als einzige den

Erwachsenenschlaf nicht störte, weil sie weit genug vom Schlaf der Erwachsenen entfernt stand und tickte und schlug, und seine eigene kleine Armbanduhr, die es sehr liebte, die aber noch unzuverlässiger war als die Standuhr, ganz gesetzlos ging sie vor oder nach, aber sie war schön und die Erfüllung eines Wunsches, eine sogar spontane Erfüllung eines sowieso spontanen Wunsches; das war überhaupt ein herrlicher Nachmittag, dachte das Kind, der Nachmittag mit Kurt auf dem Jahrmarktsplatz, über den wir gegangen sind, ich wollte nur die Uhr mit dem grünen Armband und dem grünen Zifferblatt, ich bekam außerdem gebrannte Mandeln, auch Kurt hat gebrannte Mandeln gegessen, Christa war zu Besuch bei einer Freundin, wir haben sie, mit einem Umweg über den Jahrmarktsplatz, bei der Freundin abgeholt. Christa fragte auf dem Heimweg Kurt und das Kind aus, sie war pausenlos auf so eine ziemlich entsetzte Art verblüfft, das hatte dem Kind sehr zugesagt: Was, sie hat überhaupt nicht Karussell fahren wollen? Wie bitte? Auch nicht Geisterbahn, Achterbahn, Scooter, Mondfahrt, sie hat in keine Bude gewollt, nicht mal geschossen, warst du nicht der Paul diesmal, als der Paul auf dem Rummelplatz, der Paul hätte unter aller Garantie schießen wollen, na siehst du, du bist und bleibst eben doch ein Mädchen, obwohl Mädchen – na, ich weiß nicht, ich selber war anders, ich war vielleicht ohne mich groß in eine *Paul-* bzw. *Christians-*Rolle reinzuschmuggeln (ich habe nicht *Christus* gesagt, merkst du was?) ich war ohne den ganzen Krampf viel, viel jungenhafter als du, mein Mädchen. Nein, sie hat einfach nur alles betrachten wollen, und die Uhr, die Uhr hat sie sich allerdings gewünscht, ich habe ihr aber auch das nur angesehen, gesagt hat sie nichts weiter, ich meine, sie hat überhaupt nicht drum gebeten, nicht gebettelt, das schon gar nicht, und dann mußte ich sie zu den gebrannten Mandeln nicht weiter überreden. Das Kind konnte ja keinem schildern, wie glücklich es ohnehin war mit Kurt, der ihm Wünsche *ansah* und der vielleicht gar nicht gemerkt hat, daß er während des gesamten ausführlichen Rundgangs die Hand des Kindes in seiner Hand gehabt hat. Obwohl die zwei Hände richtig aneinanderpappten mit der Zeit. Und bei den Ponys haben wir lang zugeschaut. Aber warum ist sie denn bloß nicht auch mal geritten? Kurt, hast du da nicht was verpaßt? Du hättest ein bißchen nachhelfen sollen. Die Uhr taugt wahrscheinlich wenig. Doch ja, ganz nett ist sie, aber hättest du nur was gesagt, Paula, vorher mal meine ich, dann hätten wir dir eine bessere, richtig funktionierende Uhr für Kinder gekauft, und zwar eine vom Uhrmacher, aus dem Juweliergeschäft, nicht vom Rummelplatz. Bunte hat der nämlich auch. Komisch nebenbei, daß sie mal was Buntes gewollt hat. Nun, die Frühjahrsmesse ist nicht die letzte Chance, erstens dauert sie noch eine halbe Woche, vielleicht finde ich eine Möglichkeit, mir ein/zwei Stündchen abzuknapsen, und dann geht die Christa mit dir hin und wir holen alles nach, alle Karussells und das Reiten besonders, oder wir warten auf den Herbst. Nachdem du nun alles gesehen hast, weißt du ja über die Anblicke Bescheid, und jetzt ist entschieden deine eigene Aktivität dran, du steigst in die Sättel, in die Gruselkabinen, in die Karussellkörbe und was weiß ich, du machst mit überall, wie alle Kinder, die scharf drauf sind mitzumachen, denn das ist der Zweck der Übung. Stell dir vor, alle wollten einfach nur hinschauen. Wo kämen denn da die Jahrmarktsleute hin. Dann gäbs bald keinen Jahrmarkt mehr. Übrigens, als Paul, da wirst du auch auf Büchsen schießen und auf Gefährliches scharf sein müssen. Ein richtiger Paul, der macht mit. Ich war das Paulinchen, sagte das Kind nicht.

Was mit dem Glücksgefühl los ist, vor 6 Uhr, heute, kommt vom Schnee. Das Kind nahm sich trotzdem noch zusammen. Wenn es zu früh jemanden aufweckte, wäre der Aufgeweckte über den Schnee vielleicht ebenfalls froh und er würde den andern Schläfer auch aufwecken, beide Erwachsenen würden munter und ausnahmsweise frühaufsteherisch frisch rasch alles im Haus erledigen, sich *wie die Kinder* fühlen, und dann: *voll da sein,* nichts wie raus, *fit,* Paula, komm, wir machen die große Schneeballschlacht – oder so was in der Richtung. Schrecklich. Das Kind wollte erstmal den Schnee nur betrachten. Deshalb: die alte gewohnte Vorsicht mit der Badezimmertür. Nicht *wem zuliebe* denken, nicht *ruhig verhalten* denken, auch nicht *Partnerschaft.* Ich enthalte ihnen den Schnee vor, dachte das Kind, wobei ihm nicht klar war: tat ihm das ein bißchen leid, bedauerte es die zwei Ahnungslosen ein bißchen, oder war das Gefühl in ihm Schadenfreude. Bestimmt war es alles andere, so oder so, als: *partnerschaftlich.* Wenn man Klinke und Tür richtig handhabt, kommt es weder zu einem Knurrton im Klinkengelenk noch zu einem Jaulen der Türangeln. Einfach so, gedankenlos, die Tür auf- und zumachen, das gibts nicht, meine Gute. Das ist dir doch klar, Paula. Gedankenlos sollte man überhaupt nichts machen, nicht den kleinsten Handgriff. Womit wiederum nichts *unter Kuratell steht,* nichts *verboten* ist, hm? Das Kind hatte *Aber es ist was, das ich nicht darf* gesagt. Dürfen, dürfen – nicht dürfen – das ist der verkehrte Wortschatz, so verkehrt wie *verboten,* das sind alles hier zwischen uns verkehrte Wörter. Die stimmen niemals, in diesem unserem Zusammenleben. Es stimmt vielmehr allerhöchstens mit dem Verbieten so: wir selber sind es, die wir uns irgend etwas *verbieten,* wir selber, eine x-beliebige Kleinigkeit z. B. wie ein Türklinkengeräusch, um freiwillig, wohlgemerkt: freiwillig, von uns selber aus, die jeweiligen anderen, unsere Lebensgefährten, zu schonen, um sie und ihre Bedürfnisse zu berücksichtigen. Verbote, die wir uns in dieser Weise selbst auferlegen, und auf das *selbst* kommt es an, nennen die Lebensgefährten nicht Verbote. Und nie würden sie, die zusammenleben, also nimm uns drei, nie würde einer von uns dreien das, woran nur einem einzigen von uns dreien dringend gelegen ist, und worum sie die beiden anderen Lebenspartner oder einen von ihnen höchstens *bitten, ersuchen* usw. würden, nie würde der eine einzige das als *Verbot* formulieren. Ist dir das zu hoch? Es ist ihr vielleicht zu abstrakt. Dein Satz war auch zu verschachtelt. Parataktisch mit ihr reden. Und konkret. Na, schön, dann nimm mal deine Wand: wir müßten dir von dem ganzen Sammelsurium z. B. an Zitaten, die du noch gar nicht verstehen kannst, die du da gegen die Wand klebst oder mit Nadeln steckst (worunter ja auch die Wand selber nebenbei leidet, nicht wahr, ein praktischer Aspekt), wir müßten dir da sogar vielleicht einiges in der Tat *verbieten,* z. B. *Man lebt und weiß den Tod.* James Joyce. Da kommt dein achtjähriger Verstand doch noch gar nicht mit. *Alles andere ist Beschäftigungstherapie,* sagt der gute alte Joyce weiter. Du weißt ja nicht mal, was das Fremdwort bedeutet. Oder neuerdings Greene, oder wer das ist, der mit dem Satz über das *Böse,* wie geht das noch und was weißt *du* schon vom *Bösen?* Das Böse ist ein Mangel an Liebe, sagte das Kind. Na also, überführt, meine liebe Paula, kleine Besserwisserin. Werd uns nur nicht neunmalklug, in deiner Einbildung, wohlverstanden. *Das Böse ist ein Mangel an Liebe,* tz, tz. Das ist nun wirklich ein Ausspruch, der mit deiner eigenen Erfahrungswelt nicht das mindeste zu tun hat. Der steht für dich wirklich und wahrhaftig im luftleeren Raum. Na schön, weiter *konkret. Verbieten* tun wirs dir trotzdem nicht. Hier tappen wir, trotz aller Literatur über die Charakteristika deines Lebensalters und wie man ihnen entgegnet, trotz aller Aufklärungen, die auch über dich, ja dich, auch über dich, zu haben sind – denn du bist kein Rätsel, obwohl und so sehr du dir das auch einzureden versuchst und wünschst – hier tappen wir halt doch ein bißchen im Dunkeln, denn daß du dir, mit Sätzen dieser Art, leider vermutlich, ziemlich sicher schadest, scheint ja sicher. Das sind schon Schadstoffe, ähnlich dem angeblich trostreichen poetischen Kitsch, an dem du dich festliest und auf den du dich versteifst. *Blütenlese der deutschen Poesie,* tz, tz, tz. Trotzdem, wir halten an unseren Prinzipien fest und verbieten nichts, auch *das* nicht. Aber ich singe doch auch Goethe, sagte das Kind, Goethe ist kein Kitsch. Du *singst* Goethe? Na, Schatz, Goethe, den *liest* man, du meinst, du singst Vertonungen von Schubert, und leider, jetzt muß mans dir halt doch mal sagen, singst du alles ein bißchen falsch. Das macht ja im Grunde nichts, du vereinfachst die schwierigeren Passagen, du machst aber auch, und das wiegt schon schwerer, einen Umweg um die Stellen, wo dein heißgeliebtes *Moll* sich in ein fröhliches *Dur* verwandelt, das hast du nämlich nicht gern, du kleine verschwärmte Melancholikerin, weiß der Kuckuck weshalb, aber wenn wir wieder mal die Platte »Ein Goethe-Schubert-Liederabend« auflegen, dann hör doch mal bißchen besser zu. Paß mal auf. Ein Fischer-Dieskau bist du ohnehin ja nicht, und für Kurt und mich ist es nicht immer leicht erträglich, dir bei deinen Gesangskünsten zuzuhören . . .

Das Kind war derartig gekränkt, daß es sich sehr produktiv fühlte. Es benutzte die Gelegenheit auf der Stelle, es wartete keine unbeaufsichtigte Stunde ab, es wollte sofort Eintragungen ins blaue Heft machen. Als es vor dem blauen Heft saß, fiel ihm aber nichts mehr ein, das ihm inständig genug war. Die Kränkung, die gemeine Kränkung, dachte es, doch blieb es lahm und hohl. Um dennoch den Vorgang der Niederschrift – *da schreibt sie sich wieder was von der Seele / allzu empfindliches und übermäßig leicht beleidigtes Kind* – wenigstens für die

Erwachsenen deutlich darzustellen, schrieb es einfach aus dem Gedächtnis irgendwas von Goethe ab: *Wer nie sein Brot mit Tränen aß / Wer nie in kummervollen Nächten / Auf seinem Bette weinend saß / Der kennt euch nicht / Ihr himmlischen Mächte.* »Himmlische Mächte«: das Kind machte eine Pause, die nicht lang zu sein brauchte, bis die wohltätige Milde eintrat, wie sie es stets tat beim Begriff von den *himmlischen Mächten. Fließe, fließe, lieber Fluß / Nimmer werd ich froh / So verrauschte Scherz und Kuß / Und die Treue so.* Das war so eine Lieblingsstelle, im Text und in der Musik. Das Kind hörte sie im Kopf. Das Kind dachte an den Zirkus und an den Nachmittag auf dem Jahrmarkt Hand in Hand mit Kurt, an seine in Kurts klebrig werdende kleine Hand, es betrachtete jetzt seine Hand, es fing wieder an mit dem eindringlichen und begütigenden Gernhaben seiner eigenen Person, das fing mit der Hand an, strahlte dann aus. Bei *Treue,* die *so,* wie gerade eben bei der Kränkung über seinen Gesang, mal wieder *verrauscht* war, das Treue-Trost-Gefühl derjenigen guten Augenblicke, die ihm dann so einfielen, einige Sachen mit Kurt, jederzeit. *Und die Treue so.*

Ach ja, Doktorchen, manchmal ists schon zuviel auf einen Schlag, bei Paula, was man begreifen soll. Im Grunde hat man den Eindruck, sie versteht längst so ungefähr das meiste von dem, was wir ihr mit oder ohne Worte beibringen, besser: vorleben. Vorleben, wenn es ohne Worte geschieht. Beibringen *mit* Worten: was wir ihr transparent machen. Sie versteht ganz viel, fast zu viel womöglich für ihr Alter. Aber sie richtet sich nicht danach. Hat sie den Bock? Warum aber. Warum der Widerstand? Besser kann es kein Kind auf der ganzen Welt haben. Vordergründig gesehen, mag ihr Leben bei diesen sehr alten Großeltern einfacher, leichter, problemloser gewesen sein – doch aufs Ganze gesehen, ist das ein Trugschluß. Für ihre Zukunft, für ihr Leben, hätte sie dort überhaupt nichts Notwendiges, Vernünftiges erlebt, nichts erfahren, nichts wurde ihr vermittelt. Hier bei uns wächst sie in ihr Erwachsenerwerden hinein, wirklich, und zwar so, daß sie es doch gar nicht als Lernprozeß empfinden muß. Sie hört weiß Gott kein hartes Wort, nicht mal ein lautes. Weiß Gott, sie machts uns nicht leicht. Man hätte sie viel früher haben müssen. Der Zeitpunkt war verkehrt, zu spät, aber so ist das Leben, wir konnten ja schließlich die Eltern nicht früher in den Unfalltod schicken, und dann, bis wir das alles erfahren hatten, es ergab sich zwangsläufig diese zu langwierige Zwischenstation bei den alten Leuten. Wäre je eine Adoption eine unserer Absichten von vorneherein gewesen, schon bei Eheschluß, dann hätten wir uns selbstverständlich ein Heimkind geholt, in frühkindlichem Lebensalter, eines *vor* den Heimschäden möglichst. Später, bei den älteren Heimkindern meine ich, da drehen sie einem ja auch werweißwas an, und im Heim sind sie den Aussagen nach, die man so bekommt, alle ganz fabelhaft und vielversprechend und noch geradezubiegen, zu lenken, zu leiten, alles was vermurkst ist, wird dir als durchaus reparabel hingestellt – na ja, ein Heimkind hat Paula der Großeltern wegen nie zu sein brauchen, obwohl mir manchmal so scheint, als wäre diese Zeit mindestens so verbildend gewesen, Paulas Zeit dort bei den Alten, oder vertan, mindestens so verstümmelnd wie eine Zeit im Heim. Und eigenartigerweise ist das mit Paula und uns so: Paula ist in unserem durchprojektierten und strukturierten Leben sozusagen der einzige Zwischenfall, die einzige Abweichung, das einzige Unvorhergesehene, ich will nicht sagen: eine Entgleisung, ein Ausrutscher – so denkt man höchstens in Momenten gewisser Verzagtheit. Verbieten wir uns auf der Stelle wieder, sobald so ein Gedanke nur wagt, aufzukommen. Nun, man kann schon so sagen: sie *trat* in unser Leben. Selbstverständlich, vor dem Entschluß, sie zu übernehmen, nicht ohne unsere gründliche vorausstudierende, methodisch alle Eventualitäten durchnehmende Planung, aber vorher eben, als wir heirateten, zwei vom Schreibberuf von A bis Z Besessene, muß man bedenken, vorher eben war sie in unserem Daseinsplan nicht enthalten. Na gut, daß sie jetzt bei uns gelandet ist, ob sie nun auch Schwierigkeiten hat oder Schwierigkeiten zu haben vorgibt, gut für sie, denn auf die Dauer bei den Alten – was wäre aus ihr geworden.

Wärst du bei den Großeltern geblieben, dann hättest du es später mal, als erwachsene Frau – denn eine *Frau* wirst du, bester *Paul,* und zwar eine Paula, auch kein Paulinchen mehr – als erwachsene Frau Paula hättest du es auf Schritt und Tritt reichlich schwer im Leben gehabt, nach einer Kindheit und Jugend bei diesen guten alten Alten. Zu spät und dann nämlich mühsam müßtest du zahllose Kleinigkeiten erlernen, du müßtest soziales Verhalten, Zusammenleben, Partnerschaft lernen, wahrscheinlich widerstrebend, denn du wärst ja längst ein Einzelgänger, weltfremd, vielleicht würden die Leute von dir sagen: ein recht unangenehmer Zeitgenosse, diese Paula, kontaktscheu, aber anmaßend, ihr Selbstbewußtsein ist nur Fassade, ist kein Selbstverständnis. Nicht gut mit ihr auszukommen. Jeder von uns ist ein *Mit*-Mensch oder muß einer werden. Kapiert? Diesmal war es dem Kind die Mühe nicht wert, *nein* zu sagen, weil es was anderes vorhatte. Es wollte später, gleich, wenn wieder auf zwei Schreibmaschinen vierhändig getippt würde, mit einem Stuhl die als Schmuckstück von den Erwachsenen vereinnahmte und aufgepflanzte Puppe Lilli, die kostbare mit dem Porzellankopf, runterholen in die Puppenküche oder sonstwohin, zu den zerdellerten und bespielbaren Puppen.

Ungefragt und jederzeit kann sie von uns Sätze haben, die sie weiterbringen in ihrer Entwicklung, in Art und Aussage ähnlich, in Abwandlungen auf Beispiele aus ihrem Kinderalltag bezogen, ihrer Verständnismöglichkeit angepaßt, erklärten die Adoptierer ungefragt und jederzeit den Geselligkeitspartnern. Für den Freundeskreis, der weitverzweigt war und in ausgetüftelten Kombinationen regelmäßig zusammengebeten wurde, galt immer noch die von Kurt und Christa adoptierte Paula als große Sensation. Man muß Menschen wie diese beiden bewundern, vollbeschäftigt und zwar mit Unalltäglichem wie sie es sind, nahmen sie das auf sich: ein Kind heranzuziehen, und nicht mal das eigene, nicht mal ein weitläufig verwandtes. Ein fremdes Kind. Das will schon was heißen. Das Kind nahm sich vor, eine neue Geschichte im blauen Heft anzufangen. Titel: Das fremde Kind.

Leider, liebe Paula, ist überwiegend Zusammenleben anders, als es sich hier für dich abspielt. Bei andern Kindern. Verbote und Bestrafungen engen das Leben der Kinder an allen Ecken und Enden ein. Das ist rückschrittlich, aber leider vielfach noch die Praxis, weil leider vielfach die Erziehungsberechtigten den Weg des geringsten Widerstands gehen. Selbstverständlich schonen sich diese rückschrittlich erziehenden Erwachsenen mehr als etwa wir, sie haben mehr Privatleben, wenn sie ihre Kinder auf diese Weise einengen, das ist klar. Wir machen es uns nicht so leicht. Wir nehmen es ernst mit dem Erziehen, womit wir Einbußen unseres Privatlebens in Kauf und auf uns nehmen. Die rückschrittliche Erziehung führt zu Verhaltensstörungen in der Zukunft des Kindes, Konfliktmassen werden so vorbereitet, für Ängste entsteht die Basis, nicht selten für Neurosen. Ja, liebe Paula, bedauerlicherweise ist noch immer das übliche Kinderleben ganz, ganz anders als das deine, als das, was wir dir von Anfang an zu bieten versuchten und auch boten und weiterhin bieten. Wenn noch nicht jetzt, dann später, dann wirst du das erkennen und anerkennen, dann endlich wirst du in einer Rückschau auf diese durchdachte Kindheit in einer wahrhaftig wissenschaftlich durchleuchteten Obhut uns für unsere Genauigkeiten und so weiter dankbar sein.

Laß doch die Dankbarkeit aus dem Spiel, sagte Kurt, das entspricht doch auch einem ganz verjährten und reaktionären Denken, daß Kinder die Wohltaten oder auch die Versäumnisse, also was auch immer, halt eben ihre Kindheit später irgendwelchen senilisierten Eltern per Dankbarkeit heimzuzahlen hätten.

Das Kind freute sich darüber, daß Christa etwas gekränkt aussah, wiederum: ertappt.

Christa faßte sich aber und legte sofort wieder los. Lassen wir also die Dankbarkeit, so was genau habe ich auch nicht gemeint, vor allem nicht im Sinn von Zurückzahlen. Nennen wir diese Art Dankbarkeit, die mir vorschwebt, ein Freudebewußtsein, ein Gefühl von Freiheit – weißt du, andere Kinder, wenn man andere Kinder aus ihrem Verbots- und Bestrafungsalltagsleben reißen würde und zu uns retten würde nur für ein paar Tage, hierher in unsere besondere freiheitliche Kameradschaft, diese anderen Kinder, *die* allerdings würden dafür, wie hier zusammengelebt wird, von der ersten Minute an dankbar sein, doch ja, dankbar, sie würden nämlich aufatmen, sie würden einen eigenen Lebensspielraum entdecken, sie müßten nicht dauernd auf der Hut sein und – na ja. Ich nehme an, du siehst mal wieder absichtlich so begriffsstutzig aus, Paula, hm? Du weißt längst, was ich sagen will, du möchtest – du denkst: laß sie sich mal ruhig ein bißchen abzappeln, die kluge Christa, hm?

Waaas? Wie? Da bist du ja schon wieder? Hast du keinen Anschluß gefunden, hast du die Klassenkameraden nicht mehr gefunden – so rasch sind sie doch gar nicht weggelaufen, sie sind in Richtung Promenade, Ufersteg, Brücke gelaufen, das mußt du doch gesehen haben, du müßtest sie eingeholt haben. Warum bist du denn schon wieder zurück?

Das Kind, aufgefordert, sich einer Kindergruppe anzuschließen, die sich auf dem Stichweg zum Haus von Christa und Kurt versammelt hatte, und mit denen irgendwohin zu ziehen zum Spielen, hatte sich gleich längs des Gartenzauns verdrückt und den wegtrottenden andern Kindern nachgeschaut, beruhigt, als sie um die Ecke waren. Es war in einem Buschversteck geblieben, dann wurde es ihm darin zu langweilig, dann hatte es im Schrebergrundstück nach dem Udo gesehen, der Udo ist nicht dagewesen, das Kind hat sich gelangweilt, hat auch etwas gefroren, hat sich auch müde und nicht weiter gut gefühlt und ist nach Haus zurückgekommen.

Das Kind beschloß, diesmal die Wahrheit zu sagen. Es versprach sich davon eine vielleicht einige Wochen anhaltende Ruhe vor dem täglichen Aufruf *Spiel doch mit,* es versprach sich eine Art Erlösung für länger. Was gesagt werden konnte, war ungefähr: Ich bin am liebsten allein. Ich hab meistens keine Lust, mit den andern Kindern zu spielen. Was gespielt wird, was nicht in den Wohnungen, nicht so wie bei den Bechsteins im Zimmer, gespielt wird, sondern draußen, zuerst ziellos, dann in feindlichen Parteien gespielt wird, das macht mir meistens Angst und es ödet mich auch an und ich fühle mich ganz elend dabei und ich habe immer diese fest und hart gegen mich geschmissenen Bälle schon im Gesicht und auf dem Bauch, auch wenn sie mich verfehlen. Im Sommer: Ich hab euch was vorgemacht, ja: gelogen, denn ich kann überhaupt nicht schwimmen, ich habs bloß gesagt, damit ich den Schwimmunterricht und den ekelhaften Schwimmlehrer los werde, aber ich kann überhaupt nicht schwimmen und ich will es auch überhaupt nicht lernen.

O es ist ein Jammer, meingott, wahrhaftig ein Pech für uns, speziell natürlich aber für sie, für Paula, daß sie sich nicht an andere Kinder anschließen will. Es ist ungeheuer verkehrt. Wir müssen das mitansehen. Sie versäumt täglich Praxis, Kommunikation. Wenn sie dann mal die ganze Wahrheit rausläßt, etwa, daß sie einfach ungern schwimmt, daß sie das Hallenbad im Winter und die Grube Mühlbach und den Prinz-Ludwig-Teich im Sommer einfach nicht leiden kann, kriegen wir doch immer wieder einen regelrechten Schock. Wir fragen uns: Warum nur, warum mag Paula nicht schwimmen, beispielsweise. Sie kann es nämlich, sie hat uns erzählt, daß der Schwimmlehrer sie seinerzeit besonders gelobt hat, sie war überhaupt die erste, die sich freischwamm, die fertig war mit dem Unterricht.

Denn die Wahrheit übers Schwimmen, die Wahrheit über die Unfähigkeit zu schwimmen, hat das Kind schließlich doch nicht gesagt. Es hat doch wieder nur Splitter von der gesamten Wahrheit herausgelassen. Trost, Erlösung, Befreiung, Verstehen und Zärtlichkeit: zu wichtige Ziele, zu unsicher aber die Aussicht, sie zu erreichen.

Paula bekommt zu wenig Realität mit, stellen die Adoptierer permanent fest, nach eingehender Lektüre und sowieso. Außerhalb unserer vier Wände, unserer Ästhetik, unserer doch noch immer recht vereinzelt dastehenden partnerschaftlichen Friedensverträge in der Zusammengehörigkeit. Paula erfährt nichts von den realen Nöten anderer Kinder, aber auch nichts von deren Ausbrüchen ins Wilde und Abenteuerliche, sie kapselt sich ab. Sie müßte ein bißchen was mitkriegen vom rückständigen verbohrten Erziehen anderswo. Sie müßte durch solche Erfahrungen zu bedenken und zu schätzen lernen, wie besonders gut sie selber dran ist. Sei froh, Paula, daß du so gut dran bist wie du dran bist. Paula, deine Isolation, deine Verweigerung der Kommunikation mit Altersgenossen, das sind schwerwiegende Nachteile. Sie treffen dich selber schwer. Du verpaßt, anders zwar als seinerzeit bei den Altchen, den Großeltern, wo du auch – aber auf andere Weise – nun ja, du verpaßt unentwegt Lebenszeit. Nämlich genau diejenige Lebenszeit, in der man das Leben, wie es wirklich ist, in seiner Ambivalenz von Gut und Böse, Schön und Schrecklich, kennenzulernen imstande ist. Das Lebensgefühl ist es, das Paula, so sehr wir uns auch entgegenwirkend anstrengen, verpaßt. Sie hat es so schön und maßvoll und straffrei und wasnichtalles bei uns. Die Mehrzahl ihrer Altersgenossen lebt völlig anders. Sie drückt sich vor der Wirklichkeit. Wir müssen da irgendwas unternehmen. Wir müssen da was ändern. Wir müssen uns selber erforschen, und vielleicht, womöglich, eigene Fehler aufspüren. Welche aber. Kaum anzunehmen, daß wir Fehler machen. Alles stimmt haargenau.

Habe ich nicht meine eigenen Eltern verloren? Meine wahre Familie ist weg und ich bin übrig. Wieso ist das nicht eine Erfahrung. Das Kind dachte: Ihr seid schrecklich ahnungslos, ihr habt überhaupt keine Ahnung, ihr seid ohne jedes Gefühl, ihr lest und schreibt alles ab. Ich weiß doch mehr vom Leben als ihr Schreibmaschinengespenster. Meine eigenen Eltern habe ich verloren, und ihr meint, ich hätte noch keine entsetzliche Erfahrung gemacht. Jetzt dachte es *ihr Idioten* mit einem gewissen Herzklopfen, wie immer, wenn es Kraftausdrücke dachte. Ich, ausgerechnet ich, ich sollte nicht eine Schrecklichkeit des Lebens kennengelernt haben? Was ist denn schrecklicher? Es wollte sofort dieses Thema im blauen Heft andeutend behandeln, aber sobald es vor der leeren Seite saß, paßte ihm das Wort *Schrecklichkeit* nicht mehr. So eindeutig einseitig paßte es nicht, schon überhaupt nicht in den Zusammenhang mit der wahren Familie vom Kind, diese Familie saß ja geborgen und friedlich in der richtigen Ausleuchtung beim Tee am Tisch des Herrn. Und ist es *hier,* wo ich allein übrig und adoptiert bin, einfach nur *schrecklich?* Auch nicht mal, nicht nur. Schrecklich und sonst nichts? O nein. Daran ist was grundlegend falsch, empfand das Kind. Ich brauche nur wieder meine Hände zu betrachten. Sie sind nicht besonders schön, sie sind ein bißchen verknorkst und zu klein, Marlenchen hatte schönere und ganz weiße Hände mit langen dünnen Fingern, Geigerhände vom Marlenchen mit seiner großen Zukunft als Geigenberühmtheit. Meine Hände sind etwas plump und ziemlich kurzfingrig, aber es sind meine. Es war im Grunde jetzt fertig mit dem Kapitel *Schrecklichkeit* des Lebens.

Dennoch brachte es eine etwas umschreibende, aber nicht weiter vorsichtige Formulierung über den Verlust von eigenen Eltern als Satz für die Adoptiveltern heraus. *Verlust* war aber schlechter als beispielsweise ein Wort wie *Abwesenheit.* Das Kind mußte, fand es, Christa und Kurt, jedoch besonders die allzeit mit sich zufriedene Christa, hin und wieder darauf stoßen, daß hier jemand, es selber, ohne blutsverwandte Eltern auskommen mußte. Es vermied dann aber immer die Wörter *Tod, getötet, tot,* und jetzt paßte ihm auch alles, was mit *Verlust* zusammenhing, nicht mehr. Ich habe sie ja nicht *verloren,* dachte es. Und ich bin auch selber nicht *verloren.* Irgendwas behütet mich schon, so gern ich es allerdings manchmal direkt und von Leuten hätte, Behütetwerden, das Gefühl und so – aber wenn es nicht geht, dann eben nicht, und das größere Behüten ist immer da. Ätsch, ihr Leute! Ihr könnt mich kränken, aber nie ganz bis zuletzt, bis zu einer Vernichtung. Das muß ich diesen beiden gegenüber mal ganz klarstellen. Es sagte besser so: Sind denn nicht meine Eltern fort? Oder: Aber meine Eltern sind ja nicht mehr da. *Jetzt nicht da,* sie sind jetzt nicht da. Ich habe also doch schon was vom Leben erfahren, oder? Früher hatte es gehört: du bist eine arme kleine Waise. Du bist sogar eine Vollwaise. Waisenkind. Vollwaise, Waise – das Kind verabscheute sämtliche Wörter. Abstoßende Wörter.

Falls man es jetzt, diesmal, bei dieser Gelegenheit in die Arme genommen hätte, falls jetzt jemand *mein Armes* gesagt hätte, falls diesmal einer aufs Trösten verfallen wäre: weg mit ihm, keine Chance beim Kind. Es freute sich sogar auf die geplante Abwehr. Aber keiner sagte *Armes* und niemand sah mitleidig und auch nur annähernd nach dem Vorsatz, zu trösten aus. Das Kind erfuhr nur mal wieder von beiden Erwachsenen, der Unfall seiner ihm blutsverwandten Eltern sei gar keine Erfahrung, es habe keine Erfahrung gemacht, sein Bewußtsein konnte damals noch gar nicht betroffen werden. Du warst einfach viel zu klein, als das passierte, viel zu klein zum Leiden.

Kein Wort wahr, dachte das Kind. Es fühlte sich gleich wieder abgefertigt. Nun schau nicht so verbiestert in die Gegend. Anstatt froh zu sein. Gut und schön, wenn du es partout so willst: wir lassen dir das halt als sogenannte *Erfahrung,* obschon es keine ist, keine reale, du zimmerst sie dir nur zurecht, in deiner Erfindungssucht baust du sie aus, erweiterst sie, im Grunde genommen erfindest du sie. Aber warum bloß? Wem nützt das? Keinem. Dir zuallerletzt. Wach doch mal auf. Lebe doch nicht in einer Scheinwelt, in der wirst du kein glücklicher Mensch, Paula. Du hast schon Phantasie, das schon, meine kleine Paula. Aber paß auf. Laß sie nicht ins Kraut schießen. Phantasie ist eine gute Sache, eine Gabe, aber mit ihr muß man umgehen wie mit andern Gaben auch, man darf sie nicht wuchern lassen, sie darf nicht überhand nehmen, denn dann hört sie auf, eine gute Gabe zu sein. Dann verwandelt sie sich in einen Wahn, du lebst nicht mehr in der Wirklichkeit, sondern in einem Wahnsystem, eines schönen schlimmen Tages, du bist nicht mehr mit den Füßen auf dem Boden. Du bringst dich in eine Welt hinein, die es nicht wirklich gibt. Du gehörst aber nun mal auf den Boden, mit beiden Füßen, und du gehörst in die Welt, die es wirklich gibt. Und wie es die gibt!

Ausnahmsweise, und es wußte nicht warum, war dem Kind danach zumute, doch noch ein bißchen weiterzumachen mit dem Thema. Wenngleich es hoffnungslos war. Trotzdem. Ich kann ja auch nicht immer alles runterschlukken, ich kann ihnen ja nicht immer das Gefühl geben, jetzt hätten sie mich mal wieder ganz verdammt gut lammfromm auf den richtigen Weg gebracht, der falsch ist. Es sagte: Weil ihr immer meint, wenn ich nicht mit andern Kindern spiele und überhaupt, ich kriegte nichts mit vom Leben, weil ihr das immer meint, deshalb bleibe ich dabei, und es stimmt, und ich sage es: ich habe jetzt hier meine eigenen Eltern nicht, sie sind jetzt nicht da.

Willst du uns kränken? Warum redest du so? Na, hm, Paula? Oder bist du der Paul und willst als der Paul mal wieder den Partisanen spielen, den Widerstandskämpfer? Du kämpfst gegen Windmühlenflügel, du weißt doch, so wie der Don Quichotte, von dem wir dir die Geschichte vorgelesen haben. Paula, Paulinchen!

Mein richtiger Vater von früher hat mir immer selbstgemachte Geschichten erzählt, sagte das Kind. Paula! Oder: Paul! Nun hör mal gut zu. Deine Eltern, das sind längst inzwischen wir beide, hier der Kurt, den du doch gern hast, und hier, ich, die Christa. Ich füge nicht hinzu, daß du mich ebenfalls gern hast, denn das ist normal bei Mädchen, sie fühlen sich mehr zu den männlichen Bezugspersonen hingezogen. Aber gern hast du mich schon auch. Du wehrst dich nur noch gegen dein Gefühl. Alles ganz normal. Also: wir sind das, deine jetzigen Eltern. Deine früheren Eltern – nun, ja, es ist schlimm, so ein Unfalltod, aber es ist nun mal gar nicht in deinem Köpfchen drin als Katastrophe, als ein Leid, als ein Schmerz, als ein Heimweh – Das Kind hörte überrascht, daß Christa ein paar von seinen Lieblingswörtern gebrauchte, wenn auch selbstverständlich irrtümlich, in der verkehrten Anwendung. Und diese Eltern, Paula, an die du dich, wie jeder Kinderpsychologe und auch sonst jeder medizinisch einigermaßen geschulte Laie bestätigen würde, einfach nicht erinnern *kannst,* die sind nicht, wie du es formulierst, *jetzt fort, jetzt nicht da* und so, sondern sie sind *tot.* Ja. Es muß ja wohl mal gesagt werden, laß mich, Kurt, wir können da nicht ewig dran vorbei. Das ist auf die Dauer nicht Schonung, das ist auf die Dauer Verstellung, Lüge, Wahngebilde und so fort.

Aber ich erinnere mich doch, behauptete das Kind und glaubte fest daran für die Dauer der Behauptung und dann erst wieder spät abends im Bett, als es Zeit hatte, den öden Zwischenraum zu überdenken, der den Tag von einer der üblichen *Lehrdiskussionen* bis jetzt lähmend ausgefüllt hatte.

Daß du dich erinnerst, ist nicht möglich. Basta, das Wort *basta* sag ich ungern und nur diesmal, als Ausnahme, denn es muß mal aufhören mit deinen Traumhirngespinsten. Dir, dir zuerst, dir in erster Linie, bringen sie nämlich nichts ein. Ich schreibe viel darüber auf, sagte das Kind, diesmal, auch bei ihm als Ausnahme wie *basta* bei Christa. Erinnerungen, doch, richtige Erinnerungen. Es ist aber nicht nur nicht wahrscheinlich, Paula, daß zum Erinnern auch nur eine Winzigkeit, ein Splitterchen Realität ausreicht, es ist sogar ganz einfach richtig und regelrecht ausgeschlossen. Das wissen Hirn- und Seelenforscher allgemein, und demnach auch über dich.

Warum nur, warum bildet sie sich das ein und das und das und das – Aufzählen der Einbildungen und Erfindungen ohne Ende, warum nur, warum ist Paula so wie sie ist, warum ist Paula so, wie sie zu sein vorgibt und demnach sein möchte, warum nur, warum. Hinter einem Kind wie diesem bleibt Tag für Tag, Gedanke für Gedanke, Beobachtung auf Beobachtung ein *Warum*. Selbstverständlich, das ist nicht ohne Spannung für uns, klar. Aber gelegentlich kommt man doch einfach nicht recht weiter.

Habt ihr mal über die Urschrei-Theorien nachgedacht, über Janov? Falls das das Neuste ist, hab ich da gerade das Neuste drüber gelesen. Vielleicht bringt euch das einen Schritt nach vorne mit der Paula. Eure Paula, sie ist vielleicht nicht nur störrisch, oder altklug, oder sonstwas, das sie so versessen macht auf ihre Wahnwelt, ihr fehlt vielleicht, zumindest nach der Janovschen Theorie, das Erlebnis des Urschmerzes, des Urschreis, der Primarszene.

Das Kind, für schlafend gehalten wie eh und je bei den Abendgeselligkeiten, hellhörig aber mindestens bis gegen Mitternacht, paßte auf.

Ach ja, natürlich, Arthur Janov vom Primal Institute Los Angeles. Unser aller Urschrei, den wir als Erlebnis verpaßt haben.

Auch ich habe das studiert. Ich habe natürlich dabei sofort an unser Problem gedacht, also an Paula. Wie wir ihr vielleicht damit helfen könnten. Ehe es zu spät ist. Man hat ja oft den Eindruck, fürs meiste ists sowieso schon zu spät. Aber für den Urschrei ists vermutlich zu früh. Hier übrigens, hinter der Abteilung 19. Jahrhundert, Schöngeistiges, hier hat sie heut abend ihre Hefte versteckt. Hört mal zu, Moment mal, ich habs gleich.

Vor allem das Kind hörte zu. *Ach was fühl ich / was empfind ich / alles heut so stark und innig.* Das hat sie offenbar heut erst geschrieben. Ziemlich hessisch-mundartlich, der Reim, innig auf ich – nebenbei, sagte Christa. Im Bühnendeutsch wird ig auch wie ich ausgesprochen, sagte der liebe Kurt. Dann hat sie offenbar nicht weiter gekonnt, sagte Christa. Aber bitte, nicht lachen, mir ists ernst damit, es ist *eigenartig,* vor allem für uns, ich meine für diejenigen, die sie diesen Tag über erlebt haben, also: von so viel triefendem Gefühl konnte an ihrem Tagesverhalten wirklich nicht das Mindeste verspürt werden, eigentlich eher: im Gegenteil. Es war im Gegenteil mal wieder eher einer ihrer verstockten und unfreundlichen Tage. Mit der schlechten Note in der Arbeit im Rechnen hat sie uns was vorgelogen, unter anderm. Dann wurde auf nette Fragen und gute Vorschläge nicht geantwortet, beziehungsweise: es wurde nicht drauf eingegangen. Aufforderungen zum Spielen: nichts. Wie gehabt. Und mitten in so einem Tag, kalte und eher gefühllose Reaktionen bei ihr, mitten darin muß sie doch Zeit und Gefühl und Lust gehabt haben, *so was* aufzuschreiben, sogar gleich ins gelbe Heft. *Innig*! Wo hat sie so was her? Im blauen Heft, wartet mal, gibts eine unfertige Aufzeichnung, paßt auf, über *La Bohème,* Kurt ist mit ihr in die Nachmittagsvorstellung gegangen, er hat sich geopfert, auf die Plätze von den Alten, den Großeltern, sie fühlten sich nicht wohl, kommt jetzt immer öfter vor. Stellt euch vor, Puccini um 15 Uhr, das Publikum: lauter alte Frauen. Ein wahres Opfer von Kurt.

Das Kind verkrampfte sich: Kurt hat sich geopfert. Nein, unvorstellbar. Nachträglich ein Schmerz, an den es nicht glauben wollte. Kurt war so nett und ohne Übertriebenheit freundlich, ja einfach so schrecklich nett am Opernnachmittag und er hat den Eindruck gemacht, als genieße auch er es.

Hier, ich lese es vor. Christa las halblaut: »La Bohème, eine sehr schöne, sehr traurige Oper. Ich möchte jetzt sehr oft mit Kurt nachmittags in Opern gehen. Am Schluß habe ich weinen wollen, aber neben mir saß ein blöder Kerl, vielleicht 15, der hat mich dauernd angeglotzt. Am schönsten: der Philosoph unter den Bohème-Freunden und sein Abschiedslied an den Mantel. Er singt so eine unheimlich traurige schöne Leb-Wohl-Arie an den alten schäbigen Mantel. Es ist mitten im Winter. Sie frieren alle sowieso sehr und sind sehr arm. Er nennt den Mantel seinen alten Gefährten, er hat ihn so lieb, und er ist ihm so dankbar und so nimmt er Abschied von ihm mit seinem schönen Lied in einer schönen tiefen Stimme, wie Fischer-Dieskau ...«

O gottogott, war das nicht unser guter kleiner Franz Stahl, der die Partie singt, der würde sich aber über diesen Vergleich glücklich schätzen, sagte Frau Ehrstein oder sonst so eine Frau, diese Frauen waren sich untereinander ziemlich ähnlich.

Hört mal noch weiter, es dauert nicht mehr lang. Hier: »Er will nämlich, weil er so ein gutes Herz hat, den Mantel aufs Pfandhaus bringen, und bevor er geht und bevor er dann immer sehr frieren muß, singt er dem Mantel, dem treuen Gefährten, dieses Dankeslied in Moll. Er tut das mit dem Mantel und dem Pfandhaus für seinen Freund, der ein Dichter ist und kein Geld hat wie er. Die Freundin des Dichters heißt Mimi. Die Mimi muß schon am Anfang der Oper mitten im Singen sehr oft husten und mit dem Singen aufhören, sie hat die Schwindsucht. Die Sängerin hat aber nicht krank gewirkt, das war weniger gut. Am Schluß wirds ihr schlecht und sie liegt auf dem alten Sofa, die Hustenmedizin hilft auch nicht mehr und sie stirbt, aber ich fand das nicht so traurig wie das Lebewohllied für den Mantel und wie die traurigen Freunde vom Dichter. Die Mimi war nicht so gut. Sie sah zu gesund aus, sie hatte auch einen Busen. Dann habe ich mich auf dem Rückweg mit Kurt schon am Schließfach mit unseren Mänteln und dann in der Tiefgarage und im Auto vorne, wo sonst Christa sitzt, dauernd immer weiter ganz gerührt gefühlt und gleichzeitig ganz weich, ich war sehr glücklich, aber ich habe gedacht, weil Kurt das Auto steuern muß und weil wieder alle Autofahrer *Sonntagsfahrer* und *Idioten* und *einäugig blind* waren, kann ich ihm nichts von mir sagen. Zu Haus war Kurt auch gleich wieder anders, wie immer mit Christa, also kann ich wahrscheinlich nie jemand was von mir sagen . . . siehe gelbes Heft.« Das wärs, im blauen Heft. Was haltet ihr davon?

Viele Stimmen auf einmal. Das Kind konnte nichts verstehen. Jemand fragte nach dem gelben Heft, auf das im blauen Heft verwiesen wurde. Es hörte, wie Seiten geblättert wurden, dann hörte es wieder sich selber zu: »Traurig muß ich meine Tränen trinken . . .« Da kam sie wieder nicht weiter, die Dichterin Paula, offenbar. Hier versucht sies neu, hört, hört: »Tränen, meine Eigentümer –« Eigentümer, sie weiß nicht, was Eigentümer sind. Sie meint: mein Eigentum. Mein Besitz. Und weiter hat sie hier auch nicht gekonnt. Da, ein neuer Anlauf: »Ich weine in den Hals hinein / Ich kann die Tränen keinem zeigen, / Ich bin mit meiner großen Not allein, / Ich muß, ich darf, ich kann nur schweigen.«

Oh, immerhin, gar nicht mal ganz übel. Ob das wirklich von ihr selber ist, oder? Doch wo abgeschrieben, so ein bißchen? Das Versmaß stimmt sogar ja auch. So umgemodelt, nach ihrer Masche? Nein, es ist ein Paula-Original, wir haben alles durchstudiert. Alles in allem – das war jetzt wieder Christa und lauter als vorher – ob es von ihr ist und es ist von ihr, wenn auch von was Angelesenem beeinflußt, ich wüßte allerdings nicht von was, es stimmt doch allerlei nicht mit ihrem Seelenzustand, mit ihrem Lebensgefühl, es paßt nicht zu ihrem Lebensalter, gar nicht zu reden von ihrem absolut zwanglosen, freiheitlichen Leben hier mit uns. Wenn ich das lese: »ich muß ich darf ich kann . . .« und dann »nur schweigen«. Wie oft, das ist ja nicht zu zählen wie oft, haben wir ihr auseinandergesetzt: mit allem, aber auch allem, kannst, darfst, mußt du zu uns kommen.

Was stimmt nicht mit Paula? Warum auch immer diese Tränensucht? Gut, *La Bohème,* das ist ein verständlicher Anlaß, für ein Kind, zumal für ein Kind wie sie, für uns Erwachsene ists ja schon mehr ein nostalgischer Ulk, eine Oper wie diese. Aber sie ist ja auch ohne *La Bohème* aus auf Tränen und Rührung ... Neulich abends hat sie mit uns im Fernsehen eine DDR-Verfilmung von *Aus dem Leben eines Taugenichts* sehen dürfen. Ich weiß nicht, wären ihr nicht dauernd die Augen zugefallen, dann hätte sie da auch wieder weißderhimmel was draus gemacht. Nein nein, wenn wir nun alles so laufen lassen, trotz unseres Anti-Verbots-Prinzips, dann wird aus ihr kein freier, kein glücklicher, kein harmonisch ausgeglichener und auch kein seiner selbst bewußter Mensch. Sie verkorkst sich sehr und zwar selbsttätig und zusehends mehr. Janov, der sieht seit seiner Primär-Urschrei-Therapie überhaupt nicht mehr ein, wieso wir alle noch länger in einem Zeitalter der Angst leben sollten. Brich zusammen und steh wieder auf. Vielleicht braucht eure Paula mehr als diese kleinen Traurigkeitserlebnisse, die sind keine wahren Schocks. Sie braucht den Urschock, nämlich den ihrer Geburt. Unsere Geburt, du liebe Zeit, die war für alle *der* Schock überhaupt, der einzig einschneidende und entscheidende, und es ist doch hirnrissig zu denken, daß wir den allesamt nicht bewußt miterlebt haben.

Verdrängt, das Wichtigste, muß ja seelisch krankmachen. – Es muß doch ein grauenhaftes Erlebnis gewesen sein, angeblich. Allerdings. Wenn man sich vorstellt: Irgendwo sitzt das unerlebte Erlebnis und kann nicht aus uns raus. Wir müssen es offenbar neu mitmachen. Aber wie, ohne einen Janov?

Das Kind fühlte sich wieder hinter seinem rings ums Bett fest und sicher schließenden Vorhang belauert und unsicher. Es fiel ihm schwer, an seine Geburt zu denken. Es wollte auch nicht. Die Geburt war ihm auch ziemlich egal. Es hatte nicht den Eindruck, es habe beim Geborenwerden besondere Unannehmlichkeiten erlebt. Es hatte wirklich keine Lust, sich das alles vorzustellen. Es gab sich Mühe, nicht an Christas entkleideten Körper zu denken, Christa spreizte bei gewissen Fitnessübungen die nackten Beine. Diese andere, furchtbar liebenswerte Frau aber, die es selber, Paula, zur Welt gebracht hatte, wollte es sich weder paula-krank nackt, noch gesund nackt vergnügt beim Turnen gespreizt und wie immer gespreizt vorstellen, wirklich schon gar nicht in einer schmerzvollen unangenehmen blutigen Lage, in die es selber diese liebe Frau gebracht hatte, die es selber verschuldet haben mußte. Meine Geburt hat meine wahre Mutter furchtbar froh und glücklich gemacht. Sie sah so aus wie auf Photos von Müttern mit Babies im Bett. Christa und Kurt hatten das Kind über den Geburtsvorgang längst schon mal aufgeklärt, das Kind, wenn auch widerwillig neugierig, hatte versucht, wenig davon mitzubekommen. Bei Aufklärungen log das Kind immer. Es sagte, es wisse über alles längst Bescheid.

Ich kam gleich heraus aus meiner lieben wahren Mutter und sie hat gelacht, ich lag in ihren Armen, sie fand mich schön und klein und rührend, sie hat mich geküßt. Bei meinem ersten Schrei hat der Arzt gesagt: Diese Kleine, sie wird mal eine ganz berühmte Sängerin. Das vom Arzt und der Sängerin wußte Paula von den Großeltern. Das Kind hat lange Zeit auch vorgehabt, schon der lieben wahren Mutter zuliebe, die in seiner erfindungsangereicherten Erinnerung sehr schön sang, eine große Sängerin zu werden. Nun – wenn ich inzwischen doch wahrscheinlich eher dazu neige, ein Dichter (eine Dichterin?) zu werden, freut sie das auch, die Mutter, und überhaupt die ganze wahre, am Tisch des Herrn beim Tee versammelte Familie, die stolz auf mich ist, die meine Verse beobachtet und mitbekommt, ist sehr stolz auf mich, und ich singe ja auch nebenbei, neben dem Dichten, und vieles davon vertone ich auch selber, ganz ähnlich wie Schubert vertont hat, und manches, das eher fromm ist, vertone ich, wie Johann Sebastian Bach vertont hat.

Ich fürchte, vieles haben die Großeltern am Kind verbildet. Sie haben zum Beispiel mit diesem kleinen freundlichen Geblödel des Gynäkologen, der Paula auf die Welt geholfen hat, mit dieser keineswegs ernstgemeinten Prophezeiung von der großen Sängerin, die sie mal wird – wer weiß, wahrscheinlich erzählt er das jeder frisch entbundenen Privatpatientin – damit haben sie dem Kind was in den Kopf gesetzt, einen Beitrag zu seinem Hang zur Wichtigtuerei und zur großmannssüchtigen Veranlagung, ja, ums mal hart zu sagen. So lang sie ja nicht zuhören kann . . . ich meine, so unter uns müssen wir schon mal Klartext reden.

Auch ich habe so meine Vorbehalte gegen den Trieb von eurer Paula, ein Ausnahmeexemplar zu sein, anders als alle anderen, ich spreche jetzt nicht nur als Arzt, auch als Vater von vier Kindern.

Singt sie denn viel?

Früher noch mehr als jetzt und früher auch entschieden lauter. Man konnte das wegen unserer Arbeit nicht so lassen. Kein Verbieten, das nicht, aber ein Nahelegen. Mit sämtlichem Drum und Dran an Hintergrundsfragen, Aufhellungen, Verstehbarmachungen.

Ihre Singerei, o ja. Jetzt ist es gottlob eher ein Summen. Aber reichlich viel, fast ständig. Und morgens, das kann Sommer wie Winter sein, man muß sich das mal vorstellen:

schon morgens *O Heiland reiß die Himmel auf,* unter anderm. Meistens entweder einfach sentimentale Sachen oder Kirchenzeugs oder echt gute Musik, die kriegt sie aber nur so in ihren Versionen hin. Na ja, schwierig, schwierig. Trotzdem. Es vergeht uns ja nicht der Spaß dran. Eigentlich. Nicht eigentlich.

Vielleicht ist aber Janov und die Primärtherapie doch noch zu früh für eure kleine Problempaula. Für die Wiederholung des ersten Protests. Gehört doch bereits bewußte Erlebnis- und Wiederholungsfähigkeit dazu, und auch eine Bereitschaft vom Verstand her, na ja, es ist eher doch *unser* Lebensalter, wohinein die Urangst, der Urschmerz, das gesamte Aufarbeiten und so weiter paßt, überhaupt erst angebracht ist. Das ist doch nicht so medial, so bewußtseinslos. Hm? Was hat denn mit acht eure Paula schon für neue Ausdrucksmöglichkeiten? Ernsthaft: Ist es nicht zu früh für das Auftauen eingefrorener Gefühlsbereiche?

Das Kind krümmte sich gemütlich im Bett zusammen. Habe ich Angst vor der Urangst? Nein. Was für Gefühle sind bei mir eingefroren? Keine. Die Erwachsenenstimme hat das Richtige gesagt: die Erwachsenen müssen sich auftauen lassen. Bei mir ist es schon fast matschig vor Gefühl.

Es handelt sich doch aber um die Urangst, nicht als das geliebt zu werden, was man in Wahrheit ist, widersprach jemand mit einer hohen Stimme. Das Kind tat aber so, als habe es statt der Frau Kurt gehört. Aha, Kurt versteht mich. Er will mich als das lieben, was ich in Wahrheit bin. Was denn? So vieles auf einmal und durcheinander, das bin ich, viele Wahrheiten, deshalb ist es für Kurt schwierig mit mir, aber er will.

Ein Kind, und erst recht ein Kind wie Paula/Paul/Paulinchen, versucht ja schon minütlich, elterlichen Vorstellungen zu entsprechen und das zu sein, was die Eltern wollen. Das es aber vermutlich gar nicht ist, sagte die hohe Stimme eines der weiblichen Gäste. O ja, das stimmt, Kurt, dachte das Kind. Ich will dich morgen dafür mit irgendwas belohnen. Jetzt bin ich zu müde.

Na hör mal, das braucht doch Paula nicht, dafür brauchen wir keinen Janov-Schüler und keinen Janov selber. Sie kann doch, weißgott minütlich, wie du so schön unzutreffend sagst, eben ganz genau das sein, was sie wirklich ist. Und das demonstriert sie uns schließlich auch ebenfalls minütlich. Mal mit einem halbirren Überschwang, sie salbadert, plappert ihre befremdliche Suada, Überschwänglichkeiten, von denen sie übergangslos in Starrheit, wirklich wie in Erstarrung verfällt. Mal als Paul restlos verbockt, trotzig, mal als Paulinchen gekränkt, nasse Augen, dann kommt sie uns mit Lügengeschichten, entweder stumm und bloß in den Heften erzählt, oder uns erzählt, wortreich, und wir sagen ihr reichlich selten: hör mal, Paula, das stimmt aber nun wirklich nicht. Wir sollten das vielleicht doch öfter sagen.

Dennoch, ich glaube, nur in einem höheren Lebensalter kann der erste Protest therapeutisch wirksam wiederholt werden. Paulas Bewußtsein ist noch nicht aufgeklärt genug. Jetzt ist es zu früh zum Zerbröckeln der Symptome.

Nun, ich weiß nicht, ich weiß wirklich nicht, der Zeitpunkt. Aber laßt mal. Das war eindeutig Christas Munterkeit, ihr Lachen. Laßt mal! Die Fragezeichen, glaubts oder glaubts nicht, das ganze Ratespiel um ein Kind, sagt was ihr wollt, es ist spannend. Spannend wie ein Krimi. Daran muß ich mich selbst zwar immer mal wieder erinnern, ich gebs schon zu, wenn ich in so ein Tief der Ratlosigkeit falle. Nicht oft, aber gelegentlich schon. Geb ich alles zu. Offen und ehrlich. Warum nicht. Aber die positive Seite daran, sie überwiegt, es ist interessant. Ich habe nun schon mehr als genug

Materialien für ein Buch, entweder über ein Kind oder für Kinder, ich weiß es noch nicht, ich denke, es ist so oder so lehrreich – und: täglich kommt ja Neues hinzu.

Sie machten das gewohnte Gläsergeklirr. Das Kind döste und wachte dann erneut in einen etwas durchlässigeren Zustand hinein und hörte wieder seine eigenen Sätze: »Mein wahrer Vater, ich erinnere mich ganz deutlich: jeden Abend hat er sich an mein Bett gesetzt, wegen der Fortsetzungsgeschichte von dem Seehund, dem Unterzwerg und seinem unterm Meer ganz wasserdicht gemauerten schloßartigen Reich, worin man ständig alles haben kann. Man kann, wenn man nur Lust hat, Eis und Kuchen essen. Man kann jeden Spielfilm sehen, den man will. Der Unterstzwerg so ganz winzig in seiner Schatulle hat wieder ein neues Gedicht gemacht über das Meer und über das Wäldchen auf der holländischen Insel. Diese Insel besuche ich jetzt in den Ferien ersatzweise mit Kurt und Christa, im Auftrag meines Vaters.

In dem kleinen Fischerdorf an der Südspitze der Insel in einem ganz schmalen kleinen zweistöckigen Haus mit verschnörkeltem Giebel und aus rotem Backstein wohnt der Mittelzwerg mit seiner Frau. Seine Frau ist dick und schon wieder beim Friseur. Meine wahre Mutter hat uns bei der Dämmerung wieder das Lied von den zwei Königskindern vorgesungen. Als ich weinte, hat das Marlenchen mich getröstet. Meine Brüder –« Hier weiß sie immer nicht weiter, bei den Brüdern, erzählte Christa. Sie hatte einen, der nicht ganz richtig war. Starb zum Glück ganz früh, in einer Anstalt. Wir reden nicht davon. Ob es sich doch um traumatische Früherinnerungen handelt? Weil sie so viel von dieser sogenannten wahren Familie schreibt? Weil sie doch behauptet, sie erinnere sich? Na gut, aber dann eben *traumatisch*. Nichts Reales, nichts Gegenständliches. Das geht einfach nicht. Wir haben darüber wirklich alles gelesen, alles abgefragt und hinterfragt. Kein Wissenschaftler, der uns nicht recht gäbe. Und bitte: mit dem Geliebtwerden als das, was sie in Wahrheit ist. Was ist sie denn in Wahrheit? Sie will ja selber nie in Wahrheit eindeutig jemand Bestimmtes sein. Gerade noch Paul, dann wieder Paulinchen. Wie es ihr in den Gemütskram paßt. Wann will sie als die geliebt werden, die sie ist, als Paula. Ihr graut zum Beispiel davor, eine Frau zu werden. Das ist eigenartig. Ich meine eigenartig, weil sie doch täglich eine Frau wie dich, wie Christa, vor Augen hat. O ja, Christa, ein ideales Vorbild. Und wirklich nicht typisch Frau, so die Brave, leicht Blöde, Engstirnige, Heim, Herd, Kind und so. Oh, danke. Zu gütig. Aber andererseits, ich versteh es auch nicht, ich versteh, was du meinst, Paulas Widerstand aber versteh ich überhaupt nicht. Was erschreckt sie an dem Bild der Frau, so wie sie es durch mich präsentiert kriegt? Zu kapieren wäre, du hast recht, daß sie nicht so eine typische Frau mit dicker werdendem Körper und schlampiger werdendem Aussehen werden möchte, so ein Heimchen am Herd, vor den Kochtöpfen und Wäschetrommeln, aber da stimmt auch wieder was nicht bei ihr, der Paula. Die ziemlich einfältige korpulente Frau Bechstein, die scheint Paula imponiert zu haben. Ausgerechnet. Ist das vielleicht die gewisse Exotik? Die Großmutter auch. Ihre sogenannte wahre Mutter malt sie so: ziemlich rundlich, mit einem altmodischen Haarknoten, mit rosigem Gesicht und einer geblümten Schürze um den Bauch, ziemlich ohne Figur, ganz ohne Taille. Ach je. Und wer zwingt sie denn, Paul zu sein, nehmen wir mal dieses Beispiel. Frühste Verdrängungen? Warum kommt sie nicht vom Fleck, wenn sie die wahren Brüder erfindet? Von dem kleinen toten Deppen weiß sie nichts, nichts jedenfalls, was sie verstände. Frühste Unterdrückungen? Aber doch nicht hier bei uns? Urbedürfnisse? Wer soll dahinterkommen?

Leute von unserem Schlag, wenn die schon nicht dahinter kommen, das Lehrbuch dauernd in der Hand, quasi . . .

Die Sache ist die: wenn wir wirklich eines Tages merken, daß wir mit Paula in einer Sackgasse gelandet sind, machen wir zunächst mal den kleineren Schritt, nicht gleich den riesengroßen zu irgendeinem bedeutenden Janov oder Hassenstein und anderen Koryphäen, sondern den kleineren, bestimmt unschädlichen, bestimmt aber auch nicht nutzlosen zu einer Psychosomatikerin. Kennt ihr die Krausheimer? Ach klar, die gute Krausheimerin, wer kennt sie nicht, tüchtige Person.

Eine streng wissenschaftliche Ausbildung hat sie allerdings nicht, sie ist mehr eine Autodidaktin. Aber auf die amerikanische Weise graduiert. Rennt auch in jeden Lehrgang, von Tagung zu Tagung, Klausuren, Kurse, Scheine. Trotz der amerikanischen Graduierung könnte man von angeborener Begabung sprechen bei ihr. Mir fällt auf Anhieb der autistische kleine Sohn von den Schliermanns ein. Ich meine mich zu erinnern, daß sie da ganz schön geholfen hat. Und mit weiter nichts als mit ihrem Werbeslogan, ich meine, das ist sozusagen ihr Untertitel auf dem Praxisschild: Atem, Sprache, Bewegung. So, habt ihr tatsächlich an die Krausheimer gedacht? Ist es doch immerhin so schwierig mit Paula? Selbst für euch?

Na ja, wäre nicht das mit der Novität, mit dieser ziemlich unerquicklichen Novität, mit dem ins-Bett-machen. Paulas neuster Trick? Oder eine Krankheit? Die Krausheimerin hat ja derartige Fälle vermutlich öfter, während wir – unsere einzige Praxis ist Paula. Mal tut sies, dann wieder nicht. Es kann nicht damit zusammenhängen, daß sie, wenn sie nachts raus muß, wobei sie rätselhafterweise den drolligen römischen Nachttopfhund ja bekanntlich weit von sich gewiesen hat, daß sie also nicht auf dem WC die Spülung bedienen soll.

Es ist dir doch nicht *verboten* worden, Kind. Es ist dir *nahegelegt* worden. Mit Begründungen drum herum, noch und noch. Deshalb benutzt du nachts das WC ohne Spülung. Diese Begründungen feierten den Schlaf der Erwachsenen. Der Schlaf war was fast Heiliges, war eine Kulthandlung, ein Kult ohne das Denken, ein Kult nur mit sporadischem Geröchel, kurzen Schnarchanfällen, kleinem Gestöhn, Umwälzgeräuschen, Atmen aus verstopften Nasen und dann wieder Zeitabschnitten der absoluten Stille.

So früh macht man noch keine Geräusche, wenn man schon so vertrackt ist, so früh herumlaufen zu müssen oder das gar zu wollen. So früh, das war genau so gut: so spät. So irgendwann. So inmitten einer Zeitlosigkeit. Von dieser Zeitlosigkeit wollten die Erwachsenen nicht das Geringste erfahren. Es ist aber immer irgendeine Zeit, dachte das Kind, jetzt auch, nachts, denn ich denke, denn es regnet, es regnet nicht, der Baum, der am Tag da steht, steht jetzt auch da. Es ist eine Zeit. Christa und Kurt benahmen sich, als hätten sie einen Horror vorm Aufwachen. Ängste Christas und Kurts wären dem Bedürfnis des Kindes, die beiden vielleicht doch richtig gernzuhaben, sehr entgegengekommen. Unsinn, das sind wiedermal nicht *Ängste.* Wir finden es einfach mies und schauderhaft, wenn wir vor der Zeit aufwachen. Werktags war vor 9 *vor der Zeit,* sonntags vor 11 oder halb 12 bis 12. Es war ihnen mies und schauderhaft, wenn einer dem andern gestehen mußte, er sei *vor der Zeit* aufgewacht, werktags: schon um 8 Uhr soundsoviel, egal, immerhin: vor 9. Der Aufgewachte sah beschämt und bekümmert aus bei seinem Geständnis, er steckte tief in einer Schande, er hatte als Schläfer versagt. Wer weiß, ob er an dem bevorstehenden Tag *fit* und *voll da sein* könnte. Und der, dem ein so peinliches Aufwachen gestanden wurde, sah entsetzt und mitleidvoll aus. Wenn es Christa war, die so eine Beichte des Schlafversagens entgegennahm: auch eine Spur verächtlich. So sah sie Kurt an. Nacht- und Morgenstunden, die das Kind schwer beschäftigten, wurden von den beiden schlafversessenen Mitbewohnern nur für die hochverehrte Bewußtlosigkeit und für die Häßlichkeit ihrer Schlafgeräusche ernstgenommen, todernst, höllisch ernst. Unästhetische Geräusche, dachte das Kind, stolz auf das erwachsene Wort, ein favorisiertes Wort, zugleich aber unfroh, es fand sich plötzlich doch mal wieder schäbig, fast gemein. Weil ich viel zu oft schadenfroh und heimtückisch bin und über sie denke, dachte es. Lieber Gott, dachte es, ich muß sofort beten. Warum bete ich morgens nicht so von selbst und nicht so ertragreich wie abends.

Kann ja sein, daß die zwei recht haben und daß ich mir zu viel Trauriges einbilde, daß ich gern traurig bin, daß ich die Wahrheit zu wenig rauslasse und so. Warum habe ich so selten Lust zu schreiben: Ich fühle mich mal wieder sauwohl. Ich hatte einen guten Nachmittag. Die zwei haben sich gut miteinander verstanden und ich habe zugehört, mehr als sonst, weil sie nicht über mich gesprochen haben, weil mich nur manchmal einer von ihnen angeredet hat, aber ganz harmlos, zum Beispiel Kurt hat mich an der Hand genommen, kurz bevor wir in der Nähe vom Hund waren, und Christa hat mir einen schönen Busch gezeigt, an dem schon Knospen waren, und dann haben sie gleich wieder miteinander und mit ihren Funkleuten und Manuskripten weitergemacht und oft sogar waren sie ganz ruhig und niemand hat was gesagt. Und ich bin ganz zufrieden hinterher geschlichen. Ich bin zu gar nichts aufgefordert worden. Das war ein wunderschöner Rentnergang, so nennen wir das, so durfte ich auch sagen, ich habe sogar diesmal den Rentnergang vorgeschlagen, und später hat es sogar ein bißchen geregnet, genau das Vorzeichen, der dünne Regen, lieber Gott, du warst also da. Ich bin mir dauernd angebracht und erwünscht vorgekommen. Es kam kein Streitwort vor, weder zwischen den beiden, noch sonst eins, ich bin nicht zurechtgewiesen worden, weil ich was gesagt haben, was sonst verrückt genannt worden wäre, über den Regen hab ich was Gerührtes Glückliches gesagt, mir hat keiner widersprochen, obwohl Christa Regen und schlechtes Wetter haßt, mir hat jemand ganz gleichmütig sogar geantwortet, Kurt wohl, ich habe mich richtig eingemischt, alles war sehr schön, ich habe *ich liebe schlechtes Wetter gesagt,* dann habe ich mich wieder in Ruhe gelassen gefühlt. Und sonst werde ich immer ermahnt, die Sonne zu lieben, aber dieses Mal Ruhe und keine Lehren für die Zukunft. So was in der Art und mit dieser Gemütsverfassung muß ich doch auch mal aufschreiben.

Jetzt in dieser Woche bin ich schon wieder dran mit dem Schulgebet, erzählte das Kind beim Mittagessen. Es neigte zu ein paar Eitelkeiten, und Schulgebetsprechen machte es eitel, weil das bedeutete, daß es eine gute, ausdrucksvolle Sprechweise hatte. Schulgebet? Muß das sein? Der Stolz war nicht hin beim Kind, aber das Glück war hin, den Erwachsenen gegenüber wenigstens. Es wollte dennoch nicht aufgeben. Das ist von Mörike. Na, und was ist es denn? Sags mal auf. »Herr, schicke, was du willt«, begann das Kind feierlich, wieder stolz. Ach du liebe Zeit, ausgerechnet das. Schon die erste Zeile drückt doch einen unerträglichen Fatalismus aus. »Schicke, was du willst.« Na, ich danke. Wieso denn, fragte das Kind. Es bekam *Fatalismus* erklärt, unaufgefordert, ungefragt, denn es wußte sofort, was Christa mit Fatalismus meinte. Es blieb erst recht stolz und widersprach. Das heißt ja doch, daß man beruhigt sein kann. Schicke, was du willst. Wenn der *Herr* alles schickt, alles was *er* will. Nicht Leute. Der Herr. Aha. So interpretierst du das. Als Einverständnis. Mal weiter. »Ich bin vergnügt, daß beides aus deinen Händen quillt«, sagte das Kind mit viel Ausdruck und kam sich wie ein Schauspieler vor und blieb stolz. *Vergnügt?* Das ist zu viel verlangt. Denk mal heut abend bei der Tagesschau darüber nach, wenn du die üblichen Greuel anschaust, und dann überprüf mal dein *Vergnügen,* sofern dir noch ein Restchen davon übrig bleibt. Ich habe das »vergnügt« schon umgedichtet, sagte das Kind. Es verlor diesmal zu seinem eigenen Erstaunen nicht das Bedürfnis, sich mitzuteilen, etwas anzuvertrauen, einer Wichtigkeit auf den Fersen zu bleiben. Statt *vergnügt* habe ich umgedichtet: »Ich bin *beruhigt, es ist mir recht,* daß beides ...« Ach, das läuft doch auf eins heraus, ist nur ein anderer Sprachgebrauch. Du bist wahrscheinlich noch zu klein, um die Entsetzen und die Unzumutbarkeiten des Weltgeschehens in Konflikt bringen zu lassen mit deinem merkwürdigen Vertrauen, Beruhigtsein, Einverständnis oder was es ist. Laß ihr das dann halt doch, sagte Kurt. Na, und die Obdachlosen von gestern abend? Die Hungerödembäuche von den Leuten in Obervolta? Hör doch auf, sagte Kurt.

Lieber Kurt. Guter Kurt. Guter Mond, du gehst so stille ... Aber ich red jetzt nicht mehr weiter, nicht mehr dagegen an. Das Kind schrieb später ins blaue Heft: Es ist eben doch gut, daß *Liebes* und *Leides* nicht aus den Händen von irgendwelchen Leuten quillt. Es schrieb »QUILLT« in großen Buchstaben. Ein so schönes beruhigendes Wort. Der kleine Bach im Wald, die Zuleitung zum braunen Teich mit dem schiefen Entenhaus. Daß es von anderswoher *quillt,* von einem höheren, übergeordneten *Quell.* Nicht von so Leuten wie den Gästen von Christa und Kurt und denen, die die Lehrbücher über mich schreiben, daß es – später weiterdenken. Da blieben noch die letzten beiden Zeilen des Schulgebets. Die passen mir nicht so, dachte das Kind. Warum soll der Herr den Mörike und mich und die Menschen denn nicht *überschüt-*

ten, nicht mit Freuden und nicht mit Leiden, warum denn alles so mittel und halb, das erinnert zu sehr an Christa. Ich bin sehr fürs Überschüttetwerden. Ich fühle mich überschüttet, zum Glück. Von Freuden und von Leiden, zum Glück. Ich will auch von Leiden überschüttet werden.

Oder? Andererseits? Ich hab ja auch erfahren, daß die Unmäßigkeit von Freuden ja auch ganz plötzlich nur noch schädlich war, sehr schädlich sogar, weil sie ganz plötzlich abgebrochen wurden. Freuden, Glücksgefühle, und weil alles in einer Verlorenheit geendet hat. So meint das vielleicht Mörike. Er war mal ganz unheimlich überschüttet von Glück, und dann hat jemand ihn unterbrochen, zurechtgestutzt, und dann war alles aus. Alles war zerstört. Und trotzdem: Man kann die Glücksmomente zwar nicht festhalten und nicht anhalten, so wie man ein Bild aus einem Film, ein ganz glücklichmachendes schönes Bild, nicht einfrieren und als Photographie für immer festmachen kann, aber als Erinnerung kann man alles doch aufheben, im Gedächtnis macht es mir keiner kaputt, von da kann ichs auch wieder hervorholen, und meinetwegen unter Tränen, hoffentlich sogar mit Tränen, ja. Und ich kriege ein anderes Glück, vielleicht ist das zweite Glück das noch viel schönere und bessere. Ein Unterschlupf bei jäh einsetzendem Regenschauer mitten im Wald, nah dem Vater, dem richtigen, aber es war auch schon mal Kurt, ganz nah. Die plötzlich einleuchtende, selbstverständlich und überwältigend schöne wichtige Wirklichkeit eines Augenblicks. Bis Kurt mich einfach losließ. Es hat nämlich nicht mehr schlimm genug geregnet. Er hat mich einfach so losgelassen, er hat kein Wort des Abschieds gesagt, hat sich freigemacht, es war vorbei. Aber ich kann mich erinnern. Aus Rache habe ich abends meine Fingernägel so kurz und so häßlich geschnitten wie es nur ging. Vielleicht war das verkehrt, es hat mir vielleicht aus einem Irrtum gutgetan.

Das Kind nahm die Plattenhülle von *Ein Schubert-Goethe-Liederabend.* Auf der Rückseite standen die Texte der Lieder. Es schrieb, gleich ins gelbe Heft, immerhin nach einem Zögern unter eingeklammerten *Goethe* und nochmals eingeklammerte *Gesänge des Harfners: Wer sich der Einsamkeit ergibt,* die 2. Strophe: »Ja! Laßt mich meiner Qual! / Und kann ich nur einmal / Recht einsam sein, / Dann bin ich nicht allein.« Fast ein bißchen ungerecht kam es ihm vor, daß es diese vier Zeilen tatsächlich unter *Goethe* aufzeichnen mußte. Es könnte wirklich ebensogut von mir selber sein. Es ist genau das, was ich empfinde. Dieses *recht einsam sein*-wollen und der Schluß daraus, den die andern einfach nicht kapieren können: *Dann bin ich nicht allein.* Nein, dann nämlich, dann ausgerechnet nämlich nicht.

Für Erfahrungen wie diese war das Kind empfänglich und dankbar. Deshalb dachte es neuerdings sogar: Womöglich gut, daß ich von den Großeltern wegkam. Dort hätte ich die wahren Schmerzen so wie der Harfner sie hat und der Winterreisende überhaupt nicht erlebt und deshalb hätte ich nicht erlebt, wie das wahre Glück ist. Mein Glück damals war zu kindisch, es war ganz einfach, ich habe nicht mal je auch nur gedacht: das jetzt, das ist Glück. Ich habe höchstens gespürt: das jetzt ist schön und gemütlich, und ich bin gern von Tag zu Tag einfach so weitergerutscht. Es war angenehm, aber ich habe zu wenig *nachgedacht.* Das Verbot des Umgangs mit den Bechsteins war in diesem Sinn womöglich auch nützlich als Entbehrung, die zum Nachdenken reizte und die aus der Einsamkeit das gute Alleinsein herauslöste – kein *Verbot,* aber etwas, das sich genau so auswirkt, sie nennen es nur nicht *verbieten,* was für ein Blödsinn, die Armen, was reden sie sich nur immer ein, was müssen sie sich alles vormachen, um auf sich selber stolz zu sein. Kriege ich etwa wieder so einen von diesen Anfällen, in denen ich Christa und Kurt richtig liebhaben will?

Mit den Bechstein-Kindern hatte es während der Monate bei den Großeltern regelmäßig verkehrt. Du hast dir bewußt oder unbewußt mit diesen Kindern genau solche ausgesucht, die dir weder einen geistigen noch einen körperlichen Widerstand entgegenbringen konnten. Du hast dich denen gegenüber ganz schön erhaben und überlegen fühlen können, beste Paula, urteilte seinerzeit Christa, ehe aus der Skepsis über diesen Umgang eine Entfremdung und schließlich eine Ablösung und Abwürgung dieses Umgangs wurde. Unterlegene Partner aber solltest du dir gerade nicht wählen. Im Gegenteil. Eher überlegene. Damit du profitierst.

Die Bechsteins lagen jetzt, seit das Kind bei Christa und Kurt lebte, sogar näher, sogar auf dem Schulweg. Im Unterschied zu früher. Da war es fast ein Ausflug zu den Bechsteins. Das Kind war auf eine neugierige Weise nicht einverstanden mit dem gesamten Bechstein-Haushalt. Es roch immer nach irgendeiner warmen Mahlzeit. Seit seiner Übernahme durch Christa und Kurt wußte das Kind: Die Bechsteins sind Spießer. Die Zimmer waren etwas trübe. Die Möbel waren nicht schön, aber einiges war ganz gemütlich. Der Bechstein-Vater, den Kurt und Christa *sturer Heini* nannten, redete beinah nie was, falls er überhaupt mal auftauchte. *Sturer Bürohengst.* Dieser Vater war nie zu Haus, außer zu den Mahlzeiten und abends. Das Kind fand diesen Mann langweilig und einfallslos und mittel. Aber es beobachtete gern, wenn er spät am Nachmittag wortlos vom Büro zurückkam, nur die Schuhe gegen Pantoffeln auswechselte und sofort in einen Sessel fiel, hinter die Zeitung. Die Familie wurde vom Zeitpunkt seiner Ankunft an leiser und einsilbiger. Der Vater war wie eine Ansteckungsgefahr. Trotzdem wirkte er ganz ungefährlich auf das Kind, vor allem seit es den Unterschied zwischen diesem mittelmäßigen stumpfsinnigen Mann und Christa und Kurt kannte, Christa und Kurt waren wahrlich gefährlicher mit ihrer permanent aufmerkenden, dem Kind alles abspickenden Gescheitheit. Vorher hatte es die Ungefährlichkeit des Bechstein-Vaters im Schutz der Großeltern und überhaupt, im Schutz seiner unbedachten Geborgenheit, empfunden und es gleichzeitig genossen, daß so ein Mann für die übrigen Bechsteins als Gefahr bestehen konnte. Die Bechstein-Mutter war ziemlich dick und viel älter als Christa. Christa sagte: Sie ist eine Matrone. Sie ist außerdem, vorsichtig gesagt: dümmlich. Die Kinder werden von ihr geradezu gemästet. Die Kinder, sagte das Kind, kriegen sonntag morgens und in den Ferien Kuchen zum Frühstück, die Mutter bringt ihnen ganze Teller voll ans Bett. Schön dumm, schwer verkehrt, sagte Christa. Die armen Kinder, später werden sie vergeblich diese frühe Völlerei abzuhungern versuchen. Wieso, wieso vergeblich? Und warum – sie könne doch vielleicht gern auch dicklich sein? Christa lachte das extrem erwachsene Lachen, das jeweils Paula ganz ausschloß, sogar etwas verspottete. Meine Arme, davon hast du nun wirklich keine Ahnung, keinen Schimmer. Jede Frau, besonders heutzutage, möchte schlank sein, gut aussehen, und das muß sie auch, wenn sie irgendwelche Erfolgschancen im Beruf und auch bei Männern haben will. Na, dann können die Bechsteinkinder ja später wenig essen und fasten und wieder dünn werden, sagte das Kind. Denkst du, sagte Christa, die Wissenschaft weiß es aber mal wieder besser als unsere kleine Superkluge. Es sind nämlich die Fettzellen. Sind sie einmal im Kleinkind auf die Fresserei angelegt, dann ist nichts mehr zu machen. Du sagst ihr das nicht besonders subtil, sagte Kurt, der daraufhin vom Kind sofort wieder hochgeschätzt und beinah geliebt wurde, einfach, weil er Christa kritisiert hatte. Oft mußte er gar nicht mehr tun als das.

Ich finde die Frau Bechstein so warmherzig und so behäbig, sagte das Kind. Behäbig, das paßt, rief Christa, wohlbeleibt, behäbig, betulich, du drückst dich halt feiner aus als ich, würde Kurt meinen, ich bin einfach kritischer und ich kann nun mal alles Reaktionäre nicht verknusen. Diese Frau ist wie eine Glucke. Das ist 19. Jahrhundert. Sie gackert um ihre schon ein bißchen angejahrten und angedickten Kücken rum wie eine Glucke. Ich habe Glucken ganz gern, sagte das Kind. Ich mutmaße, sagte Christa, daß du Stadtkind nicht mal ahnst, was eine Glucke überhaupt ist. Doch, ich weiß es, es sind dicke Hühner, die auf dem Nest sitzen. Na schön, und was machen sie auf dem Nest? Sie halten ihre Kücken warm, sagte das Kind. Christa sagte: Du meinst: ihre Eier mit den Kücken, die da drin sitzen. Dann aber wollen die Kücken raus, und weg vom Nest, nichts wie weg, auch von der dicken Henne. Im Nest ist es aber warm und gemütlich und vielleicht gibts auch ein paar Kücken, die nicht so schnell raus wollen, sagte das Kind. Aha, die Nestwärme, merkst du was, Kurt? sagte Christa.

Kurt merkte was. Das Kind fand, er sah so aus. Daraufhin dachte es über Nestwärme nach. Das ist auch was für Kinder, sagte das Kind, weil es aufsässig Christa gegenüber und verstanden von Kurt sein wollte. Was denn. Nestwärme. Christa seufzte. Das war die Seufz-Abart, die sie künstlich machte. Ihr war nicht nach Seufzen aus Kummer und Leid zumute. Die künstliche Seufz-Form konnte das Kind ganz schlecht ertragen. Nestwärme, liebe Paula, du willst wohl drauf anspielen, daß die dir abgeht, hm? Nun paß mal auf: Erstens: Nestwärme ist überholt, passé. Erkundige dich mal bei dir als deinem Paul. Sei mal als Paul einer, der über Nestwärme nachdenkt. Paul ist eins von den ganz schnell Nest und

Glucke fliehenden Kücken, merk dir das. Zweitens: wenn auch nicht genau deine sogenannte und romantisierte, leicht wehleidige Nestwärme, die dir da jetzt eingefallen ist und sehr gelegen kommt, wie gerufen, wenn auch nicht gerade diese vergluckte verjährte verkitschte Wärmemißbildung, dann ists doch kaum was Schlechteres, was wir dir hier bieten. Warm genug. Aber nicht überhitzt. Richtig temperiert, damit du dich frei fühlen kannst. In einem Nest und dazu in einem überheizten und unter so einer fetten Glucke fühlt man sich von einem gewissen Alter an einfach nun wahrhaftig nicht mehr *frei*. Und darauf kommts an. Freiheit. Und in dem gewissen Alter dafür bist du längst, schon seit geraumer Zeit, seit Jahren, liebe Paula. Im Grunde bist du auch kein Paulinchen mehr. Wir lassen dir das nur noch so durch. Aber hab dich erst mal richtig eingelebt, dann – Strenggenommen solltest du dich längst eingelebt haben. Wahrscheinlich hast dus auch, dich eingelebt, aber du tust so, als wärst du noch immer hier nicht ganz richtig zu Haus. Du tust das leider nicht uns zu Gefallen. Du tust es auch nicht mal dir selber zu Gefallen. Du weißt halt immer noch nicht zu unterscheiden, wem zuliebe du was tust und wem zuliebe du was nicht tust.

Also, daß sie uns einfach viel zu viel vorm Spiegel rumsteht und sich anschaut, ist euch bekannt, nicht wahr.

Aha, die Christa, sie wollte ihre Geschichte auf die weitschweifigste Art erzählen. Das Kind hatte keine Lust mehr zuzuhören, es war an Christas Interpretation uninteressiert, liefe ja doch nur wieder auf Christas Rechtfertigung hinaus, Christa stand schon jetzt prima da, sie war von vorneherein im Recht. Das Kind versuchte, noch mal so wie vor zwei Stunden zu weinen und nach dem Weinen das Trostgefühl zu bekommen, wie der Harfner von Goethe: einsam sein, laßt mich, damit ich allein sein kann. Aber mit dem Weinen klappte es nicht mehr. Es empfand allerdings noch ein abscheuliches Entsetzen. Es bekam auch wieder die Angst. Auch das Herzklopfen, das es sich nie wünschte, im Gegensatz zu den oft gewünschten Tränen. Erwischtwerden vorm Spiegel war schon ohnehin immer sehr peinlich. Das Kind kam sich verraten und verhöhnt vor. Es betrachtete sich oft sehr gründlich, aber nur das Gesicht. Es übte Gesichtsausdrücke. Im Badezimmer hing über dem Waschbecken ein kleiner dreitüriger Schrank. Jede Schranktür war ein Spiegel. Die mittlere Tür ging nach rechts auf, die linke äußere Tür ging auch nach rechts auf, die rechte äußere Tür ging nach links auf. Bei bestimmten Öffnungswinkeln der Spiegeltüren sah das Kind seine Profilmöglichkeiten. Das Kind blieb auch vor den übrigen sehr vielen und verschiedenartigen Spiegeln im Haus immer stehen, sah sich an. Es konnte schlecht an einem Spiegel vorbeigehen, ohne sich anzuschauen. Wie es aussah, war ihm höchst wichtig – auch interessant, war auch eine Erfahrungsgelegenheit, eine Annäherung an sich selber.

Du machst immer so ein komisches Gesicht, wenn du in einen Spiegel siehst, sagte ihm Christa. In Wirklichkeit siehst du anders aus. Los, steh doch nicht vor den Spiegeln rum. Sei mal lieber wieder Paul. Der Paul macht so was nicht, Paula.

Frauen stehen viel vor Spiegeln, hätte ich Christa von dem ersten Anfang mit den Spiegeln an entgegenschmettern sollen, dachte das Kind. Ich als die zukünftige Frau Paula. Schauerlicher Gedanke, aber was hätte Christa machen können?

Es war so still im Haus, nur der Nachrichtensprecher im Fernsehapparat, ich habe doch wirklich todsicher annehmen können, daß die beiden zuschauen und auf ihren Stammplätzen festgenagelt sitzen.

Christa sagte soeben: Ich mußte ja schließlich eines Tages

endlich mal dahinterkommen, was sie eigentlich immer so lang im Badezimmer treibt. Wo sie doch so scharf ist aufs Fernsehen, was ihr also dann doch, wenn wir mit dem Abendessen später dran waren und sie noch nicht fertig ist mit dem Ausziehen, was ihr dann also doch noch wichtiger ist als das Fernsehen. Denn daß sie ausgezogen und gewaschen war, wie immer, das wußten wir auch heute, denn sie kam ja im Nachthemd an uns vorbei, als sie ihre Kopfkissen und das übrige Zeug auf ihr Nachtlager schleppte. Und dann wieder dieses lange Verschwinden.

Christa, sie hat mich reinlegen wollen. Sie hat die Schuhe ausgezogen, sie hat sich an die offene Badezimmertür rangeschlichen, während ich mich in Sicherheit fühlte. Ich hörte den Nachrichtenmann und Sachen über den Libanon. Sie hat mich unheimlich erschreckt. Sie stand ganz plötzlich hinter mir, sie hat mir den Kamm aus der Hand gerissen, sie hat mir die Haare beinah ausgerissen, beinah alle meine Haare, bestimmt hat sie einige Haare ausgerissen, meine lieben armen Haare.

Sie hat sich doch weißgott toupiert, stellt euch das vor, ich meine, sie hat so was wie Toupieren probiert. Da ist bei mir der Film gerissen. Ich hab ihr eine gelangt.

Oh, sie hat mich geschlagen, geschlagen. Eine gelangt, das hört sich an wie was Kurzes, Vorübergehendes. Ich bin fast aufs Klo gefallen. Wäre ich doch schrecklich gefallen, hätte sie mich doch furchtbar für lange Wochen verletzt. Wie gemein, gemein. Du Sau. Du gemeine Sau. Wie saugemein. Drecksau. Das Kind spürte mal wieder die sonderbare Erleichterung durch Kraftausdrücke, es faßte den Entschluß, eine ganze Seite mit Beschimpfungen von der ordinärsten und einfachsten Sorte aufzuschreiben – später aber, vorm aufgeschlagenen blauen Heft, verlor es ab *gemein, hundsgemein* den Antrieb, und *Sau* strich es dick wieder durch. *Drecksau* schrieb es gar nicht erst hin. Merkwürdigerweise paßten die Wörter nicht in den Zusammenhang mit den anderen Aufzeichnungen. Es liebte diese Wörter nicht. Es stellte das jetzt, beim Aufschreibversuch, fest und wunderte sich nicht besonders darüber. Denken war eben sehr oft ein ganz anderer Vorgang als Schreiben. Beide Erleichterungen – die durch ein bestimmtes Denken, und diejenige, die entstand, wenn etwas in Sätzen aufs Papier gekommen war – waren einander nur als Erleichterungen ähnlich, aber die Voraussetzungen blieben ganz unterschiedlich. Die Dauerhaftigkeiten auch. Mal drüber nachdenken, beschloß das Kind.

Toupieren! Längst aus der Mode, nebenbei. Ich hab ihr auch oft gesagt, daß die modebewußte Frau längst ihr Haar eng und glatt um den Kopf trägt, weil Paula sich immer so verwuschelt und so. Weiter bin ich in sie gedrungen: Na Paula, hab ich sie oft gefragt, wie verträgt sich das denn eigentlich mit der vergammelten Paul-Uniform, die du uns täglich präsentierst. Du kennst unsere hohe Wertschätzung alles dessen, was ästhetisch ist.

Weiß sie, was ästhetisch bedeutet?

Längst, ja. Überhaupt, sie kennt für ihr Alter schon ungeheuer viele Fremdwörter, das ergab sich einfach so für sie, durchs Zuhören, wir beide, Kurt und ich, waren ja vor Paula langjährige Benutzer der Erwachsenensprache und nicht immer denkt man an eine Umstellung, so am Anfang, und dann bekam sie stets ihre Erklärungen, altersstufengerecht. Wörter wie *ästhetisch, hygienisch* und x ähnliche Wörter findet man übrigens auch im Paulaschen Œuvre. Als *Genie,* ihr wißt ja! Bei *Œuvre* und *Genie* ist wieder gelacht worden. Unfreundliches Lachen, dachte das Kind, mehr aus Absicht, als aus Überzeugung. Diese ganzen Leute waren nicht unfreundlich. Das bedauerte Paula häufig. Es hätte Abscheugefühle vereinfacht, Unfreundlichkeit, unter anderm.

Ja, ich hab sie oft auf ihre komische spezielle Art von Unfrisiertheit angesprochen, und auf die Spiegelanstarrerei, auf so seltsame Gesichtsausdrücke, Grimassen.

Grimassen kannst du eigentlich nicht sagen, sagte Kurt. Aber so sonderbar gebannt schaut sie sich an.

Er ist immer so nah dran, unheimlich in Ordnung zu sein, dachte das Kind, immer fast ganz lieber Kurt. Oft richtig lieber Kurt. Er kriegt nur von Christa dauernd wieder was vermurkst und dann langweilt es ihn alles wieder und nichts kommt vom Fleck.

Nun weiß ich also, seit ich sie bei diesem ungeschickten Toupierversuch, selbstverständlich völlig verkehrt, von oben nach unten, von ganz oben und so weiter, seit ich sie endlich dabei erwischt habe, jetzt also weiß ich, warum ihre Haare immer so lächerlich und so struppig aussehen und abstehen. Ich hab ihr zigmal gesagt: du hast ja einen ganz platten kahlen Hinterkopf. So wie du dich frisierst. Das sieht sehr komisch aus. Von hinten sieht es einfach grotesk aus. Die Leute sehen dich ja auch von hinten. Na, ich weiß, ich weiß, ihr brauchts mir nicht zu sagen: man macht ein Kind nicht lächerlich vor sich selber. Weiß ich. Hab ich auch stets vermieden. Nur: ein bißchen, ein Fünkchen Wahrheit, das muß schon mal raus, ihr gegenüber.

Das Kind hatte beobachtet, daß Christa irgendwas mit den Haaren auf dem oberen Kopf anstellte, in Scheitelhöhe ungefähr. Mit Kamm und einem schmalen Packen Haar. Das, was sie da rasch und geschickt zusammenraufte und zerrupfte – so war der erste Teil des Ablaufs – erweckte den Anschein, als wäre ihr Haar, wenn die Frisur fertig war, viel mehr Haar als vorher und in Wirklichkeit. Christa hob den kleinen Haarpacken, ein paar zusammengehörende Strähnen auf dem oberen Kopf, senkrecht an und kämmte ihn verkehrt herum, von oben nach unten, gegen den Strich, und daraufhin ergab sich zunächst der zerzauste Anblick, der Haarpacken sah nach der Mißhandlung mißhandelt aus, stand strohig steil vom oberen Kopf ab, bis Christa mit einer Bürste sanft drüberfuhr, auch mit zusätzlichem, in der Nähe von dem heraufgestruppten Haarzeug liegenden glatten Haar, den unordentlichen Wust überdeckte. Und danach sah alles nach viel Haar aus. Es sah aus, als hätte Christa eine gute Kopfform, einen abgerundeten Hinterkopf. Das Ganze war nicht besonders hoch, nicht so wie bei dem Fräulein im Supermarkt an der Kasse, wo das Haar wie ein Gewölbe hochstand. Wenn aber Christa behauptete, daß sie überhaupt nicht im mindesten mit ihren Haaren manipuliere, auch keinen Friseur brauche – nur das traf zu: sie konnte sich selber die Haare schneiden und waschen – dann log sie. Denn sie machte diese Sache mit dem zausigen Haar, das heimlich unter glattem Haar das glatte Haar leicht aufbaute und überhöhte. Außerdem drehte sie nach dem Haarwaschen winzige Haarpartien über sehr viele knallrote gezackte Kunststoffrollen. Manchmal auch ohne Haarwaschen abends, über Nacht. Dem Kind fiel die Redensart ein, die zu denken es jetzt gut fand: Sie lügt ja das Blaue vom Himmel runter. Sie lügt, wenn sie sagt: bei mir ist alles Natur, alles am Haar ist von Natur so.

Aber der Effekt, mehr Haar vorzutäuschen und keinen platten Kopf zu haben, war eindeutig gut, er schien dem Kind erstrebenswert. Christa war nie das Vorbild vom Kind. Nur die Sache mit dem Haar leuchtete ihm ein. Es selber fand, es habe zu wenig Haar und zu glattes Haar. Es übte die schwierige zerstruppende und etwas schmerzhafte Kämmerei also auch mal wieder an dem Abend mit Christas gerissenem Film. Als Christas Geduldsfilm riß. Es war der erste Abend mit den ersten Schlägen im Haus der Adoptierenden, es war keineswegs die erste Aufbauschübung vom Kind.

Kurt sagte: Erinnert ihr euch an meine Geschichte von den Kreinbachers. Die Kreinbachers, na allerdings, klar. Eine exemplarische Familienstudie. Schon fast berühmt, mein Bester. Du hast schon als Erziehungsexperte, ja als Ankläger gegolten, ehe es bei euch auch nur in Vorahnungen eine kleine problematische Paula gab. Na also, sagte Kurt, diese Kreinbachers, schön und gut, und ihre Erziehungssünden in literarischen Ehren, sie tun noch immer ihre Wirkung, aber mir hängen sie doch ein bißchen zum Hals raus. Ich meine, ich wills mir mal weniger einfach machen. Ich will mal Eltern schildern, die eben keine Bösewichter sind, bei denen die Abneigung des Lesers gegen sie nicht so billig und leicht faßbar ist, nicht so auf der Hand liegt, kurzum: es ist nicht vordergründig zu verstehen, was sie eigentlich falsch machen. Wie machen sie es denn falsch, deine neuen Eltern? Tja, das eben wissen sie selber nicht. Die machen im Grunde alles richtig. Und doch klafft zwischen ihnen und den wie unsere Paula frei und unautoritär erzogenen Kindern ein Abgrund. Es gibt keine Nestwärme.

O Nestwärme, rief Christa, das Wort ist neulich bei uns bedauerlicherweise als Novität eingedrungen. Jetzt fängt unser guter armer Kurt schon an, sich von Paula beeinflussen zu lassen, von ihren Sentimentalitäten. Mein Rat, Kurt, sofern du diese Geschichte im Ernst planst: vermeide das Wort *Nestwärme,* es fällt heraus aus deiner Prosa, es bringt deine Leser durcheinander, wenn du plötzlich altmodisch gefühlvoll wirst und zudem in ein bei dir ungewohntes Vokabular verfällst.

Wie aber heißt das neue Wort für Nestwärme? Ich meine, immerhin, als Phänomen gibts das ja wohl.

Hatte sie so was bei den alten Leuten, diesen Großeltern?

Weiß der Teufel. Und sie danach zu fragen, unsere Paula, das bringt schon gar nichts. Sie würde überglücklich behaupten: Ja. Keine Nestwärme. Sie würde überglücklich in eine neue Erfindung flüchten und sich drin wohlfühlen, einfach, so denk ich mehr und mehr, um die Gegenwart abzulehnen.

Aber lehnt sie die denn ab? Das hieße doch, sie lehnte euch selber, euer Zusammenleben, ihres mit euch, ab, das hieße es doch.

Das kann es nicht sein, das gibts einfach nicht. Christas Abschluß des Themas.

Die Großeltern sind inzwischen ins Altersheim verfrachtet worden. So ein Zirkus. Ein Mordspektakel. Das Kind erfuhr den Vorgang der Übersiedlung seiner Großeltern in ein Altersheim inoffiziell in dieser Art Wortschatz, wenn es angeblich schlief. Offiziell hörte es sich besser an. Ein gutes Altersheim, eins von der gediegeneren Sorte. Sie haben ein Theater gemacht, du liebe Zeit, um ihre alten Sachen, überwiegend Plunder, Krimskrams, nichts Gescheites, sie mußten das natürlich aufgeben, samt verwohnter Wohnung, hörte das Kind inoffiziell. Welches Gefühl stärker in ihm war, Kummer über den Verlust der geliebten alten Wohnung und ihrer geliebten alten Einrichtung, der Erinnerungswerte jedes Gegenstands, oder Haß auf die Abschilderung in zynischen Ausdrücken, konnte es im Augenblick noch nicht herausfinden. Darüber wollte es sich am nächsten Tag klar werden. Es nahm sich allerdings vor, der Haß solle überwiegen. Ein Ekel. Das wird leichter zu schaffen sein. Der Kummer wird mich zu fürchterlich bekümmern. Andererseits ist der Kummer, was das Dichten betrifft, produktiver. Mal sehen. Am nächsten Tag überlegte es seine Entscheidung. Es stellte fest, daß der Kummer – übrigens zu seinem Kummer, übrigens zu Lasten seines Gewissens, es hatte ein schlechtes jetzt – ihm nicht genug zusetzte. Er war ein bißchen entfernt von ihm, etwas losgelöst. Gewiß: die Großeltern taten ihm schrecklich leid. Aber es selber kam in diesem Leidtun nicht deutlich genug vor, es rückte nicht in den Mittelpunkt und nicht in den Vordergrund dieses Schmerzes, nicht wie sonst also.

Anfangs war das unsere Therapie: wir haben die Kleine nicht mehr in die Wohnung zu den Großeltern gelassen. Im Einvernehmen mit den Großeltern, wohlgemerkt, nachdem wir es den alten Leutchen zugegebenermaßen reichlich umständlich und nur mit Mühe begreiflich gemacht hatten. Aber dann, immerhin, dann haben sie es eingesehen. Paula brauchte Abstand. Eine richtige lange Zäsur. Damit sie sich hier eingewöhnen konnte. Ja, und jetzt, das Altersheim – wir schildern ihr das rosiger als es ist, und wie sollen wir sie nun mit der Wirklichkeit konfrontieren. Noch ein bißchen zuwarten. Immerhin, die Zeit bleibt nicht stehen, sie wird wohl auch noch mal vernünftiger.

Warum sind denn die Großeltern ins Altersheim gekommen, fragte das Kind. Kindertümlich antworten, flüsterte Christa Kurt zu und antwortete dann selber laut dem Kind: Sie machten neuerdings in die Hosen. Deshalb, unter anderm.

Das Kind, in seinen seltenen Entschlüssen, ehrlich sein Denken zu prüfen, hat sich unaufgefordert, allein, also wahrheitsgemäß dabei überrascht, daß es selber, auch ohne die Besuchssperrenmaßnahme, keine große Lust verspürte, die Großeltern zu besuchen. Es wollte weder in die Wohnung zu den Großeltern, als die noch dort wohnten. Jetzt hätte es höchstens aus Neugier mal ins Altersheim gehen wollen, aber kurz. Nur auf den Friedhof wäre es gern mal wieder mit den Großeltern gegangen. Oder die Großeltern in einem ihrer zwei Lieblingscafés von früher getroffen, auf eine Stunde, entweder im »Schwarz« oder in der »Rose«. Leid tat ihm das nur für die Großeltern, ja, es tat ihm aufrichtig leid für die Großeltern. Die Großeltern vermissen mich bestimmt, dachte es. Es sagte etwas Entsprechendes. Du irrst dich, Paula, sagte Christa. Deine Großeltern sind nicht mehr so klar im Kopf, weißt du. Erstens das. Sonst würden sie ja auch nicht in die Hosen machen. Alte Leute werden, wenn der Verstand früher aufhört als einige Organe und so, das Gehirn, verstehst du, sie werden dann wieder ganz kindisch, wie die ganz winzigen hilflosen ganz Kleinen. Das erstens. Nur ist es dann nicht mehr niedlich. Das Kind mußte sich also schon wieder mit der mühsam verdrängten Vorstellung herumquälen: beschmutzte Unterwäsche der Großeltern. Sie irrt sich, die verdammt reinliche Christa. Und zweitens, sagte Christa, sofern die Altchen doch noch ein bißchen Grips besitzen sollten: dann doch zumindest den, zu kapieren, daß du jetzt noch nicht so weit bist, altersmäßig und gefühlsmäßig, um sie wiederzusehen, besonders nicht in der neuen Altersheim-Notlage. Aber ich denke, das wäre so schön da, in dem Altersheim, sagte das Kind.

Christa sah besonnen und nach *was sagen wir ihr jetzt ohne zu lügen* aus. Ja, schön oder weniger schön, es bedeutet doch eine Umstellung für sie, das leuchtet dir ein, hm?

Das Kind erkundigte sich nach der Möglichkeit, ein paar von den Besitztümern der Großeltern ins Haus von Christa und Kurt zu übernehmen. Unser schönes Haus ist schon jetzt an der Grenze, mit Möbeln, Bildern, Sächelchen. Fast schon überfüllt. Zum Teil, dank deiner netteren eigenen Sachen, die wir herausgefischt haben zwischen den weniger netten. Im Grunde haben wir lieber ein etwas weniger überfülltes Haus. Überfüllt? Dem Kind kam das Haus immer wieder furchtbar kahl vor. Die kleinen Kostbarkeiten standen einsam herum, große Leerräume zwischen Schatz und Schatz. Das muß so sein, das erhöht die Wirkung der Einzelstücke, erklärten die Erwachsenen. Aber ich hatte dort Lieblingsbilder, falls die meine Großeltern auch nicht mitnehmen durften, sagte das Kind. Es merkte, Kurt fing an, sich da herauszuhalten. Christa übernahm mit Vergnügen: Deine Lieblingsbilder in Ehren, aber weißt du, wertvoll waren sie nicht. Eher Kitsch. Nun mögen wir Kitsch durchaus, aber nicht zu viel, wohldosiert, du weißt das inzwischen, und überdies wars kein richtiger, kein besonderer, kein amüsanter Kitsch. Es war einfach nichts Rares. Nur 19. Jahrhundert, das reicht nicht. Nur altmodisch, das bringts nicht. Ich habe mir immer so viel dabei denken können, bei so vielen Bildern, sagte das Kind jetzt nicht mehr.

Dem Kind hat eine Langschlafphase Angst gemacht, das ging nun schon den vierten Morgen so, Aufwachen kurz vor acht. Zuerst glaubte es noch gewohnheitsmäßig, mitten in der Christa-und-Kurt-Nacht, gegen Ende seiner eigenen Nacht zu sein: nicht viel merken, kaum was denken, nur das angebrachte Leisetreterische empfinden zu müssen; dann aber, beinah gleichzeitig damit, schreckte es auf, weil das Atelier nicht mal mehr dämmrig war, sondern schon richtig hell. Wenn ich lang schlafe, ist das verdächtig. Wenn ich kurz schlafe, ist das unerwünscht, ein bißchen verdächtig schon auch, aber anders verdächtig. Wie mit dem Reden. Wenn ich viel rede, ist das sehr verdächtig. Christa findet neuerdings, daß der ganze medizinische Kram, den sie so schluckt, weniger wird. Sie hat gestern wieder *Es ist mir ein Rätsel* gesagt. Sie zählt immer, einen Abend bevor sie bei einem ihrer Ärzte bestellt ist, ihren Vorrat an Medikamenten. Sie zählt nur die Schlaftabletten in Kurts Beisein. Das andere zählt sie rasch allein irgendwo ab. Sie hat mich so komisch angesehen. Ich habe abends gemerkt, daß sie leise miteinander geredet haben, als ich im Bett war, ich habe nichts hören können. Gäste waren nicht da. Als ich neulich mal viel geredet habe, gleich schon am Morgen vor der Schule, und als der Briefträger einen Witz mit mir gemacht hat und als ich daraufhin enorm witzig reagiert habe, hat Christa mich wieder komisch angesehen. Sie hat *Hast du eigentlich was eingenommen* gefragt *oder was ist denn sonst mit dir los* hat sie hinterher noch gefragt. Ich bin dann den ganzen übrigen Tag vorsichtig gewesen und habe fast nichts gesagt. Das war dann normaler oder trotzig und so was Übliches. Es heißt auch manchmal *sie ist mit sich beschäftigt,* Kurt sagt dann *stör sie nicht, sie spielt, sie schreibt was auf* und sonstwas wirklich Verständnisvolles, aus seiner Sicht verständnisvoll.

Und das ist der vierte Morgen mit langem ununterbrochenem Schlaf. Was ist los. Dem Kind fiel das als einzige Rettung ein, sich krankzustellen. Schauderhaftes Kopfweh. Ich hab heut wieder dieses schauderhafte Kopfweh, erklärte es den erstaunten Erwachsenen. Es war mir deshalb unangenehm, aufzustehen, ich blieb wach liegen, weil ich den Kopf ganz ruhig halten mußte.

Das mit dem Kopfweh, dem es im Verlauf des Tags besser bekam, wenn das Kind aufstand und sich langsam durchs Haus bewegte – wegen der Durchblutung – war erprobt, bewährt und nicht heute zum ersten Mal aufgetreten. Das vorgetäuschte Kopfweh war große Klasse. Es wurde jeweils abends dann beschlossen, wenn das Kind beispielsweise erfuhr: Christa muß zum Zahnarzt, Gynäkologen, Funk, Reisebüro undsoweiter, auf jeden Fall: vormittags. Christas seltene Vormittage außer Haus. Ob Kurt weg mußte oder nicht, spielte keine so große Rolle.

Morgen werde ich schauderhaftes Kopfweh haben, beschloß das Kind. Christa zumindest wird weg sein, bei Kurt ist es noch nicht so sicher. Etwas schade um den in der Schule besonders angenehmen Donnerstag, ohne Sport zum Beispiel, aber was ich schon so lang hier im Haus vor habe, wenn keiner mich dabei ertappen kann, geht jetzt vor. Kurt – falls er doch nicht fort muß – stört nicht weiter. Hauptsache, Christa ist aus dem Haus, denn trotz Schreibereien und Denkprozessen ist sie immer wachsam, ihr entgeht nichts, selbst wenn ich auf dem Klo bin. Und wie lang ich da bin. Sie kriegt das mit, obwohl sie tippt und tippt und denkt und denkt, und auch pausenlos telefoniert. Kurt aber ists ziemlich egal, was ich treibe oder nicht treibe, während er beschäftigt ist oder nicht beschäftigt ist. Da braucht kein Wort zu fallen, wenn ich nicht möchte, daß ein Wort fällt. Also: schauderhaftes Kopfweh morgen. Besser ists allerdings doch schon, wenn das Haus morgen vormittag ganz leer ist. Wenn nur ich darin das endlich machen kann, was ich schon so lang vorhabe. Am Abendessenstisch hat Christa *morgen bin ich auf der Redaktion* gesagt. Beim Frühstück ausnahmsweise zu dritt, weil das Kind wegen des schauerlichen Kopfwehs nicht von einer gähnenden Schlafrock-Christa schnell zwischen Küche und Eßzimmer versorgt und abgefertigt worden war (Pech, erzählte Christa Freunden, mein Pech, daß die gesunde Ernährung mehr Zeit kostet als so ein herkömmliches Frühstück, ich presse frische Zitrusfrüchte aus), frühstückend diesmal also mit sogar schon fertig angezogenen Erwachsenen erfuhr das Kind zusätzlich, mit Herzklopfen vor Freude und auch etwas Furcht, denn der Plan wäre bis zum Mittag schon eine vollendete Tat: Auf der Redaktion wirds heut höchstwahrscheinlich ziemlich lang dauern, ich werd wohl in der Stadt was lunchen mit einigen vom Stab und so. Und um die Freiheit geradezu köstlich zu machen, bot jetzt Kurt seine Zubringerdienste an, sogar auch einen Treffpunkt gegen 15 Uhr im *Chiasso* auf einen Espresso, denn er hatte sowieso ein paar Sachen in der Stadt zu erledigen, nicht unbedingt heute, aber wenn heute für Christa bequem war, warum nicht heute. Das Kind war so erregt, daß es vergaß, sein schwerleidendes

Kopfwehbenehmen an den Tag zu legen. Zum Glück unbemerkt, bevor es selber den Fehler bemerkte und wieder in einen Verdacht geraten wäre.

Vorangegangen war dem Plan eine nicht besonders lange Zeit, in der das Kind beinah nichts mehr aß, obschon bei täglich zunehmendem Appetit. Daraus ergab sich jedoch nichts vom Kind ungenau, doch sehnlich Erhofftes. Die Nahrungsverweigerung brachte nichts. Sorgen hielten sich nicht mal nur in Grenzen, sie kamen gar nicht erst auf. Auch die Appetitlosigkeit war mal wieder eine *Phase* und außerdem *völlig normal,* wissenschaftlich fundiert, überall nachlesbar, sie war eine Bestätigung. Man soll Kinder nicht zwingen zu essen, wenn Kinder nicht essen wollen, wußten die Erwachsenen auch. Zwang hätte ohnehin nicht gepaßt. Um so besser, daß er auch nicht von den Fachleuten gefordert wurde. Das Kind wollte aber essen. Allmählich bekam es eine Art Heißhunger. Daß es schon dünner wurde, fiel keinem als Alarmsignal auf. Ich werde immer dünner, sagte das Kind, als es noch hoffte, die Erwachsenen würden daraufhin beängstigt. Dünne Kinder sind besser dran als rundliche oder gar als dicke, als so dicke wie deine Bechsteins etwa. Stell dir mal vor, man müßte dich operieren. Was man da alles erst an Speck wegmachen müßte. Die Chirurgen schätzen dünne Patienten. Falls dein Blinddarm mal raus muß, wirst du es leicht haben, wenn du dünn bist und es auch bleibst. Du wirst zwar ein bißchen schmerzempfindlicher sein, aber sonst – sonst wirst du es leichter haben, auch das Pflegepersonal wirds leichter mit dir haben.

Das Kind faßte den Entschluß, dicker zu werden. Ich kann wieder richtig essen, dachte es und war froh. Das Wasser lief ihm im Mund zusammen. Ich erschrecke sie vielleicht sogar, indem ich mal richtig gefräßig werde.

Vorm Spiegel aber fand es sich dünn schöner. Dünn paßt auch besser zu mir als zukünftigem Dichter und zu *genial* und *Heimweh* und *Einsamkeit* und so weiter. Trotzdem, ich muß endlich mal wieder wissen, wie man sich fühlt, wenn man satt ist.

Allein im Haus am Vormittag mit dem erfundenen Kopfweh stand es in der Küche. Als erstes machte es die von Christa dringend empfohlenen Kreiselbewegungen mit dem Kopf nicht. »Es regt die Durchblutung an. Dann ein paar Kniebeugen. Der Blutdruck kommt wieder hoch. Denk dran.« Es dachte mit Behagen dran und ließ es bleiben. Fast wünschte es sich nun wirkliches Kopfweh und Durchblutungsdurcheinander, damit seine Unterlassung auch wirklich die Mißachtung einer Empfehlung gewesen wäre. Wenn es nicht kreiselte und die Knie nicht beugte, verstieß es ja genau genommen gegen gar nichts. Seinem Kopf ging es ausgezeichnet.

So, die Küche. Rings um mich das ganze leere Haus, leer für Stunden. Womit fange ich an. Herrje, ich bin nervös. *Nervös* war ein Christa-Wort, eigentlich verachtet, nun aber gebrauchte das Kind »nervös« für sich mit einem gewissen Stolz. Die Nervosität muß aber weg, sonst werd ich mit allem nicht fertig. Die rosa Kapseln von Christa fand es leicht zwischen Christas Taschentüchern. Ich nehme gleich zwei. Ich muß auch mal meinen zu raschen Motor bremsen. Egal, diesmal egal, ob das an Christa erinnert. Immerhin nehm ich ihr zwei so Dinger weg. Das Kind war jetzt wirklich sehr aufgeregt. Ruhig, ruhig. Es redete sich zu: nur Ruhe, Ruhe, du hast ja Zeit noch und noch. Aber erstmal, ehe ich das Ganze mache, muß ich Kraft kriegen. Die Ruhe kommt noch, wenn die Kapseln wirken. Die Kraft kommt, wenn ich erstmal was esse, endlich. Endlich essen. Es schnitt ein breites Stück von der Cervelatwurst ab. Daß es sich an die Wurst für Kurt heranmachte und nicht an die kalorienarme Wurst, Christas Spezialwurst, tat ihm etwas leid. Es hing aber nicht zusammen mit dem bißchen Mitleid für einen Diebstahl, der ausgerechnet Kurt traf und nicht Christa, daß es nach zwei Bissen mitten in der Wurst keine Lust mehr auf die Wurst hatte. Entweder bin ich doch noch zu aufgeregt, oder diese Brems-Kapseln wirken schon. Oder ich habe zu lang gehungert und kann schon nicht mehr normal essen. Ich müßte wie die verhungernden Elendsleute abends in den Fernsehnachrichten ganz vorsichtig erstmal mit ganz wenig zerriebenen Äpfeln und kleinen Löffeln voll Reis ernährt werden. Vielleicht bin ich mit dem Magen schon so schlimm dran. Die Kapseln jedenfalls waren nicht verantwortlich für die verlorene Freßgier. Das Kind wurde nämlich immer aufgeregter. Weg also dann auch mit der angebissenen Wurstscheibe. Das Kind mußte nun so schnell es denken konnte denken: Schaden anrichten, was Heimliches machen, den Plan ausführen, die Sache mit Essen, Nichtessen. Das ist ja gräßlich, wie unscharf der Plan wird. Der war doch ganz deutlich. Wie war er denn genau. Ach ja: Gefräßigkeit alarmierend mit diesem bestimmten Trick vortäuschen. Einfach ziemlich viele Eßwaren vernichten. Wegwerfen, zuvor gut verpacken. Aber was kommt zuerst dran. Ruhe, Ruhe, Geduld. Ich habe viel viel Zeit. Es breitete gelesene Zeitungen auf dem Küchenboden aus. Zuerst säbelte es Brot vom Brotlaib, dann kam das gesunde abgepackte, schon geschnittene Leinsamenbrot dran. Alles zerkrümeln, in die Zeitung zerknautschen, weg damit. Obstauspressen. Die Flüssigkeit in den Küchenausguß schütten, die leeren Schalen oben auf die zerknüllte Zeitung legen. Zwei Milchpackungen ebenfalls ausleeren, eine weitere gelesene Zeitung wieder auf den Küchenfliesen ausbreiten. Jetzt Marmelade hineinkippen, Tee und Kaffee drüber schütten, Nesquick – das war ein bißchen sehr schmerzlich, denn Nesquick trank es unheimlich gern und mittwoch abends und samstags abends (wenn die Woche geteilt wurde, mittwochs, und samstags zur Belohnung, weil das Wochenende da war), bekam es auch Nesquick vor dem Schlafengehen und vor dem Zähneputzen. Butter! Ein Klacks Butter und dazu von Christas *Wertkost*-Margarine ohne Fettgehalt, vermischt mit Cornflakes und Zucker und den ekelhaft langweiligen Crackers, alles vermischen, eine neue Zeitungszerknüllung herstellen. So. Demnächst mehr. Jetzt empfand es, daß es in Eile war, ohne daß es in Eile war. Doch kann man nie wissen. Vielleicht werfen sie ihre ganzen Pläne über den Haufen und sind früher plötzlich wieder da. Es ist immerhin meine erste Übung und für die erste Übung nicht schlecht. Es verstaute die Zeitungsknäuel in einer Plastiktüte für den Abfall, und raus damit an den Mülleimer und rein damit in den Mülleimer. Es ließ, während es am Mülleimer war, die Haustür weit offen stehen, denn es hatte Angst – das ist *Furcht,* nicht *Angst,* meine liebe geniale Dichterin – vor Schlüsseln, Schlössern, in diesem Fall vor einer Haustür, die es nicht mehr aufmachen konnte. Es war wieder im Haus. Es fühlte sich ruhiger, es stellte auf einer der am Morgen in Gang gebrachten zuverlässigen Uhren fest, daß es noch unendlich viel Zeit hatte, wenn alles bei Christa und Kurt programmgemäß ablief. Und warum sollte das ausnahmsweise heute nicht programmgemäß ablaufen? Programme waren diesen Leuten nahezu heilig. Es ist Verlaß auf sie, dachte das Kind fast liebevoll. Ich kann noch mehr anrichten. Im Plan kam auch Alkohol vor. Alkohol wegschütten. Weinreste und Calvados und die Aquavitflasche aus dem Eisschrank. Es fing an, Alkohol in den Ausguß zu schütten, merkte aber sofort, daß die ganze Küche danach roch. Der Ausguß war ungeeignet. Besser das Klo. Mit viel Runterspülen wird der Gestank schon weggehen. Er ging aber nicht ganz weg. Das Kind versprühte Christas Intimspray. Dann öffnete es sämtliche Fenster. Dann bekam es wieder diese Angst, denn jetzt hatte es zwar fast alles getan, was für die erste Übung zunächst mal wichtig war, und schon bei einer zweiten ähnlichen Praxis ginge mehr und ginge es auch gelassener zu, ja das schon, durchaus ein Erfolg, die erste Übung. Es duftete aber zu viel, trotz der Fenster. Eine merkwürdige und schwer wegzuscheuchende Mischung, parfümiert und weinig dazu, wie abends/nachts bei den Geselligkeiten, es fehlte nur der Zigarettenrauch. Die Fenster können ja noch lang offen bleiben, ich habe ja noch Zeit, Zeit, Zeit, Ruhe, Ruhe, viel Zeit und Ruhe für gründliches Lüften. Das Kind machte aber die Fenster doch zu, bevor es wieder normal, also nach weiter nichts richtig ausgeprägt roch. Ruhe, Ruhe, redete es weiter vor sich hin. Die Ruhe kam und kam aber nicht. Satt sein oder Hunger haben: beschäftigte das Kind längst nicht mehr. Statt der angeflehten Ruhe war das Kind bloß auf einmal völlig erledigt, erschöpft, ausgepumpt, ein Zustand, der mit Ruhe nicht das Geringste zu tun hatte. Im Gegenteil: es war erledigt und zugleich unruhig. Ihm fiel ein, daß es sich ungestört vor einen der Spiegel stellen könnte. Falls die Gartentür unerwartet vorzeitig quietschte, wäre es längst weg vom Spiegel, würde irgendwo bei irgendwelchen Spielsachen am Boden hocken, wie erwünscht. Es erschrak vor zu kleinen Augen. Sind das doch die verdammten Kapseln? Sie machen nicht ruhig, aber sie bringen einen ganz um den Verstand. Ich hab dicke Lider, keinen klaren Kopf, die Augen werden immer winziger und auch sogar glanzlos. Sie sind schon richtig trübe. Kalt abwaschen: kein Erfolg. Der Kurt fiel ihm ein, seine Trägheitspausen mitten im *fit* und *voll da sein* fielen ihm ein, somit fiel ihm der Satz *ich brauch jetzt mal einen ganz starken Kaffee* ein. Aha. Das wars wohl. Ich brauch jetzt einen ganz starken Kaffee, entschied das Kind. Dann kommt alles wieder in Ordnung. Ich kriege wieder normal große Augen mit Glanz und allem.

Die Lider schwellen ab. Es füllte zwei große Löffel Nescafé in seinen Milchbecher – den Milchbecher nachher sofort ausspülen, dachte es, es dachte das wieder zu hastig – im Badezimmer wartete es bei aufgedrehtem Heißwasserhahn, bis das Wasser heiß genug würde – das dauerte und dauerte, endlos. Es mußte sich mit halbheißem Wasser zufriedengeben. Der Zuspruch *ich habe ja Zeit* half ihm überhaupt nicht mehr. Richtig geholfen hatte er von vorneherein nicht. Das ekelhafte Getränk war dann nicht nur halbheiß, es war ausgesprochen lauwarm, bitter, abscheulich. Ihm wurde ziemlich übel. Um den Geschmack loszuwerden, trank es das Wasser, mit dem es den Milchbecher ausspülte, nach in den verkorksten Magen. Anschließend: noch mehr Herzklopfen. Die Erschöpfung ging auch nicht weg. Die Ruhe kam auch nicht, nicht in der brauchbaren Form von Gelassenheit, von zielbewußten Gedanken und Bewegungen. Diese verdammten Kapseln haben nichts getaugt. Dieser verdammte Kaffee ist eine Sauerei. Dem Kind fiel das Wort *Scheiße* ein, es dachte *Scheiße,* es sagte halblaut *Scheiße,* aber auch davon hatte es nichts, die Abendleute sagten auch so oft *Scheiße* und *beschissen*. Dem Kind waren ausgefallene Beschimpfungswörter lieber. Es war jetzt zu kraftlos, um welche zu überlegen. Schreiben müßte doch jetzt gut sein. Vor den Heften, gelb oder blau, erlahmte es jedoch restlos. Nun ists ganz aus mit mir, klagte es in seinem gemurmelten inneren Monolog. Was hat sie denn noch für bremsendes Zeug, die Christa? Sie tippt doch, wenn sie so Zeug geschluckt hat, wie eine Wilde drauf los, sie kriegt doch gar nicht diese winzigen Augen davon. Es sind vielleicht die gelblichen kleinen Tabletten, die da besser wirken. Die eine Anregung und eine Ruhe zusammen bewirken. Es nahm sich jetzt aus dem Taschentuchreservoir von Christa, einer in diesem Augenblick beinah geliebten Person, zwei gelbliche kleine Tabletten und schluckte sie mit etwas

Badezimmerwasser. Es fühlte sich mit Christa ein bißchen solidarisch. Das war ungewohnt. Vielleicht paßt sie besser zu mir mit ihrem Motor als Kurt mit seinem schrecklichen Kaffee, fragte es sich. Aber dann mußte es sich hinlegen, sofort nachdem es die Tabletten eingenommen hatte. Die Wirkung konnte noch gar nicht eingetreten sein.

Warum werd ich meine Aufgeregtheit eigentlich nicht los, lahm wie ich trotzdem komischerweise bin. Hinlegen, also wenn ich hier so liege bei ihrem Eintreffen, das macht sich doch ganz gut, erregt keinen Verdacht, erregt gar nichts und keinen, denn ich habe ja dieses schauderhafte Kopfweh. Und wenn ich auch sonst mit diesem Kopfweh rumlaufe und die Kreiselbewegungen mache und die Kniebeugen, diesmal wars halt noch schauderhafter als sonst und es ging nicht und deshalb also liege ich diesmal. Warum bleibe ich so beängstigt und so unruhig. Warum aber so wie gelähmt, und warum macht mir das diese schreckliche Angst, wenn ich so gelähmt bin. Es ist mir auch ganz abhanden gekommen, zumindest deutlich ist es nicht mehr, was ich eigentlich beabsichtigt habe mit dem ganzen Wegwerfen und Wegschütten. Mein Plan, ich hab doch was erreichen wollen. Die vorgeheuchelte Gefräßigkeit, die witterte es jetzt wenigstens wieder, aber wie aus weiter Entfernung. Daß sie nicht wollen, daß ich fett werde. Und zu viel esse. Damit ich beim Operieren dünn bin. Das Kind fand zwar seine Erinnerung von weitem wieder, nicht aber deren Sinn, auch keinen Erlös.

Damit hat das Kind sich nicht geirrt, es hat nicht vergeblich nach etwas gesucht, etwas ist nichts gewesen, es hat vergeblich nach nichts gesucht. Es hat nichts gefunden. Allein ein etwas ungewöhnliches Lallen und andere Schwierigkeiten bei der Artikulation, auch, im Herumlaufen, eine Art Schwanken, hat ein etwas ungewöhnliches Beobachten bewirkt. Das Beobachten ist aber gleich zur Feststellung

Gleichgewichtsstörungen aufgrund der schlechten Durchblutung erstarrt, alles kam von der Erfindung *Kopfweh*. Das Kind ist keinen Schritt vom Fleck gekommen, in keine Richtung weiter, weder vorwärts noch rückwärts. Der Lebensmittelschwund ist nicht aufgefallen. *Ich habe auf einmal dauernd so viel Hunger* ist auch kein Signal geworden. Bei der schon sprichwörtlichen Toleranz, die wir praktizieren, sagte Christa, warum sollten wir sie nicht futtern lassen, obs uns nun paßt oder nicht, neuerdings darf sie sogar Sachen konsumieren, die ihr wirklich nicht zuträglich sind, weder ihrem Aufbau noch ihrem Gebiß, wir werden also auch die Karies nicht von ihr abwenden können, vorm Dickwerden braucht man allerdings bei Paula keine Angst zu haben – sie gebraucht *Angst* verkehrt, dachte das Kind – denn ihre Dünnigkeit ist konstitutionell bedingt, sie ißt jetzt ganz gewaltige Mengen – seit der ersten Übung, die ihm so mies bekommen war, warf das Kind jetzt ganz gelassen Eßwaren in der Tiefschlaffrühe der Erwachsenen weg, nach dem System der ersten Übung zwar, aber nicht mehr in so großen Portionen – ja, sie haut ganz schön rein verblüffenderweise hätte ich fast gesagt, hätte ich fast irrtümlich gesagt, denn auf eine appetitlose Phase folgt nach allem was man drüber weiß eine mit Appetit; nun und es bereitet uns keine Sorgen. Vor Gewichtszunahmen müssen wir keine Bedenken haben, dafür sorgt schon ihr Verbrennungsprozeß, der Stoffwechsel, Grundumsatz, na eben die ganze Veranlagung, die ganze Paula, so wie sie nun mal ist.

Da ist sie ja gut dran, fanden die Erwachsenen. Die Frauen besonders liebten das Thema Ernährung, Kalorien, Diät. Die Frauen sagten als Abendgäste meistens *heut hab ich mich den ganzen Tag zurückgehalten beim Essen / heut hab ich mich bis zu euerm Abend hier durchgehungert* ehe es losging mit dem Geklapper, dem Klirren, den begeisterten Interjektionen angesichts von Christas Leckerbissen.

Die Aktion Lebensmittelmißbrauch hat dem Kind nichts gebracht. Nichts genützt, nichts geschadet. Wieder war das Kind einerseits das übliche Fragezeichen, wieder war das übliche Fragezeichen mit Lerneifer und Sympathie also passend in die Welt der Erzieher integriert. Wieder veränderte sich gar nichts. Oder sah Christa ein bißchen verschreckt aus, manchmal und *heimlich – heimlich* gibts nicht hier bei uns – nämlich dann, wenn sie von ihren Taschentüchern zurückkam und doch festgestellt haben mußte: meine Medikamente werden rascher all, nehm ich zu viel oder was ist, hat Kurt was gemerkt und versteckt er mir mein nötiges bremsendes Zeug, Kurt ebenfalls plötzlich *heimlich?* Das wären ja Delikte. Das Kind kam in keinen Verdacht. Lallen und ähnliche Ausfallserscheinungen beobachtete man bei ihm ohnehin ja hin und wieder, nach den abendlich-nächtlichen Überschwangsanfällen. Die Medikamente wurden allerdings durchs Kind weniger, jetzt aber nicht mehr vom Kind geschluckt, sondern in die alten Zeitungen mit den zerkrümelten Eßwaren gestopft und weggeworfen wie sie.

Als immer häufiger Hunderter fehlten, wenn Kurt die Geheimschublade öffnen mußte – geheim für Außenstehende, potentielle Einbrecher – diese brauchbare Schublade, die man dem alten, von den Großeltern übernommenen, nur neu überzogenen Sofa gar nicht ansah und darin der ganze Banken-Sparkassen-Finanzkram verstaut war, als dann auch Fünfhunderter fehlten, wenn Kurt an die Schublade mußte im Hinblick auf irgendeine bevorstehende neue Regelung oder so was, Geldanlagen, Überweisungen, Geldgeschäfte, da allerdings wurde, wenn auch nicht sofort, schließlich doch die Aufmerksamkeit aufs Kind gelenkt. Hauptsächlich deshalb, weil die Verpackung der Geldscheine unsachgemäß vorgenommen war nach dem offenkundigen Diebstahl.

Gummibänder, in die, versteckt zwischen alten Buchhüllen, die Scheine gerollt waren, sahen so unordentlich aus, so schlampig neu zusammengestruppt. Außer Paula kommt doch eigentlich keiner in Frage. Christa, du doch sicher nicht. Ach wo. Kurt, du doch bestimmt nicht. Unsinn. Jeder von den beiden konnte jederzeit an jedes Geld. Paula. Was ist das jetzt schon wieder. Zumindest ist es zunächst mal interessant. Wir dürfen das von allem Anfang an, ehe wir ermitteln, nicht aus den Augen verlieren. Im Vordergrund steht sie und ihre Psyche. Ihr Motiv. Ihr Handlungsirrgang. Die Fragerei beginnt heute nach dem Tee, dann ist sie ausgeruht genug. Vor oder nach den Schulaufgaben? Für morgen hat sie kaum was auf, sagt sie. Also paßt es heute gut und zwar nach dem Tee, und sie kriegt sogar vorher Stachelbeertörtchen, das wird sie *fit* machen. Beste Stimmungsvoraussetzung. Wir diskutieren mal wieder. Wir dividieren mal endlich wieder was auseinander.

Warum hat Christa nach dem Vorratsschwund nicht gesagt: Was ist da los, das geht auf Paula zurück, was ist mit Paula? Warum hat Kurt nicht gefragt, mich an der Hand nehmend: Paula, bist du so hungrig auf einmal? Und der Alkohol. Christa, so etwa sollte Kurt gefragt haben, trinkst du plötzlich mehr, womöglich *heimlich*? Und bestimmt *heimlich* hätte Kurt sich an das Kind wenden sollen, *So Paula nun sag mal hast du was bei Christa gemerkt? Ich meine, daß sie trinkt?* Ich habe vergessen einzuplanen, daß wegen des weggegossenen Alkohols ja auch Kurt in einen Saufverdacht geraten könnte, er statt Christa. Ganz gut, dachte das Kind, daß das alles zu nichts geführt hat. Besser so. Besser heimlich weg mit den unverdächtigen Eßwaren, unverdächtig weg, den Alkohol lassen wir aus dem Spiel, er riecht auch zu stark für diese Aktionen.

Geld: das mußte ja ziehen. Das Kind bekam Angst und

Vorfreude, wenn es an die Diskussion nach dem Tee dachte. Der Genuß von Stachelbeertörtchen wurde allerdings durch seine Aufregung geschmälert. Egal. Jetzt war gleich es selber dran. Jetzt kam man einer Qual auf die Spur. Jetzt in die Richtung: So-geht-es-nicht –, Sorgenmachen, Kummer, Trösten, ein Stückchen weiter: Erlösung. Ein Erlösungsbruchstück. Wovon? Ungenau und dringend.

Du willst uns berauben. Wozu aber. Du hast alles was du brauchst.

Und berauben ist überhaupt ganz ganz unschön. Ist wirklich schlimm.

Ich will euch mitleidig machen.

Mit wem denn, Paula. Mit uns selber wohl, hm?

Nein, mitleidig mit mir.

Auf diese Weise? Na hör mal. Zornig willst du uns machen, das wohl eher.

Wenn man auf jemand zuerst zornig war, wird man nachher ganz mitleidig, sagte das Kind.

Was ist denn das für eine Logik?

Ich hätte fast *du dummes Stück* gesagt, sagte Christa und beklopfte sich die erst nun wieder geschlossenen Lippen.

Auch Kurt sah nicht freundlich und überhaupt nicht mitleidig aus. Kurt sah schon wirklich *zornig* aus und doch nicht so, als würde er anschließend mitleidig. Ja, Kurt war in Geldsachen zu verärgern, sonst nicht so leicht. *Aber beim Geld hört der Spaß auf* war als eine Redensart der Erwachsenen dem Kind geläufig.

Ihr bedauert doch die Verbrecher, sagte das Kind. Es hatte ein bißchen Magenschmerzen, vielleicht vom zu hastig verschlungenen Stachelbeertörtchen. Christa nahm einen Haferkeks, der schon einmal angebissen war, den sie nun zum zweiten Mal anknabberte, wieder auf den Teller legte, bis der letzte und dritte Biß dran war. Im Grunde konnte man diese kleinen scheußlichen Kekse auf einmal in den Mund stecken. Das Kind machte es immer so mit den Keksen. Christa biß überhaupt immer alles, was sie aß, viele Male in kleinen Rationen ab, dazwischen legte sie lange Pausen ohne Nahrungsaufnahme, und das Kind sah ihr gereizt und ungeduldig zu.

Die Verbrecher... ja, du kriegst so manches noch in die falsche Kehle, beste Paula. Wir bedauern grundsätzlich diejenigen armen Luder, die kriminell veranlagt sind. Sie tun uns leid, aber wir haben ihnen gegenüber eine Art Mitleid, das du noch nicht begreifen kannst, offensichtlich. Kriminell Veranlagte und wie es zu ihrer kriminellen Veranlagung jeweils kam und kommt – das Kapitel ist noch ein paar Schuhnummern zu groß für deinen Kopf, bei aller Genialität darin. Verzeih mir, aber so ists nun mal.

Kurt gab Christa gegenüber zu bedenken, ob es psychologisch gesehen ratsam sei, immer mit so einem spöttischen Abschluß erzieherische Unterweisungen jeweils zu relativieren. *Relativieren* verstand das Kind akustisch, sonst nicht ganz. Kurt rechnete aber nicht einmal mit einem akustischen Verstehen vom Kind, weil es im türlosen Haus irgendwo anders sich aufhielt. Sie denken, ich bin noch immer im Badezimmer, da fühlen sie sich ja sicher, wegen der Spiegel, trotz der Spiegelverbote, die keine *Verbote* sondern gute Ratschläge sind, weil ich zu eitel bin. Ich bin aber jetzt im kleinen Gang zwischen Badezimmer und Eßzimmer – das Eßzimmer hieß allerdings Wohntrakt mit Eßnische – und als Christa *Relativieren, genau das ists, was ich mit dem will, was du irrtümlich für Spott hältst* sagte, verstand das Kind das Wort *relativieren* dem Sinn nach völlig. Es schadet ihr nichts, sie gelegentlich ein bißchen mit ihrer vermeintlichen hochgestochenen *Genialität* zu foppen, sie bißchen auf den Arm zu nehmen. Wir sind uns doch drüber klar, daß sie allmählich dringend runter muß von diesem fiktiven hohen Roß.

Ach, verdammt, verdammt. Mir ists so verdammt flau, so rostig im Kopf, ich bin schon wieder so verdammt erschöpft. Dann fiel ihm das Wort *Höchstdosis* von einem der letzten Geselligkeitsabende ein. Jemand hatte, bei der Unterhaltung über eine Theaterinszenierung, von *Höchstdosis* gesprochen. Der übrige Text des Erwachsenengesprächs war dem Kind egal, aber Höchstdosis, angewandt auf Sachen wie Kunst, wollte es sich merken. Wenn ich schon zu abgeschlafft bin heut nachmittag, um was Scharfes gegen Christa und ihre hohen Rösser anzudichten, könnte ich mich immerhin mit so einer Höchstdosis beschäftigen. Ich habe eine Menge, eine Auswahl. Wie ist die Mehrzahl von Höchstdosis. Jetzt egal. Ich lese die Texte auf der Plattenhülle vom *Goethe-Schubert-Lieder-Abend* und vielleicht noch ein paar Gesangbuchlieder unter der Rubrik Sterbelieder oder Adventslieder. Das Kind unternahm wieder Annäherungsversuch und Widerstand in einem Vorgang. Mit den Plattenhüllen plazierte es sich nämlich zwischen den Adoptierern, die jetzt auf ihren Spätnachmittagsstammplätzen die täglich anfallenden Zeitungen auf der Jagd nach Feuilletonseiten studierten, deutlich so, daß es, lesend, fast gar nicht summend aber immerhin summend, wahrgenommen werden mußte. Das war wieder seine kaum je auf die ersehnte Weise respektierte, einen Erkennungswunsch einlösende, richtig wirksame Demonstration. Die alte Mischung aus Rachsucht, Liebessucht. Wann kämen mal die wirklich wichtigen Fragen dabei heraus. Ich bin ja auch saublöd, dachte das Kind, ich will dringend allein sein und meine Ruhe haben, und dann setz ich mich ausgerechnet hierhin und zeig mich vor und will ihnen wieder auffallen. Aber ein neuer Plan fürs nächste Alleinsein im Haus kam ihm zu Hilfe gegen Aussichtslosigkeiten. Die täglichen kleinen

Lebensmittelvernichtungen hatten schon etwas an Reiz verloren. Wem schadeten sie denn auch, wem nützten sie denn. Ich muß was tun, was wenigstens mir selber richtig nützt. Ich werde die nächste Gelegenheit dazu benutzen, eine meiner Höchstdosislieblingsschallplatten allein aufzulegen und abzuspielen. Wenn sie mich beim Zuhören erwischen, dann muß sich was ergeben. Daraus bestimmt.

Kurz nach dem Vorsatz mit den Schallplatten erlosch jedoch der Elan vom Kind. Es sah mit Bedauern voraus, daß es nicht imstande wäre, mit Platten und Plattenspieler umzugehen. Ich werde auch zu faul sein zuzuschauen, wenn beim nächsten Mal einer von den beiden diese ganzen Mechanismen bedient. Ich habe keinen Lerneifer. Das Kind empfand häufig, daß es eigentlich überhaupt nichts mehr lernen wollte, nichts von andern und von außen her, nichts, was beigebracht und gelehrt werden mußte. Es wollte nur dauernd Erfahrungen machen mit sich selber und dem, was es selber zuerst außen und danach innen wahrnahm. Mit Sachen, die es anschaute, mit der Gegend, immer wieder mit Schnee auf der Gegend, und mit Gedichten und Gefühlen und mit Sätzen und mit Musik, und alles allein und für sich. Ich werde nie lernen, mit dem Plattenspieler umzugehen, dachte es ziemlich betrübt. Sie sagen mir ja immer, wie unheimlich empfindlich so ein Gerät ist. Und dann dieser winzige Stift, der sich in die erste Rille ganz sanft reinschleichen muß. Das ist der Saphir.

Ein zweiter Gedanke, eine neue Belebung: Ich mach es trotzdem und verkratz ihnen diese eine neue Platte, die ich nicht ausstehen kann und bei der die Christa so einen verzückten lerneifrigen Ausdruck bekommt und zu der sie probiert, den Takt mit den Fußspitzen zu wippen, das mal hinzukriegen. Es ist sehr moderne Musik. Das könnte ich machen. Der darauffolgende Gedanke lähmte den Zerstörungsgedanken gleich wieder abschließend: Wenn ich das mache, Zerkratzen und so, geht vielleicht alles überhaupt kaputt, der Saphir auch, und ich kann die schönen Sachen nicht mehr hören, oder wenn es zu reparieren ist, darf ich zur Strafe die schönen Sachen nicht mehr hören, Strafe: das heißt: damit ich was draus lerne, denn die schönen Sachen legen sie ja *mir zuliebe wenn auch mit gewissen Bedenken ob dir das gut tut* auf, neuerdings, seit sie neuerdings selber dauernd lieber diese ganz andere Musik anhören. Das ist so eine Musik wie die Bilder, die sie gern haben, man kann sich nichts dabei denken, man fühlt einfach nichts, man bekommt bestenfalls Langeweile, schlimmstenfalls einen Ekelschmerz für die Augen oder für die Ohren.

Weiterhin fehlten also halt Geldscheine in der Geheimschublade des alten Sofas. Dem Kind fiel nichts Aufsehenerregenderes ein.

Weißt du, Paula, wir haben uns andeutungsweise mit dir über kriminelle Veranlagung und auch über unser Mitleid unterhalten, ein Mitleid unter Vorbehalten. Das heißt trotzdem nicht, daß wir uns hier im Haus eine kleine Diebin wünschen.

Ich hab ja nichts genommen, sagte das Kind.

Es kommt außer dir keine Menschenseele in Frage, sagte Christa.

Vielleicht bin ich kriminell veranlagt, sagte das Kind.

Das hoffen wir nicht, sagte Christa.

Das glauben wir nicht, sagte Kurt.

Guter Kurt, dachte das Kind, aber wegen Christa muß ich noch etwas weitermachen.

Ihr müßtet mich bedauern, wenn ich es doch wäre, kriminell.

Paula, jetzt mach aber mal einen Schlußpunkt, das wäre

etwas klüger von dir als dein krimineller neuer Tick da. Wir müßten dich nämlich nicht nur bedauern, wir müßten dich sogar vielleicht abgeben, an professionelle Verbrechensbekämpfer, in ein Erziehungsheim. Das sind gar keine rosigen Aussichten.

Die Gefängnisse sollen doch schöner werden, sagt ihr immer, sagte das Kind. Die Heime auch.

Humaner – ach was red ich mir da den Mund fusselig. Kurt, am besten, du nimmst sie dir mal vor und –

Kurt schien keine Lust zu haben. Lassen wirs mal auf sich beruhen. Entscheidend wäre zu erfahren, was sie mit dem Geld macht, sie gibt es ja nicht aus. Irgendwo versteckt sies halt, na, das ist ja kein Problem in diesem Haus. Es ist bloß töricht. Zeitverschwendung. Nicht wahr, Paulinchen? Kurts Stimme war durchaus schon nett, zärtlich allerdings nicht gerade, und das Kind hörte heraus, daß er sich außerdem langweilte.

Was ist denn »humaner«, fragte das Kind. Über den Zweck seiner Frage war es sich selbst nicht ganz im Klaren, es wußte jetzt nicht recht weiter und war in einer Sackgasse.

Humanere Gefängnisse, transparentere Verbrecher, nämlich per Vorgeschichte, soziologische Aspekte, und was nicht alles, da hat sie mal wieder Erwachsenen zugehört und nichts verstanden wie so oft.

Hör mal, Paula, mit fast 9 Jahren –

Ich bin erst 8.

Aber nicht mehr lang. Und wenn dich jemand fragt: Paula, wie alt bist du denn, hör ich dich immer antworten: Ich werde 9. Du sagst nie: Ich bin 8. Oder gar: Ich bin *erst* 8.

Fragen, die überhaupt nicht fielen: Brauchst du Geld, für irgendwas? Was vermißt du, sparst du etwa, was steckt dahinter, warum willst du, daß wir nach dem Zorn mitleidig werden. Ganz offenkundig war den Erwachsenen auch ein scheinbar sinnloses Klauen, ein zweckungebundener Diebstahl aus Lehrbüchern gut bekannt und eine längst schon vor Paulas Einfällen kinderpsychologisch gelöste Rätselaufgabe. Das einzige, was darüber nicht in Büchern stand und sich nicht ganz zusammenreimen ließ mit Paulas Verhalten, war die Altersstufe. Auch: wie gehabt. Für so viele Taten, Nicht-Taten, Untaten, war Paula ja, entgegen den Erkenntnissen, entweder zu alt oder zu jung. Das Kind hatte zwar ohne Verwendungsabsichten Geld entwendet, aber jetzt fand es, es müsse sich bedeutsame Antworten ausdenken. Wie wärs mit: Grabpflege? Friedhof, die Großeltern? Schön rührend, immerhin, vielleicht ergreifend. Dann kam ein ganz neuer Einfall. Kürzlich hatte eine Abendgeselligkeitsmutter von der elterlichen Absicht gesprochen, die eine Tochter in ein Internat zu geben. Diese Tochter mußte so etwa 16 Jahre alt sein und da war irgendwas los zwischen der Tochter und einem Mann. Unglückliche Liebe, dachte das Kind. Ach was für ein verdammtes Pech, so was geht bei mir einfach noch nicht. Aber was gehen müßte, wäre die Auskunft: Ich spare Geld, weil ich auf ein Internat will.

Will ich auf ein Internat? Das muß ganz entsetzlich sein. Den ganzen Tag unaufhörlich und auch nachts: Gruppen, viele andere Kinder. Es muß schrecklich sein. Ich werde trotzdem, ohne daß ich wirklich auf ein Internat gehen will, mal so was andeuten. Sie kriegen dann vielleicht einen kleinen Schrecken. Sie überlegen dann vielleicht: hat sie es nicht schön genug bei uns? Warum will sie denn weg? Vermißt sie vielleicht doch den Umgang mit andern Kindern? Aber sind nicht wir es, die sie dauernd ermuntern: Spiel doch draußen mit dem Grüppchen auf dem Terrain gegenüber mit, schau mal, die sehen doch ganz so aus, als wollten sie was aushecken, da gehört doch ein rechter *Paul* dazu, denen fehlt gerade noch ein *Paul*, los, spring doch rüber, Paula!

Oder sie lassen mich vielleicht dann doch schon lieber als ins Internat zu den unangebrachten Bechsteinkindern, bei denen ich nicht profitiere. Denn ein Internat, das werden sie außerdem auch teuer finden. Geld genug haben sie zwar, aber nur für Sinnvolles und so. Sie wollen ja außerdem ausdrücklich, daß ich hier bei ihnen bleibe, denn sie studieren ja viel an mir herum und ich mache Christa ganz unheimlich produktiv, sie haben mich ja mit Absicht genommen, gerade jetzt bei der neuen Artikelserie über mein Lebensalter oder so ähnlich braucht mich Christa sehr. Die Bechsteinkinder, dauernd bleich und weich und bißchen dämlich umgluckt von der dicklichen Mutter, in der dumpfen Wohnung, alles etwas dunkel. Das Kind war ganz schön versessen drauf, dort mal wieder den Beobachter zu spielen, sich zugleich angeheimelt und außenseiterisch zu fühlen. Die Bechsteinmädchen hatten ewig verstopfte Nasen. Sie bekamen blöde Kleider sogar noch angezogen, zumindest: die Mutter half noch beim Anziehen. Während Paula seit der Entfernung von den Großeltern längst, vom ersten Tag bei Christa und Kurt an, alles allein machte. Wollmützen stülpte die Bechsteinmutter den Kindern über die Köpfe vor dem Schulweg, die Ohren unter die Wolle, es sah wirklich dumm, wirklich nicht schön aus, das Kind sah gern zu, noch im Frühjahr mußten die Bechsteinkinder sich warm anziehen, lange Strümpfe und Wollmützen und so komische Sachen. Sie hatten die altmodische Art der Schulverpflegung mit, noch altmodischere als das Kind damals bei den Großeltern, zum Beispiel sehr dick belegte Blutwurstbrote. Es war meistens zu viel. Willst du was abhaben, Paula? Tauschst du ein Blutwurstbrot gegen einen Apfel? Nur zu gern. Mit den Tauschmanövern war es auch vorbei, keine Blutwurstbrote mehr gegen die gesunde Vitalstoffernährung vom Kind, gegen vitaminreiche und kohlehydratarme Crackerkost; anscheinend waren die Bechsteinmädchen eingeschnappt, weil diese Paula von ihnen ferngehalten wurde. Verschnupft paßt. Wegen der verstopften Nasen, »verschnupft ist sie«, sagt Christa manchmal von mir, wenn ich gekränkt bin. Sie bekommen immer nachmittags Gebäck, oft auch Kuchen. Hätte ich nur nicht so viel von dort erzählt. Das mit der umgetauschten Schulverpflegung hab ich schon gar nicht mal erzählt, aber sonst zu viel. Das konnte ja nicht gut gehen. Vielleicht würde ich in einem Internat schon nach ein paar Wochen so vernünftig und einsilbig, daß ich sagen könnte: Ich will wieder raus, ich komme zu euch zurück. Und dann erleide ich hier nicht mehr diese Reinfälle, immer wieder. Ein Internat stellte sich das Kind schon optisch verheerend vor. Es stellte sich zwar eine Art Schloß vor, aber hinter Schloß und Riegel, hinter hohen Gittern, alles umzäunt, und ein unübersichtliches Gewimmel von Kindergruppen, geworfenen Bällen; dauernd Sport, Rudelgänge unter Aufsicht, Schlafsäle, schreckliche gemeinsame Mahlzeiten in riesigen Hallen. Paulas Berichte von den Bechsteins waren wirklich die Hauptunvernunft, die den Entzug der Bechsteins eingebracht hatte, denn hätte das Kind nichts erzählt – wie sonst wären die Freiheitsverfechter Christa und Kurt auf eine Freiheitseinschränkung verfallen? Die brauchten wahrhaftig keine Zeit zu verschwenden um herauszukriegen, daß so ein Umgang Schadstoffe enthielt. Wirklich, das macht sie uns ja noch ganz schizophren, unsere kleine Paula, diese Fantastin. Bei uns das aufgeklärte Bewußtsein bis hin zu Ernährungsfragen, bei diesen Spießern in jedem Detail das extreme Gegenteil. Da hätte man sie auch den Großeltern lassen können, zumindest bis vors Altersheim – dann, wer weiß was. Aber so verliert sie uns ja jetzt schon die Orientierung. Schluß mit den Bechsteins.

Die *Höchstdosis* »Matthäus-Passion« gab es nur einmal im Jahr, kurz vor Ostern oder an Ostern, vom Plattenspieler, und auch nicht am Stück. *Zu viel Wucht auf einmal. Dosieren.* Jetzt war wieder dieser Mittelding-Winter, es konnte ungefähr jeder ziemlich kalte März sein, war Februar oder sonst eine unnötige Zeit, aber das Kind ging mit großem Genuß zwei Schritte hinter den Erwachsenen her durch den Wald, die bekannten Wege, die zu etwa einer Stunde, 20 Minuten *Auslauf* führten. Es fror zwar ein bißchen, es hatte zu kalte Hände, machte Fäuste in den Fingerhandschuhen, trotzdem fühlte es sich sehr wohl. *Erbarme dich o Herr. Um meiner Zähren willen,* sang es ohne Ton. *Ich will dir mein Herze schenken.* Heut war sein Johann-Sebastian-Bach-Nachmittag. Es schrieb ab im Kopf, es sang im Kopf im Wald. Jetzt war die *Goethe-Phase* dran, in der Höchstdosis mit Schubert. *Ich besaß es doch einmal / Was so köstlich ist / Daß man doch zu seiner Qual / Nimmer es vergißt.* Wieder war ihm die Qual nicht recht. *Was so köstlich ist:* zum Beispiel dieser eine Spaziergang im Wäldchen auf der holländischen Insel, die ich in den Ferien auftragsgemäß – meine wahre Familie sieht mir zu, es ist außerdem die Insel vom Mittelzwerg und liegt nah an dem Teil Meer, worin der Unterzwerg mit Seehund und allem sein Reich verwaltet – zusammen mit Christa und Kurt besuche. Das gebe ich schon zu: es ist schön auch mit denen, da, auf dieser Insel. Das sind schon schöne Ferien. Vielleicht ausgenommen die Vormittage, wenn das Wetter zu gut ist, das Wetter ist immer gut, sobald nur die Sonne scheint. Dann muß ich das Meer abgelten, das heißt, ich muß baden im Meer. Ich habe das mit Kurt erfunden, ich sage *ich habe das Meer abgegolten,* und wir zwei lachen. Wenn sogar nachmittags so viel Sonne ist: auch nachmittags Strand und zumindest Christa geht nochmals ins Wasser. Ich brauche nicht. Wie sie sich dann hinterher schüttelt und das Nasse abschnickt und furchtbar stolz aussieht. Ausgenommen also diese Sonnentage, die von allen Feriengästen richtig gezählt und numeriert und bejubelt werden. Aber: *was so köstlich ist*: wir gingen bei verhangenem, also angenehmen Wetter durchs Wäldchen, Regen in der Luft, Regen ist immer gut. Die Kiefern und Eichen werden nicht so hoch wie bei uns im Wald. Dieser Nachmittag, an dem eine Stunde lang der kleine schwarze Hund mit den zu großen Ohren einfach so mit uns gelaufen ist. Anfangs hab ich den Hund *blöder Schakal* genannt, denn ich hatte natürlich Angst – nein: *Furcht*. Die Hundefurcht ist keine *Angst*. Ich hatte aber ganz rasch den kleinen Hund schrecklich gern. Er kam immer weiter mit, Christa und Kurt hatten schon Bedenken, weil der Hund vielleicht nicht wieder in sein Haus zurückfinden würde, denn er war noch ganz jung und sicher kannte er sich noch nicht gut im Wäldchen aus. Manchmal haben wir gemeint: jetzt ist er anscheinend weg, aber dann kam er wieder aus irgendeiner Richtung zu uns zurückgerannt. Er hat immer so getan, als würde er wie ein erwachsener Hund *Wittern* und *Jagen* spielen. Er hat die rechte Vorderpfote angehoben. Ich habe sogar selbst nach dem Hund gepfiffen und ihn gerufen, wenn er mal zu lang nicht zu sehen war. Ich habe mich unheimlich glücklich gefühlt, das Wäldchen ist sowieso wunderschön, diese ganzen sandigen Pfade mit den holländischen Namen, manchmal geht man auf einem weichen Baumrindenbelag, die Erwachsenen hatte ich richtig sehr gern, und dann der Hund und ich. Das war zum Beispiel *köstlich*. Und: *ich besaß* es doch *einmal* . . . wie andere sehr köstliche Sachen, Zirkus und Brombeeren und als meine Hand in Kurts Hand klebrig wurde, der Jahrmarktsplatz und überhaupt noch andere Augenblicke, auch Stunden, Fernsehen, ziemlich viel, was sehr schön ist. Leider ist der kleine Hund plötzlich stehengeblieben und nicht mehr mitgekommen, obwohl ich immer wieder gerufen und gepfiffen habe. Kurt hat gemeint, er könne jetzt instinktiv oder so nicht weiter mit, denn da wo wir weiter gingen, würde der Bezirk vom Hund aufhören, und dann fände er wirklich nicht mehr, mit keinem Schnuppern und so weiter, zurück in das Haus, von dem er weggelaufen war mit uns, und das wäre doch sehr traurig, wenn der kleine Hund tage- und nächtelang im Wäldchen rumirren müßte. Das Wäldchen ist nicht groß, aber es hat so viele Rundwege und auch ich würde mich verirren, ich gehe immer so mit. Kurt weiß immer genau wo wir sind. Wir haben auch eine Extrakarte vom Wäldchen und Kurt erklärt mir nach den Spaziergängen, wo wir überall gegangen sind. Kurt hat mich getröstet, weil ich sehr traurig war, der kleine Hund hat uns bis zu unserer Wegbiegung nachgeblickt, aber es war bestimmt besser für ihn, daß er seinen Bezirk nicht verlassen wollte. Daß ich mich daran *erinnere* und an andere schöne Sachen wie Einkehren im *Californie* oder im *Bos en Duin* und an »Kindereis« und an den kleinen Hund, und wie ich ihn gern hatte und an seinen Abschiedsblick, der kleine Hund hatte uns auch gern: daß ich es *besaß* und *nimmer es vergesse,* das ist für mich eben keine *Qual*. Im Gegenteil. Und wir haben sogar auf Kurts Vorschlag hin am nächsten Tag den Weg zu dem Haus mit dem kleinen Hund noch mal gemacht. Ich habe nämlich immer wieder gefragt, ob der kleine Hund wohl wieder zurückgefunden hat. Und bestimmt hat Kurt mir zuliebe – und *mir zuliebe* hat diesmal einfach ehrlich richtig gestimmt – den gleichen Weg noch mal vorgeschlagen.

Christa, die sowieso für ihr Leben gern telefonierte, stundenlang, so über künstlerische Probleme und Frauensachen und so was, hat mal wieder mit dem gefährdeten Ehepaar telefoniert. Um diese Leute müssen wir uns einfach kümmern, sagt sie hin und wieder zu Kurt. Jetzt wieder. Mal wieder die übliche Alkohol- und Tablettenkatastrophe. Sind mal wieder am Ende, alle beide. Schade um sie, besonders um ihn, er arbeitet doch an einer wichtigen wissenschaftlichen Arbeit über – das war dem Kind bereits egal, über was, egal, aber es horchte auf. Das waren Leute, die das Kind gern hatte, im Unterschied zu den übrigen Bekannten und Freunden von Kurt und Christa, die es kaum gern hatte oder überhaupt nicht gern hatte. Außerdem, wenn »man sich mal wieder kümmern mußte«, bedeutete das einen Autoausflug. Die sehr netten lieben Katastrophenleute hatten sich – *was ja auch schon so ein verstiegener Wahnsinn war* – vor fünf Monaten aufs Land zurückgezogen, in die Einsamkeit, raus aus den geselligen Zirkeln. Dort in der Einsamkeit von Gegend mit Ruinen und Gestrüpp schlitterten diese zwei vom Kind oft regelrecht geliebten Leute schubweise von einer in die nächste Endsituationspanik. Sie besaufen sich und nehmen Beruhigungsmittel dazu, verheerend, hieß das im Freundeskreis.

Es war Christa, dankenswerterweise Christa, die Kurt zu diesen seelischen Belastungen, den Besuchen überreden mußte, denn Kurt hatte seine Bequemlichkeit lieber. Wir müssen sie dringend heute, nach *diesem* schauerlichen Geheultelefonat von gestern, therapeutisch aufmöbeln, gleichgültig obs uns nun paßt oder nicht, zeitlich und nervlich. Natürlich, es geht wieder eine gute Portion Seelenschmalz dabei drauf, aber Kurt, wie stehen wir menschlich-ethisch-moralisch da, wenn wir uns vor einer solchen Verantwortung drücken? Das ist doch dort eine andauernde Gratwanderung. Suizidal bis dorthinaus.

Das Kind hatte den Eindruck, daß Christa mit einer Leidenschaft für die Schrecken der anderen dort auf deren Schreckensinseln aufkreuzte. Beispielsweise *bei diesen Chaoten. Ist doch schade um sie.* Kommt Paula mit? Willst du mit, Paula? O ja. Die Fahrt und so. Es redete neuerdings, wenn von den liebenswerten Chaoten die Rede war und von den therapeutischen Ausflügen in deren Katastrophengebiet, nur noch vom Reiz der Autofahrt. Nicht mehr von seiner Liebe zu dem Ehepaar, das in der düsteren Einsiedelei trotz der *Drogen, Selbstmordtelefonate* und *Unzumutbarkeiten ihrer psychischen Lage* und ihrer *schubweisen Ichzerfallsprozesse* dem Kind ein ganz sanftes, zärtliches, anheimelndes Ehepaar war. Der Mann hat liebe gütige Augen, sagte das Kind nicht mehr. Ich will da mal für die paar Ferientage bleiben, sagte das Kind nicht mehr. Die Frau weint und weint so schlimm, da kann ich immer hinsehen, sagte das Kind nicht mehr, und schließlich ist die Frau ganz weich und leise mit mir und sie nimmt mich in die Arme und ich esse in der Küche Torte, sie trinkt Schnaps und sieht mich an – wird alles vom Kind nicht mehr gesagt. Nur noch: die schöne Autofahrt. Und deshalb durfte das Kind mit. Es verriet nicht mehr, was es auf den Rückfahrten empfand: Hingezogensein zu den zweien da oben in ihrem buschigen struppigen ländlichen Versteck. Das waren seine Schmerz- und Glücksladungen in einer einzigen großen Fuhre, eine Zufuhr ohnegleichen. Keine Wörter wenigstens mehr hierüber. So stückweise gab es beim Kind schon Erfolge in Verschwiegenheit.

Nach dem Besuch bei den zwei Lebensmüden sagte Christa: Immerhin, wenn auch kein Zureden half, fürs erste waren wir mal wieder die Lebensretter. Und ich krieg sie vielleicht doch noch zum Psychiater oder dann vielleicht sogar in eine Klinik, wenigstens erstmal die Iris, damit der Timo sich wieder fangen und womöglich sogar wieder arbeiten kann. Wer weiß. Ich nehme an, es war wichtig – puhh – sie machte ihr *äußerst erschöpftes* Gesicht, dem Kind aber war klar, daß sie alles von A bis Z genossen hatte. Die Anreise, der *anstrengende*

Aufenthalt, jeden ihrer Sätze, die Befriedigung auf der Rückreise über ihren eigenen klaren Kopf, über ihre eigenen geordneten Verhältnisse, und die Erschöpfung auch. Kurt sah hingegen nach wirklich gelähmter, ganz verzehrter, ausgehöhlter Erschöpfung aus. Kurt blieb dabei: Wir hätten überhaupt nicht fahren sollen. Er war ehrlich. Das Kind hatte Kurt in diesem Moment sehr gern, obwohl es doch die armen lieben Verzweifelten in ihrer Unheilbarkeit auch so gern hatte. Schwer, das zu verstehen, dachte es. Ich bin wahrscheinlich wirklich schwer zu verstehen. Das war ihm recht.

Früher hat das Kind mal gesagt: ich habe die richtig lieb, den Timo und die Iris, ich bin ganz gerührt über die. Schön und gut, gut und menschlich von dir, antwortete Christa, aber ein kindertümlicher Umgang ist das selbstverständlich für dich nicht, und uns hast du ja auch lieb, nur brauchst du über uns nicht gerührt zu sein, denn wir sind noch bei Trost und nicht süchtig.

Ich bin aber lieber gerührt über Leute, sagte das Kind, während es die Gegend und die Fahrt und den Nebel über Hügeln genoß. Schön schön, schöne Landschaft, die Landschaft war nichts Besonderes, nichts zum Photographieren, einfach Gegend, beiläufig, aber das Kind empfand inständig die dennoch überall hervorscheinende Besonderheit.

Ha, Christa, du sitzt ja auf dem Todessitz, rief das Kind unvermittelt lustig, falls das was Lustiges war, jedenfalls erkannten die Erwachsenen keinen Gesprächszusammenhang.

Sehr nette Bemerkung von dir, Paula. Das war sogar mal realistisch, sagte Christa und blieb freundlich. Steh weiter so mit beiden Füßen auf der Erde, und bleib auch mit dem Kopf auf der Erde, beziehungsweise in genau dem Abstand von der Erde, der deiner Körpergröße entspricht. Also nicht irgendwo in er Luft, schon gar nicht im Himmel, womit wir dir ja aber auch den Himmel nicht verbieten, weißgott. Denk halt, was dir guttut, über den Himmel und so weiter, solang du solche Schwierigkeiten damit hast, dich mit den Tatsachen und den Gegebenheiten auf der Erde abzufinden. Aber ohne den Boden unter den Füßen zu verlieren. Du gehörst nämlich auf den Boden, auf die Erde, und da sind deine Eltern nicht mehr. Erfinde auch nicht ewig so Elterngeschichtchen, willst du? Du kannst einfach keine exakten Erinnerungen mehr haben, das ist einfach schon rein medizinisch gesehen nicht möglich, und du bist kein Fabelwesen mit überirdischen Antennen oder 7. Sinn und so weiter, kein Medium, mach dir da keinen schönen Spuk zurecht. *Dir zuliebe.*

Alles Diskutieren und Verhandeln endete auch diesmal mit dem *dir zuliebe.* Alles fürs Kind, alles für Paula, wenns sein mußte sogar auch für Paul. Alles fürs Paulinchen, wenn es in der Paulinchenverfassung war. *Paulinchen war allein zu Haus,* dachte das Kind wie immer, wenn es sich nach einer von diesen sogenannten Bewußtseinserweiterungen und Aufklärungen im Stich gelassen fühlte. Nach dem letzten Wort, nach dem abschließenden befriedigten Ausdruck Christas und Kurts, war es immer besonders allein. Am alleralleinsten. *Allein* kann man nicht steigern, sagte entweder Kurt oder Christa: sie hatten eine entsprechende Notiz beim Kind gefunden.

Überhaupt, was willst du. Wir, Kurt und Christa, wir sind jetzt und für immer deine Eltern. Wir haben von Anfang an Verständnis für dich gezeigt, indem du beispielsweise nicht Vater und Mutter zu uns sagen mußtest, was heißt hier allerdings: *mußtest.* Wir haben dir angeboten, Vater und Mutter zu uns zu sagen, weil wir gespürt haben, daß du ein Kind mit besonders stark ausgeprägtem Gemütsleben bist, daß es dir demzufolge mit dem Begriff *Eltern* und den Benennungen *Vater, Mutter* leichter hätte fallen müssen, können, sollen usw., dich mit uns in einer neuen Familiengemeinschaft zurechtzufinden. Aus irgendeinem Grund aber hast du nicht gewollt, und wir haben das respektiert, auf der Stelle. Nebenbei: wir selber waren nicht scharf drauf, als *Vater* oder *Mutter,* unter diesen doch etwas veralteten Firmenzeichen, zu laufen, von deiner Übersiedlung zu uns an, uns selber lag das mehr so, wie du es gewünscht hast, wir sind offengestanden viel lieber Kurt und Christa geblieben. Es kommt uns ja auch im wesentlichen auf ein modern verstandenes Freundschaftsverhältnis untereinander an, nicht wahr! Die Vorschläge *Pa* und *Ma,* an denen Christa eine Weile doch sehr gehangen hatte, waren vom Kind ebenfalls nicht angenommen worden.

Also, Namen sind Schall und Rauch, man braucht nicht *Vater* und *Mutter* zu sagen, und kann doch sehr wohl wissen: das sind meine Eltern. Ich nenne sie bei den Vornamen, wie sie mich beim Vornamen nennen, wir kennen keine Rangunterschiede, aber es sind meine Eltern, daran ist nichts zu machen. Und warum auch. Im Gegenteil, ich, die kleine, ehemalige Waise Paula, die kleine *Ex*-Vollwaise, ich habe kein Leben ohne Eltern vor mit, sondern eines mit Eltern. Und das sind wir, mein Armes. Hm? Ach Quatsch, wer hatte denn da sprachlich versagt und *Armes* gesagt? *Armes* stimmt ja nun wahrlich nicht. Es wurde sofort bereut, korrigiert, schließlich in *Glückliches* umgewandelt.

Das Kind hielt seine Bemerkung, die es sich nicht zuvor ausgedacht hatte wie üblich, geradezu für eine Erhellung, für einen Wahrheitsblitz: man muß gerührt sein über Leute, um sie richtig gern haben zu können. Beim Notieren in Stichworten, blaues Heft, erfand es sich in eine todernst erwachsene Liebesumarmung mit dem sterbesüchtigen Timo, der die *Ichzerfallsschübe* seiner armen, saufenden, im Rausch schwerzüngigen und schwankenden Iris, die ebenfalls ständig sterben wollte, nicht mehr ertragen konnte. Währenddessen hatte Christa unaufhörlich geredet, und zwar als *vernünftiger Mensch* und wie wichtig es sei zu leben, und wie dringend die wissenschaftliche Arbeit Timos sei und der Arzt für Iris und dergleichen, und Kurt hatte bleich und fast verdrossen herumgesessen. Ich könnte wie die ältere Tochter dieser Abendzirkeltante da eine *unglückliche Liebe* haben. Wie in einem Spielfilm, ganz schlimm. Hört mal, ich muß euch was gestehen. Neulich, als wir bei den beiden auf dem Land waren, als es denen so dreckig ging und so, da war ich mal kurz allein mit dem Timo in der Küche – oder irgendwo sonst: überdenken. Entlegener Schauplatz. Jedenfalls: wir waren allein. Und da hat er mich auf einmal ganz eng in die Arme genommen und sich sehr an mich gedrückt und er hat mich ganz enorm geküßt. Also, kurzum: ich habe eine *unglückliche Liebe* mit dem Timo und er mit mir, und vielleicht muß ich besser weg, ich muß vielleicht für eine zeitlang in ein Internat. Erneut: die Schreckensvorstellung vom Internat. Aber so was anzudeuten, wäre in mancher Beziehung nicht übel. Es könnte ja dennoch das Internat abwenden, versprechen, sich zu *fangen* – das war aus Christas Wortschatz, das würde sie sofort kapieren – und herumzulaufen als jemand mit einer *unglücklichen Liebe*, das erregte das Kind ganz ungeheuer, das müßte todsicher großen Eindruck machen. Sanft ginge man mit ihm um. Lehrbücher müßten versagen. Mit noch nicht 9 Jahren, man stelle sich vor. Jedoch, es half nichts, es ergab sich leider, die Sache weiterzudenken. Timo da in eine Erfindung hineinzuziehen, war vielleicht schlecht für den armen lieben Timo, das gab ihm noch den Rest. Andererseits: Paula kommt uns jetzt nie mehr mit raus in die Eremitage dieser beiden Panikmacher. Schluß also dann auch mit diesem Kapitel. Noch eine Einbuße.

Schnee, doch höchstwahrscheinlich Schnee, der die übliche Unterbrechung in der Nacht vom Kind veränderte. Schnee-Anschauen. Aber warum fühlte es sich beim gehorsamen Zurückkriechen in sein Bettzeug trotzdem ungewöhnlich wohl, sogar schlafbereiter als sonst, obwohl es doch den Schnee genießen wollte? Wie gern hatte es seinen warmen Körper. Warum war das immer erstrebte Babygefühl ausgerechnet heute so leicht zu bekommen, beim üblichen Gesumm und Geräkel. Das Kinderwagengefühl. Das Kind stellte sich vor, hinter einer Plastikwindschutzscheibe zu liegen und durch die Regenspritzer kutschiert zu werden. Ein eingefleischter uralter Traum, zugleich auch ein gelerntes Behagen. Auch so eine einstudierte Einleitung der zweiten Schläfrigkeit in der Nacht. Heute erfolgreich. Der Regen macht die Plastikwindschutzscheibe am Kinderwagen blind. Mein Plumeau ist ganz hoch und dick. Aber heute ist der eingebildete Regen ein wirklicher Schneefall. Schnee, Schnee. Das Kind brauchte heute sein Geborgenheitsgefühl nicht zu erfinden. Der Schnee half. Wie dringend und erstrebenswert, die Ausnahmegenehmigung dieser unbekannten dunklen Stunde. Doch, ich werde heute doch aufstehen, doch, Schnee wird nicht verpaßt. Eine leichte Benommenheit empfand das Kind als zusätzlichen Gewinn. Mit einer sanft stimmenden Anhänglichkeit an sein Bett trennte es sich von seinem Bett, darin es nur nach ihm roch. Es roch nach einem wegsickernden Traum. Im Unterschied zu den meisten frühen Morgen wollte es sich heute sofort an die kleinen oder vielleicht auch größeren Kränkungen von gestern erinnern. Im Nachhinein wirkten sie oft wohltätig benebelnd. Es fiel ihm zu gestern nur nichts Besonderes ein. Alles war ziemlich glatt gegangen. Es hätte sich jetzt ganz gern bemitleidet, denn nur während Kränkungen stattfanden, waren Kränkungen furchtbar. Sie zerstörten einen Ablauf, sie rissen aus einem Zusammenhang. Sie zerren mich aus einem weichen Vertrauen. Ach, stimmt ja gar nicht. Ich habe das weiche Vertrauen doch gar nicht genug. Doch, manchmal schon. Und ich bin dann doch immer ratlos. Es ist doch Vertrauen da. Ich lande auf dem Meeresboden, ich sause vorbei an Untiefen, ich verwunde mich. Ihm fiel der interessante Tierfilm ein, gestern abend im Fernsehen. Verdammt: es war halt gestern abend stundenlang richtig schön.

Mitten in einem Zutrauen ruinierte Christa die Waldkulisse auf dem Spaziergang mit einem Satz. *Sei nicht so verstiegen und wie in einem Rausch, was soll das.* Mitten in einer halb bewußtlosen Zärtlichkeit für die Welt stellte Kurt die ganze Welt in Frage mit einem Tonfall, beispielsweise ein hutzliges Brombeerangebot betreffend.

Nein, ich bin einfach heute mal wieder in der gerechten Stimmung. Ich will mal aufschreiben, was sehr angenehm ist. Zum Beispiel: Christa macht eine Reise von einer Redaktion zur andern, dauert Tage. Stolze Zeiten: ich bin mit Kurt allein. Als Frühaufsteher hatte das Kind besonders morgens Erfolge mit der Haushaltsführung. Es durfte Kurt mit dem Frühstück versorgen. Es brachte ihm die Zeitung und Frühstückssachen ans Bett. Wenig Wortwechsel, viel Übereinstimmung. Mahlzeiten in Restaurants abends. Mittags mit nützlichen Handreichungen in der Küche, Kurt und Kind, sie fabrizierten die leichte Zwischenmahlzeit à la Christa, aber sie aßen doch mehr und besser und unvernünftiger als mit Christa; wenn sie fertig waren, hatten sie beide noch Lust nach Schokolade oder Plätzchen. Schon in der Schule konnte sich das Kind auf die Mittage und die Nachmittage und die Abende mit Kurt freuen. Es sah nach dem Abendessen so lang wie Kurt fern, alles durcheinander, dauernd schaltete es um zwischen vier Programmen, wie Kurt es träge anordnete, es schenkte Kurt dauernd Wein nach. Das Kind fühlte sich wichtig und ernstgenommen. Wenn es in der Küche manchmal sogar irgendwas besser wußte als Kurt, wurde es gelobt. Kurt fiel es nicht auf, daß das Kind zu gern gelobt wurde.

Christa sagte nach ihrer Rückkehr zu den Freunden des Abends: Das liegt ja auf der Hand, daß Paula sich großartig vorkommt, wenn sie mit Kurt improvisiert und alles nicht so ganz nach Plan läuft, Kurt ist ja ein Bequemer, so in praktischen Dingen, also lobt er sie schon für kleine Dienstleistungen, und sie ist einfach *lobesüchtig*. Er hat mich *mein Lobekind* genannt, dachte das Kind in zärtlicher Erinnerung an Kurt.

Wenns umgekehrt ist, wenn Kurt eine Tournée hat, geht es schon ein bißchen anders zu, erstens: ich widme mich Paula viel mehr als er es tut, man kann fast sagen: ausschließlich, ich schränke meine Arbeitsstunden ihr zuliebe ein. Andererseits, zweitens: wenn sie mir im Haus was hilft – unnötig und eher störend ist es ja sowieso, aber das darf man sie nicht spüren lassen – wird der *kleine* Wert mit der *kleinen* Wertschätzung beantwortet. Ach Quatsch, Kurt, sie hört kein einziges Wort, sie liegt im ersten Tiefschlaf, überzeug dich, wenn du willst.

Jemand nestelte am Vorhang zum Nachtverschlag vom Kind herum und tuschelte weiblich hoch zu der geselligen Gruppe zurück: Tatsächlich, süß, sieht richtig rührend aus, so ein schlafendes Kind.

Das Kind war ganz schön wach, doch auch halbwach hätte es Christas Satz verstanden. Nicht nur nach meiner Überzeugung ist die angemessene Anerkennung und nicht die übertriebene angebracht, wie ihr wißt, ich bin allround informiert über derlei.

Wenn das Kind mit Kurt bis in die Nacht hinein fern sah, war die einzige Anstrengung, neben dem auch anstrengenden, aber schön anstrengenden Auskosten seines getrösteten Gemüts, nicht die Augen zufallen zu lassen, wenigstens nicht so, daß Kurt was merkte. Es war aber sicher vor Kurt. Er schlief sogar selber manchmal ein. Und Kurt dachte gar nicht dran, das Kind zu beargwöhnen, weder wenn ihn was Interessantes wachhielt oder sofern er selber eindöste. Alles war plötzlich so harmlos. Einmal bekam das Kind von einem Spätfilm samstags nachts fast überhaupt nichts mit außer wenigen Bildern und Sätzen, die ab und zu auftauchten, es machte ihm jedoch nichts aus, daß es nicht mehr den mindesten Zusammenhang vom Inhalt begriff.

Neulich hat das Kind trotzdem schwer versagt. Und nicht mal bei einem Spielfilm, nicht mal besonders spät am Abend. Einfach schon kurz nach der Tagesschau, und das, obgleich das Kind sich bei der politischen Diskussionsrunde überhaupt nicht langweilte. Diskussionen sah es nämlich sehr gern, denn es sah sowieso leidenschaftlich gern einfach Leuten zu. Von dem Gerede selber begriff es kaum was, aber die unverständliche Thematik hatte mit dem Eindämmern nichts zu tun, die störte das Kind auch sonst nie. Ins Bett, ins Bett. Sag doch, wenn du nicht mehr kannst. Ich kann ja noch gut, ich bin hellwach, ich halte nur mal so die Augen zu, absichtlich. Paula, denk an die Wahrheit! Los, ins Bettchen mit dir. Es war ihm entsetzlich peinlich. Es war im Bett noch schockiert.

Eine andere Sendung, ausgerechnet einen der vom Kind hochgeschätzten Filme aus der Serie *Tiere der Wildnis*, hat das Kind sich im Gegensatz zum Verschlafen durch zu viel Angeregtheit verpatzt. Beim gemeinsamen Anschauen und Zuhören störte es die Erwachsenen mit seinem überglücklichen Geplapper. Ins schon weniger glückliche Geplapper nach einer *Bitte um Ruhe, wir wollen das doch sehen* trat eine Verkrampftheit. Trotzdem konnte ich den Mund nicht halten, erinnerte sich das Kind, ich Idiot, ich habe doch gleichzeitig *laß es so schön bleiben, noch lang, lieber Gott* gebetet, habe trotzdem aber nicht den Mund halten können und immer wieder gesagt, wie schön es ist. Aber von da irgendwann an habe ich mich wieder so oft versprochen, zu komisch. Kurt sagte, seit wann stotterst du denn. Er hat sich sicher gar nichts weiter dabei gedacht, wie beinah immer, wenn er so was sagt und nebenbei fernsieht. Christa sagte: Jetzt wirds aber brenzlig, Paula, jetzt hast du dich schon zum fünften Mal versprochen. Ist was los? Hast du womöglich irgendwas eingenommen?

Oh, Elend. Und ich wollte doch Angenehmes aufschreiben. Nur Angenehmes. Aber es gibt das Angenehme immer nur in einem kleineren oder etwas größeren Bezirk. Drumherum sind die Ränder, da hört es sofort auf damit. An dem Abend mit den Versprechern paßte es, nach den Hinweisen, höllisch auf. Um zu beweisen, daß alles mit ihm in Ordnung war, bestand es darauf, den Erwachsenen noch eine Geschichte vorzulesen, es saß auf dem Bettrand von Kurt. Die Zeilen im Buch rutschen aber rauf und runter. Winzige Augen? Ich überanstrenge mich. Ich kriege kaum noch Luft. Du redest wirklich sonderbar. Das Kind mußte den Erwachsenen nun – Schluß mit der Geschichte – Zischlaute vorsprechen. Größte Konzentration. Es klappte jedoch. Es durfte noch ein Stück weiter die Geschichte vorlesen. Als es dann wieder statt *Hermelin Hermann* sagte und wieder in eine verkehrte Zeile geriet – einigen Schwierigkeiten gegenüber konnte das Kind sogar noch die List anwenden, beispielsweise Sätze wegzulassen, Wörter zu verändern – und Konsonanten doch wieder so klebrig aussprach, war es aus mit jeder Gelassenheit bei den erwachsenen Zuhörern, und statt der konsequent praktizierten Sachlichkeit – *wir sind immer freundlich zu ihr auch in Härtefällen* – hörte das Kind unerbittliche und strenge und nahezu angewiderte Töne, ja sogar auch von Kurt. Kurt hat *ich hab jetzt die Nase voll* gesagt, Christa hat ihn schleunigst gerügt, aber auch nach voller Nase ausgesehen, aber, mit deutlich sichtbarem Stolz auf ihre Beherrschtheit in Ausdruck und Stimme, *schieb jetzt wirklich ab Paula* gesagt. Warum bin ich bloß so hartnäckig gewesen und an ihren Betten stehengeblieben, ich hab ja selbst gemerkt, daß ich selber gar nicht mehr kann, ich habe nicht gewußt, was mit mir los ist, warum ich gar nicht mehr reden und stehen kann, warum denn, warum bin ich denn stehengeblieben und hab sie angefleht, daß wir uns versöhnen wollen und daß ich ganz in Ordnung bin.

Das Kind sagte: Wir wollen doch nicht böse aufeinander einschlafen. Ihr könnt dann auch nicht einschlafen, wenn ihr mir böse seid.

Und ob wir das können, sagte Kurt.

Geh ins Bett, sagte Christa.

Das Kind beharrte drauf: es muß sich versöhnt werden. Ich habe das ganz ganz früh gelernt. Mit dem Marlenchen mußte ich auch vorm Einschlafen wieder Frieden machen, wenn vorher irgend so ein Streit war, wenn ich das Marlenchen gekniffen und gepetzt hatte oder so was, weil ich die Kleinere war.

Du hast gar nichts von dem ganzen Gefühlstheater gelernt, du hast es dir erfunden, sagte Christa. Sieh jetzt zu, daß du auf dem schnellsten Weg in dein Bett kommst.

Manchmal hieß das, in seltenen Glücksfällen bei Kurt, statt ins Bett »ins Traumland«. Und sie beide malten sich die kurvenreiche Fahrt ins Traumland aus, bevor sie sich für die Nacht trennten, während einer der seltenen Abwesenheiten von Christa.

Christa blieb aber am Abend mit dem Versöhnungstick vom Kind wieder mal die Gefaßtere und ruhig. Kurt sah wütend aus noch mit geschlossenen Augen, und bestimmt nahm er seine Wut mühelos mit in einen Traum.

Kein Marlenchen mehr jetzt, arme Kleine, du bist überanstrengt. Geh, schieb ab.

Das sagte Christa alles beinah nett. Von Kurt kam unerwartet noch eine Reaktion auf das Kind, das weiter darauf bestand, die Erwachsenen würden auch nicht gut schlafen und würden auch ganz miserabel aufwachen, wenn sie alle drei zerstritten blieben so wie jetzt. Kurt sagte: Wenn ich dein Gejammer und Gebettel noch eine Minute länger ertragen muß, dann allerdings schlafe sogar ich nicht ein und nicht gut.

Demütige dich doch nicht, sagte Christa zum Kind.

Das Kind wußte erst am nächsten Morgen, wie furchtbar es sich gedemütigt hatte, in der Erinnerung an die Nacht, denn von seinem weitentfernten Bett aus, worin es endlich gelandet war, endlich in einer gewissen Sicherheit vor der Herumschwankerei bei den Erwachsenen und im Liegen sogar auch wieder fähig, deutlich zu artikulieren. Vielleicht waren sie schon in ihren Winterschlaf versunken. Wahrscheinlich empfanden sie das alles überhaupt nicht so wie das Kind: einen Schrecken von Streit, Argwohn, Sprachsperre. *Das Böse ist ein Mangel an Liebe.* Das Kind wollte das Zitat, um die Erwachsenen zu verletzen, noch als Abschluß zu ihnen rüberrufen, dann aber entschied es sich dafür, es nur erbittert zu denken und es angepinnt an seine Wand zu wissen, in einem Triumphgefühl. Morgen aus diesem Abend, aus dieser Nacht was zu machen. Nun waren doch wahrhaftig mal schwere Verstöße in der Kinderpädagogik unterlaufen, denen beiden da, jetzt lag doch wirklich ein saftiger Grund vor für Tränen. Aber weil das Kind so müde war, schlief es sofort ein. Beim Einschlafen kann man gerade noch so eine Spur davon feststellen, daß man unglücklich ist, dachte es, es kommt einfach durch die Müdigkeit etwas Tröstliches dazwischen. Aber morgens ist das Unglück sofort wieder da, wenn man auch noch so verdöst ist.

Nach Zwischenfällen wie diesem konnte das Kind seine Gefühle nicht richtig ordnen. Es fand ein Durcheinander in sich: darin: Rachsucht, Trostsucht, Beschämung über sich selber, Gekränktheit, Verstörung. Alles in allem: Traurigkeit. Es dachte an Kurt, dessen Mißfallen es merkwürdigerweise immer weniger gern erregte. Es bekam eigentlich immer mehr Sympathie für Kurt. *Vorsätze für heute* schreibe ich Kurt auf einen Zettel. Adresse auf ein Couvert. Das Couvert ist sicher eine Verschwendung. Ich kann ja ein blaues für Geschäftspost nehmen. Es wählte aber ein schickes steifes mit Futter. Herrn Kurt. Hier. Heute. Datum. Das Kind fand sich ziemlich originell. Die Schrift war auch gelungen. Jetzt der Brief. Welche Anrede? Lieber Kurt? Das ging eigentlich nicht, nach diesen Gemeinheiten von gestern Nacht. Ja, denn leider leider war Kurt halt mal hundsgemein gewesen. Besser gar keine Anrede. Stattdessen schrieb das Kind einen Titel oben auf die Seite. *Versprechungen für die Zukunft.* Darunter: »Ich werde nicht mehr so viel reden. Ich werde nur noch auf Fragen Antworten geben. Die Antworten werden kurz und klar sein. Ich werde nicht mehr so überschwänglich sein.«

Das Kind dachte beim Überlesen seiner Versprechungen nach: was noch? Was wollen sie sonst noch, wie soll ich sein?

Und plötzlich kamen die Tränen vom Vorabend, jetzt erst.

Das war eine neue Entdeckung: man konnte wohltuend weinen, wenn man angepaßt zu sein versprach, wenn man sich selber, die eigene Seele, zu mißhandeln versprach. Das Kind suchte nach einem der Verstecks für die diversen Hunderter, es fand einen Hunderter im *Hamlet* und nahm ihn mit in die Schule. Auf dem Rückweg stieg es eine Busstation zu früh aus, fuhr also nicht wie sonst an dieser kleinen Buchhandlung vorbei, die Christa und Kurt mieden, sondern trat dort ein. Es kaufte schnell zwei Kriminalromane. Zu Haus legte es die zwei Kriminalromane in einer unbeobachteten

Zeit – Christa und Kurt sahen die Nachrichten im Fernsehen, wahrscheinlich verdächtigten sie das Kind wieder der Spiegelguckerei – gefächert nebeneinander auf Kurts Bett. Beide auf Kurts Bett. Kurt war gestern ekliger gewesen. Kurt war ehrlich, deshalb manchmal eklig. Wenn Christa verreist war, las Kurt stumm und in einem Zug jeweils einen Kriminalroman aus. Mit Kurt war sehr vieles sehr angenehm.

In einer über sich selber traurig gerührten Vorfreude trottete das Kind auf seinen Fernsehsitzplatz. Heut hör ich von selbst auf zuzuschauen, erstens. Zweitens: ich rede kein Wort, nichts Ungefragtes. Irgendwann steh ich einfach auf und geh wortlos ins Bett, ich sage eventuell vom Bettvorhang aus gerade noch so, ziemlich tonlos, *gute Nacht*. Mitten im Quiz, das dem Kind Spaß machte – ein bißchen gegen seinen Willen, Spaß paßte jetzt nicht und deshalb blickte es von Zeit zu Zeit weg, rauf zum Oberlichtfenster, in die Nacht, Pech: kein Mond, kein *Füllest wieder Busch und Tal* – fiel ihm ein, daß es mit den Krimis doch Mißverständnisse geben könnte ohne sein Beisein und ohne seine Erklärung: Die sind beide für Kurt. Zwar lagen beide auf Kurts Bett. Doch könnte Christa trotzdem annehmen, daß beide auf Kurts Bett lagen, sei purer Zufall, und der eine Kriminalroman wäre selbstverständlich für sie bestimmt. Das Kind stand auf, ging zum allgemeinen Schreibplatz für Notizen, Alltägliches, Postkram in der Nähe des einen Telephons. Da lagen immer griffbereit Papierbogen und abgelegte Briefe herum, auf deren Rückseiten man schreiben konnte. Es nahm sich ein Blatt und einen Stift. Im Badezimmer schrieb es, auf dem Kachelboden Papier und Stift, so daß keine schöne Schrift entstand: *Dem Kurt: eine Überraschung*. In diesen so beschriebenen Bogen hüllte es die beiden schmalen Bände. Einwickeln ließen sie sich nicht, der Bogen war aber immerhin groß genug, um die zwei Bücher zusammenzufassen.

Stolz darauf, daß es sein Programm komplett verwirklicht hatte, wirklich einsilbig von selbst ins Bett gegangen war, ohne Erklärung auf ein paar nicht weiter neugierige Fragen dann wortlos im Bett lag und sich bemühte *Müde bin ich geh zur Ruh* zu beten, wartete das Kind auf das Ende des Fernsehprogramms und auf den Eklat von drüben aus dem Schlaftrakt der Erwachsenen. Es schlief aber ein, ehe es irgendwas davon mitbekam.

Na, was hast du dir denn *dabei* gedacht, fragte Christa, als das Kind am nächsten Tag aus der Schule kam und auf etwas Erstaunliches wartete. Das Erstaunliche war aber bloß beschämend, weiter nichts.

Du hast dir das zwar nett ausgedacht, aber etwas genauer muß man schon hinschauen, wenn man was kauft. Zweimal der gleiche Titel. Das Kind begriff nicht sofort. Du hast dem Kurt zweimal das gleiche Buch gekauft, Paula, sagte Christa. Deine guten Ideen in Ehren, aber so gehts auch nicht. Kurt betritt diese Buchhandlung nur höchst ungern. Ich desgleichen. Du mußt das nun schon selber wieder in Ordnung bringen. Das Kind schob zwar die ganze Schuld auf die Buchhandlung. Dort war so ein Trubel. Der Verkäufer muß sich geirrt haben. Nun gib doch mal einen Fehler, den du selbst gemacht hast, zu. Wälz nicht immer alles auf die andern ab. Du mußt den einen Krimi austauschen, damit es auch wirklich eine Überraschung für Kurt ist – was immer du damit bezweckt haben magst. Wiedergutmachung, so was in der Art, hm? Weil du uns vorgestern in der Nacht so lang gestört hast? Hm?

Ich wollte nur eine Überraschung machen, eine Freude, sagte das Kind. Das macht man doch einfach so zwischendurch, man braucht doch nicht einen besonderen Anlaß.

Oh, hör dir das an, Kurt. Sie redet wie ein Philosoph. Wie ein Moralist. Richtig gut. Trotzdem, Paula, wie edel auch immer, so, bis jetzt, mit zweimal dem gleichen Titel, ist es noch keine *gelungene* Freude.

Aber eine Überraschung ist es doch auch so. Ich finde schon, sagte das Kind.

Ich würde nicht so schamlos immer um Anerkennung oder gar Dank betteln, ums Gelobtwerden. Ich würde lieber aus meinen Fehlern lernen wollen. Auch bräche es dir keinen Zacken aus der Krone, wenn du sagen würdest: Das tut mir aber leid. Daß ich mich so vertun konnte. Entschuldige bitte, lieber Kurt.

Ich habe es aber gut gemeint, sagte das Kind.

Gut gemeint, das genügt meistens nicht, Köpfchen gehört auch dazu. Und übrigens: wer Dank oder Lob erzwingen will, der erniedrigt sich. Erniedrigen ist gut, sagte das Kind nicht mehr, man wird dann *erhöhet*, ließ es auch weg. Es kam sich denunziert vor. Seine sämtlichen Gefühle kamen dem Kind denunziert vor, mißverstanden, korrumpiert. Aus Dankbarkeit für Tränen, mit denen es diesmal wunschgemäß klappte, beschloß es eine weitere, ihm selber grauenvolle Anpassung, weiter mit der Erniedrigung. Es sagte zu Christa: Du darfst mir heute noch die Haare schneiden. Christa mußte doch ermessen, was für ein gewaltiges Angebot das war, was für eine Auslieferung an Christas Geschmack und an die Verheerungen und Entstellungen der Schere, welches Entgegenkommen. Christa antwortete: Was heißt denn: du darfst? Dürfen? Wie großzügig von dir. Oder, Kurtchen, denkst du, das ist der erste freiwillige und deshalb noch etwas tapsige Schritt auf dem Weg, Vernunft anzunehmen, zumindest zuerst mal auf ihrem haarigen genialen Haupt? So daß sie die überaus fällige Korrektur dieser Unordnung, den Haarschnitt, in einen Gnadenakt umfunktionieren muß? Vorläufig?

Kurt meinte gar nichts, wofür das Kind ihm beinah

dankbar war. Christa hielt viel von Ironie, wußte das Kind vom Mithören bei Telefonaten und Abendunterhaltungen. Das Kind empfand Christas Ironie als Beleidigungen und Zertrampelungen seiner versammelten Gefühle. Ich empfinde doch wirklich was, bei allem, eigentlich dauernd, und es ist mir immer ernst damit, mit jedem winzigen bißchen, das in mir vorgeht, schrieb das Kind ins blaue Heft.

Trotzdem: weiter mit dem Aufschreiben von Angenehmem und sogar Schönem. Als ich vom freundlichen Strohwitwer Kurt auf der Künstlerweihnachtsausstellung vor einem Jahr dieses kleine alte Landschaftsbildchen gekauft bekam. Und als ich ihn tatsächlich davon abhalten konnte, für Christa dieses häßliche bunte Bild mit nichts drauf zu kaufen. Als ich danach sogar überschwänglich sein *durfte*, Kurt hat nichts beanstandet. Nur ungefähr, weil ich aber auch wirklich furchtbar viel geredet habe, ungefähr nur so: Du redest ja wieder mal wie ein Wasserfall. Oder so ähnlich. Warum denn? Ich habe *Ich bin doch so glücklich* gesagt. Er hat dann aber nur wissen wollen, ob man so viel reden muß, wenn man glücklich ist. Er war nicht *ironisch*. Er ist natürlich nie überschwänglich, aus ihm wird nie ein verzweifelter und zugleich ganz enorm zärtlicher Timo. Timo weint. Ich habe das gern bei Timo, daß er weint. Klar, daß Kurt niemals weinen wird. Schon wegen Christa und weil sie so ihre Ordnung haben. Aber man kann schon mit Kurt auch zufrieden und ab und zu sogar glücklich sein.

Also, die ersten paar Stunden bei der Psychosomatikerin haben offenbar bereits ein bißchen genützt – keine Angst, sie hört nichts, Paulas erster Schlaf ist wie jeder erste Schlaf der tiefste. Zum Beispiel? Na, sie hält jetzt Einsilbigkeiten durch. Wenn wir fernsehen. Sie wird nicht mehr so gefühlvoll, ich meine, so grundlos und merkwürdig. Ja, diese

Kreilsheimerin, so auf ihre beherzte und muntere unstudierte Art. Bringt schon was hin. Und an ihrem Untertitel scheint auch was dran zu sein: *Atem Sprache Bewegung*. Paula artikuliert besser, habe ich festgestellt. Wie kannst du das, fragte Kurt, sie hat doch ganz damit aufgehört, uns in der Nacht noch Geschichten vorlesen zu wollen. Na gut, dann ist eben *das* der Erfolg, sagte Christa.

Hah, die erleben mich nicht mehr, wenn ich fahrig und sonderbar und wie in einem Rausch bin, dachte das zuhörende Kind.

Sie zählt uns auch nicht mehr auf, wenn es abends doch noch irgendwas zu beanstanden gibt – und ihr wißt ja, wie subtil wir das machen: Beanstanden – was sie tagsüber alles richtig und ordentlich und normal gemacht hat, sie zählts nicht mehr auf, nicht mehr diese ewigen Beteuerungen, nein nein, ruhiger ist sie schon geworden. Und auch nicht mehr so lobesüchtig und liebessüchtig, so verbettelt und dann wieder so bockig, nicht mehr so viel Hin und Her, psychisches. Daß sie uns nichts mehr vorlesen möchte, bleibt mir aber doch verdächtig, sagte Kurt, womit er das Kind aufs Zärtlichste überraschte. Kurt, normalerweise doch eher gleichmütig. Jetzt macht er sich doch Gedanken über mich? Christa sagte: Sie wird auch wieder vorlesen, wir selber werden sie dazu auffordern. Sie muß nämlich lernen, sich nicht zu versprechen. Gestern hab ichs versucht, ich habe sie ermuntert: Na wie wärs mit einem Geschichtchen, heute mal wieder? Sie hat *Ich glaube ich bin zu müde* gesagt. Ich habe *Du bist doch angeblich nie zu müde* gesagt. Aber immerhin: wenn sie Müdigkeit endlich zugibt, dann ist das ein Erfolg.

Vielleicht gibt sie Müdigkeit nur vor? Und warum fragte Kurt nicht jetzt noch weiter: Vielleicht hat sie Angst? Das Kind wartete vergebens.

Systematisches, methodisches Weiterleben ohne Überlautstärken. Wie das von Anfang an unser Konzept war. Von den abendlich geselligen Ehrsteins erfuhren die Adoptierer: Auch wir schlagen zwar nicht zu, denn damit würden wir uns ja auf die gleiche Stufe stellen mit den Kindern, trotzdem, manchmal verlassen einen sämtliche Prinzipien und man haut ihnen eine rein. Uns verlassen die Prinzipien nicht, sagte Christa, ausgenommen dieses blöde eine Mal mit der Toupiererei. Soll mir nicht wieder passieren. Mein Eindruck ist, sagte eine Männerstimme, daß ein Kind es oftmals einfach drauf anlegt. Auf so einen Klaps. Ein winziger Handgriff, mehr ists weißgott nicht. Ich glaube schon, daß Sie damit recht haben, sagte Christa, es geht dann dem Kind um eine Art Katharsis. Aber unser gutes Paulinchen schafft sich selber überreichlich derartige kathartische Momente. Sie erfindet Bestrafungen, um dann einfach eine Wut und einen Weltschmerz zu demonstrieren. Frauenstimme: Von Zeit zu Zeit brauchen die Kinder den Klaps, doch, Christa. Alle abendlichen kinderlieben Mittvierziger erinnerten sich nun an ihre eigenen Kindheiten. Alle hatten väterliche Prügelstrafen und mütterliche Ohrfeigen als jeweils sehr heilsam erfahren, hatten sich anschließend erheblich besser gefühlt. Das Kind dachte: Wenn sie mich verhauen würden, liefe ich ihnen davon. Alles immer noch besser als das. Wo schon Haarschneiden wie eine körperliche Züchtigung ist.

Wieder die netteren, freundlicheren Tage vornehmen, dachte das Kind. Es hatte sich ein rotes Heft gewünscht für *Positives*. Es hat das rote Heft bekommen. Es saß jetzt vor der ersten, noch unbeschriebenen Seite. Es fing ohne großen Aufschwung an: Werktags ist es immerhin nicht der Hobbyschlaf. Frühstücksthemen sonntags, irgendwann zu spät am Tag: Hast du auch deine Gymnastik gemacht? Kurt sagt zu mir: du brauchst nicht so pedantisch jede Übung immer zu machen, es müssen nicht täglich alle Übungen sein. Von Christa kein Einspruch, aber bei ihr waren es immer alle Übungen. Kurt sagt: Vielleicht gut, überhaupt mal einen Tag plötzlich, wenn dir danach zumute ist, ganz alles weglassen. Netter Kurt. Die Verdauungsumfrage. Alles in Ordnung, ja.

Das Kind sann auf mehr *Nettes, Halblautes*. Wenn ich an den Schlafenden vorbeischleiche, bin ich doch manchmal gerührt über sie, wenn ich sie so leise im Schlaf knurren und schnarchen höre. Wenn ich gerührt bin, muß ich sie doch gern haben können. Ich will es von nun an normal finden, daß sie sich beklagen, wenn sie mich hören und vielleicht Schwierigkeiten haben, wieder gleich in ihren geliebten Schlaf zu versinken. Nicht mehr zornig sein. Sie beklagen sich beim Himmel, das ist allerdings schlecht, mies, *Himmel nochmal* und so was, und an den Himmel glauben sie doch nur als meteorologische Erscheinung abends bei den Nachrichten. Das Haarschneiden ist auch nicht gegen mich gemeint. Christa kann wohl nicht wissen, daß ich meine Haare gern zottig und im Gesicht habe, damit das Gesicht nicht so deutlich die Hauptsache ist. So erbarmungslos die Hauptsache und zum Erbarmen. *Erbarmen* ist nicht ein Wort aus ihrem Kopf.

Dann nahm das Kind sich vor, eine neue Unart wieder wegzulassen. Über diese Unart wollte es nichts aufschreiben. Das war zu wenig Dichtung und auch als Notiz keine Vorbereitung auf Dichtung. Ihm selber war es eklig, fast schon der Gedanke daran. Es machte ins Bett, seit fast schon drei Wochen. Eine absichtliche Feindseligkeit, die es zwar physisch anwiderte, von der es sich aber mehr versprach als nur die endgültige Entscheidung: Jetzt kommt sie in die psychosomatische Behandlung. *Ah, das Bettchen ist auch wieder trockengeblieben?* Abends hörte das Kind unter den Erwachsenen die erstaunlichen Erfolge dieser weitgehend ungelernten Kreilsheimerin betuscheln. Verdammt, schon dieser furchtbar grinsenden, redseligen Psychofrau zuliebe, das heißt: gegen sie, muß ich, verdammt nochmal, leider wieder anfangen mit dieser nassen Sauerei im Bett. Das Kind hatte sich jedesmal sehr gezwungen, das Bett naß zu machen, es saß dazu aufrecht da, überwand sich, und dann mit einem Ekel rein mit dem lauwarmen Gesicker, darin es keinen Moment sitzen oder gar liegen mochte. Das Kind hatte in einem der Lehrbücher, die Christa und Kurt auswendig herbeten konnten, folgendes erfahren: Bettnässerei ist ein Alarm. Mehr Hinwendung und Liebe und Zärtlichkeit wird unbewußt auf diese Weise herbeigefleht. So ungefähr. Dem Kind aber brachte diese ungeliebte störende Nachtnässe nur Unannehmlichkeiten und zusätzliche Abhängigkeiten. Es dachte mit Widerwillen an die zweiten Nachthälften im Feuchten, und: nein nein, nicht einmal aus Feindschaft für die munterkeitssüchtige Heilpraktikerin will ich mich nochmal auf diesen Schweinekram und auf diese Freiheitsberaubung einlassen.

»Das Kind *Paula* lernt bei seinen Adoptiveltern die Schwierigkeit des Phänomens Freiheit kennen«, schrieb Christa in einem Bericht für die Beilage »Die Welt des Kindes«.

Schon nach wenigen Einzelberatungsstunden à DM 50 bei der Atemsprachebewegungsfrau war das Kind in die Gruppenarbeit à DM 30 aufgenommen worden. *Eine nicht nur tüchtige eine außerdem reelle Person. Gruppe, das ist uns ohnehin gerade bei der einzelgängerischen Paula entschieden sympathischer.* Das Kind war in einer der Gruppen mit kaum ähnlichen Fällen, aber in ähnlichen Lebensaltern. Es litt überwiegend unter blödem Getrommel und Gehüpfe und rhythmischem Klatschen, unter einer gefühllosen, melodisch ausgetrockneten, völlig verarmten Klopf-Pfeif-Klirr-Stampfmusik. Da war ein *Ton* schon ein Wunder zwischen *Geräuschen*. Von den Kindern in der Gruppe hatte es ein paar bald richtig gern, besonders die Lisbeth mit den zusammenhanglosen Bewegungen und dem weichen Gesicht. Mach das nicht nach, das mit den Armen und Beinen, sagten die Erwachsenen zu Haus, das arme Ding ist eine Spastikerin. Da siehst du mal wieder, wie froh und dankbar du deinem Schöpfer sein kannst. *Deinem Schöpfer* hatten sie entweder aus Versehen oder der Wendung wegen gesagt, es war üblich im Sprachgebrauch, wenn auch nicht der für Christa und Kurt typische. *Wir klopfen die Sprache ab, Profis die wir sind.* Vielleicht hatten sie den *Schöpfer* aber auch verwendet, um beim Kind Eindruck zu schinden. Mit einem pathetischen Nachdruck. *Für so Transzendentales ist sie ja anfällig.* Seit Lisbeth eine Spastikerin war, fing beim Kind eine Scheu der Lisbeth gegenüber an und es wich ihr aus. Mehr hielt es sich jetzt an den fast stummen Heinz. Die auf amerikanisch graduierte Therapeutin rief immer wieder dem Heinz *Heinzelmännchen* zu, zwischen ihren summarischen Lachanfällen, die den Heinz niemals ansteckten. Das Kind auch nicht. *Ja ja, die Heinzelmännchen sind nur nachts auf Trab, da erledigen sie alles und selbstverständlich sprechen sie dann, und wie!* Das *Heinzelmännchen* sollte ein Heinz werden, der auch am Tag was erledigte und vor allem: auch tagsüber sprechend und überhaupt erst mal ansprechbar sein. Der Heinz, das ist ein bedauernswerter *Autist*, erklärten die Adoptiveltern dem Kind diesen zugeriegelten Heinz. Sie sagten auf kindertümlich, was Autismus ist. Sehr schlimm. Mir ist er sehr recht so wie er ist, sagte das Kind. Er ist aber krank, schwer krank, mach dir das bitte klar, sagten die Erwachsenen. Das Kind faßte für alle Fälle mal ins Auge, möglicherweise, wenn es sich machen ließ, ebenfalls ein *Autist* zu werden. Einsilbiger war es ja schon geworden, allerdings oft genug gegen einen ungeheuren inneren Widerstand, gegen eine wahre Mitteilungssucht. Und es fiel doch auch noch immer zu oft auf diese Sucht rein. Gegen jede schlechte Erfahrung wurde es doch wieder impulsiv, wurde unangebracht, daraufhin mit kühlen, wissenschaftlichen, nicht unfreundlichen Blicken abgetastet. Mit dem *Autistwerden*: das wird schwierig, ich weiß nicht, ob ich das schaffe, dachte das Kind.

Entweder wurde die Gruppentherapie auf die Dauer doch zu kostspielig, oder die Heilerfolge genügten: jedenfalls war das Kind die Stunden bei der Kreilsheimerin nach wenigen Wochen wieder los. Mit dem Anschluß an die andern Kinder haben wir uns auch verrechnet, sagte Christa zu irgendeiner Person am Telefon, denn in der Gruppe bei der guten K. lernt sie ja nur lädierte arme Geschöpfe kennen, denn an diejenigen, die besser dran sind, etwa so Fälle wie sie, an die macht sie sich gar nicht erst ran. Wir hielten das nicht mehr für gut. Sie hat plötzlich so ein übersteigertes Interesse für alles Kranke gekriegt. Möchtest du nun noch Kurt sprechen, beste Illi?

Kurt winkte ab, legte die Finger auf den Mund. Kurt wurde dem Kind immer lieber, das merkte es deutlich. Schon weil er jetzt nicht telefonieren wollte. Tut mir leid, sagte Christa, Kurt kann ich jetzt wohl doch nicht stören, ich höre gerade, wie seine Schreibmaschine wieder surrt. Ciao!

Kurt saß am Abendessenstisch genau wie das Kind. Sympathischer Kurt.

Anschauen von Schnee und Heimweh nach Schnee: fiel zeitlich zusammen. Während das Kind den Schnee betrachtete, hatte es wieder dieses gleichzeitige Heimweh. Im Grunde unsinnig: wie kann man heimwehkrank sein nach etwas, das doch eben stattfindet. Heimweh nach dem Schnee, der jetzt fällt, und nach dem Schnee, auf den der Schnee fällt, und nach dem Schnee von irgendwann früher und nach zukünftigem Schnee. Ich muß darin ganz fest bleiben: ich will keinen guten Moment mehr verpassen. Ihn nie mehr einfach so vorbeilassen. Sofort bekam es auch Heimweh nach diesem Moment jetzt, nach dem mit seinem festen Vorsatz. Und zwar während der Moment war. Heimweh nach Gefühlen, die ihm nicht entgehen durften. Es dachte bewußt, geradezu penetrant freundlich an Kurt und Christa, diese Elternleute, und da entstand sein erstes Mitleid mit ihnen. Das Kind fand sich und sein Mitleid bemerkenswert. Das neue Mitleid war ein Fund. Es war ein Mitleid auch im Voraus, als ein Vorschuß. Beispielsweise auf die heute fälligen Kränkungen. Falls es welche gäbe: nur leicht davon benebeln lassen, sanft verstört bleiben, mitleidig mit den Kränkern. Ich will ihnen eine Freude machen. Gleich wenn sie mit ihrem Sonntag anfangen, sollen sie sich über was von mir freuen. Erstens: dann – dem Kind fiel nur »Zweitens« ein: mit so einer Freude handelte es sich die eigene Ruhe ein für den Schnee. Ein bißchen Selbstsucht ist immer dabei, sogar beim Erfreuen anderer, stellte es fest.

Leise in der Küche raffte es mehr Frühstückskram als sonst zusammen und stopfte ihn in die Mülltüte. Das hatte es eine zeitlang nicht praktiziert, stattdessen Appetitlosigkeit ausprobiert. Heute habe ich das alles schon gegessen, wollte es sagen, aufzählend, was es vernichtet hatte. Diesmal würden die sich freuen, diesmal bestimmt. Danach beschloß es, sich an eine Dichtung zu machen, die sich liebevoll an Christa und Kurt wandte, erstmals, und tatsächlich auch an Christa. Gestern abend hatte Kurt zu den Ehrsteins gesagt, bei einer Auftragsarbeit für den Funk, Thema *Feiertägliches*, erzähle er seit Jahren wieder nahezu konventionell und im Grunde habe Paula das bewirkt, die etwas zu altkluge Kindlichkeit ihrer Hefteintragungen. Kurt sagte:

Ohne alle technischen Mätzchen mach ich das mal. Frau Ehrstein ließ es sich, sofern sie früh genug eingeladen war, ungern nehmen, dem Kind noch *gute Nacht* zu sagen, im Bettverschlag als dunkler Umriß, aber hell zähnefletschend und mit einem störenden Duft. »Vergiß nie, daß du ein Adoptivkind bist. Da mußt du besonders aufmerksam und lieb sein, gell? Damit man dich selber lieb haben kann wie ein eigenes Kind. Es ist doch nicht leicht für Eltern, die nicht blutsverwandt, die nicht die leiblichen Eltern sind, es ist nicht so selbstverständlich. Aber deine Christa und dein Kurt, sie tun an dir stellvertretend das Gute, das von opferbereiten und nachdenkenden Menschen überall getan wird. Es müßte eine noch viel größere Zahl von Christas und Kurts geben, mein Schatz. Und entschließ dich doch endlich dazu, nicht mehr diesen *Paul* zu spielen. Du bist doch ein Mädchen, ein gar nicht mehr so kleines. Du bist auch eigentlich schon kein *Paulinchen* mehr, sei doch froh, schon bald 10 und eine richtige große Paula. Die immer größer und erwachsener werden will, bis sie eine selbstbewußte richtige Frau ist. Fang also jetzt damit an, mit der Paula, ja? Deinen netten Eltern und dir selber zuliebe. Gute Nacht, mein Fräulein.«

Vor ein paar Tagen hatte sich schon ein neuartiger Aussöhnungsschub beim Kind angekündigt, unbewußter aber als der von heute morgen, als der beim Schnee-Anblick. Vor ein paar Tagen hatte es mit den Eltern als *Paulinchen* denjenigen Spaziergang gemacht, der *körperlicher Ausgleich* hieß. Ja, ich möchte mitkommen. Mit seinem ungeheuren Leichtsinn, den es sowieso kannte, aber zusätzlich mit einer halbwahnsinnigen Sehnsucht nach der Liebe, die es selber empfinden wollte für die zwei Personen da, auf die es angewiesen war, hatte das Kind auf den *Paul* verzichtet. Außerhalb des Kinderwagens mit der Windschutzscheibe hatte ich doch das

Kinderwagengefühl. Gar nicht überanstrengt, richtig entkrampft, anders als sonst. Als sonst meistens, verbesserte es sein Erinnern. Vielleicht kam das von meinem Opfer, ich hatte vorsätzlich lange Strümpfe an und ein Kleid unter dem für Mädchen geknöpften Mantel, und daher kam es vielleicht, weil ich ihnen doch einen Gefallen tat, daß ich nicht widerstand, als ich so furchtbare Lust danach bekam und links Kurt, rechts Christa meine Hände anvertraute. Du hast wohl mal wieder nicht die warmen Handschuhe an, sagte Christa, kurz bevor auch leider Kurt seine Hand von meiner losmachte, weil er sich hinter Christa her mal vom Hüttchen bis zum Teich mit einem Trab etwas durchtrainieren wollte. Natürlich angespornt von Christa, bei der es eine sportliche todernste Sache war wie immer, der Dauerlauf; Kurt trabte bloß, aber trotzdem, weg. Der nächste Liebesversuch vom Kind wurde gesungen. *Es kommt ein Schiff gelaaaaaden* ... Kurt lachte, aber einfach so, ohne Bosheit oder Ironie. Wie paßt denn *das* jetzt hier am hellichten Tag und in dieser Jahreszeit in den Wald, hm? Christa sagte: Na laß sie, heut macht sie halt mal in weihnachtlich und spielt immerhin endlich auch mal Mädchen. Nur, Paula: muß das so überspannt vonstatten gehen? Wenn ja, dann wär uns dein *Paul* schon lieber. Also warf das Kind am Braunen Teich, um diesen zwei Erwachsenen doch weiter zu behagen, auf die *Paul*-Art flache Steine flach ins Wasser, die meisten hüpften sogar drei- bis viermal. Dieses Erfolgsergebnis erfuhr es durch lobende Anerkennung, nicht durch eigene Anschauung, denn die war verschwommen: Nässe in den Augen. Das Gefühlsverbot. Die nicht ganz geheuren überspannten Hände, Gesänge, Mädchenkleider. Eine Rettung war wieder die alte Übung mit den eigenen Händen: sie schrecklich gern zu haben. Rührung und Trost: das sind meine Finger. Die Handschuhe auszuziehen und die Hände zu betrachten. Die sind mir, keinem sonst. Die werden mir immer beistehen, die werden nie gegen mich sein. Meine Mitarbeiter. Weinst du etwa? Was ist denn jetzt schon wieder los? Haben wir was falsch gemacht? Du hast doch ganz fabelhaft die Steine hüpfen lassen. Das fanden wir doch große Klasse. Ich nehme an, sie wird mal eine Schauspielerin, scheint vielversprechend. Sie ist theatralisch.

Geselligkeitsgelächter, freundlich wie eh und je.

Als *Paula* macht sie in Gefühl.

Die Ehrsteins fanden den Wein dieses Abends noch besser als den vom letzten Mal.

Das Schmerzverbot.

Fast aus Rache umarmte das Kind diese Leute, die es sich nicht leicht machten und trotz beruflicher Überlastung ein hilfloses verwaistes Kind adoptiert hatten. Sei nicht so überdreht, empfahlen sie ihm. Bedanken, wenn auch nur für dieses Wollmützchen da, ist völlig korrekt, ja durchaus erwünscht, aber statt *Millionen Dank* und dem ganzen Schwulst wäre uns *vielen Dank* oder *herzlichen Dank* lieber. Merk dir das für die nächsten Gelegenheiten. Für Weihnachten, zum Beispiel. Du machst dir doch so viel aus Weihnachten. Du übertreibst es ein bißchen damit, aber wir gehen ja drauf ein. Nur: *dir zuliebe* mußt du dich schon etwas von uns steuern und stoppen lassen, gell?

Durchs Zuhören vom Bett aus erfuhr das Kind: Für uns, Kurt und mich, ist es besonders um Weihnachten herum etwas schwierig, da Paula aus einem gläubigen Haus stammt, das muß doch wohl irgendwie in ihr verwurzelt sein, die Großeltern waren ja sogar kirchlich, falls das Gerücht stimmt, stimmt aber wohl. Nein, den Kontakt mit den Großeltern halten wir vorläufig weiterhin für ungünstig, und deshalb unterbleibt er, bis – na ja. Abwarten. Da, und dann: Paulas um Weihnachten herum natürlich auf Hochtouren laufende

Gefühligkeit. Wir bauen da behutsam ab, peu à peu. Ja, kompliziert. Gläubig sind wir nun mal nicht. Andere Stimmen, die sich ebenfalls zu bewußter humanitärer atheistischer moralischer Grundeinstellung bekannten. Kirchenaustritte. Eine Stimme: Erstmal schon wegen der Steuern. Christa: *Das* mag wohl mitspielen, ist aber bei uns nicht der Impuls, wahrlich nicht. Wir haben es uns in keinem einzigen Denkbereich je leichtgemacht, auch nicht mit diesem, allerdings fiel er auf diesem doch arg suspekten Terrain eine Spur kürzer aus als auf anderen. Als liberale und tolerante Anhänger des Prinzips der persönlichen Freiheit haben wir jedoch Paula nicht vom Religionsunterricht befreien lassen. Wieso, sagte Kurt, doch nur nicht, weil sie nicht gewollt hat. *Du* hast es doch gewollt, Christa. Na schön. Soll sie das gesamte Freiheitsdenkspielfeld, das unsere Gesellschaft bietet, haben. Wird auch konfirmiert. Es soll ihr, sobald sie besser nachdenken kann, sozusagen das ganze 20. Jhd. zur Verfügung stehen. Jetzt läuft sie noch allzu emotionell verbohrt hinter den Angeboten der Seele her. Aber so weit gehen wir immerhin doch mit unserem eigenen Selbsterhaltungstrieb, daß wir kein Tischgebet oder Abendgebet praktizieren. Ich fürchte, ich brächte das auch nicht so richtig hin. Käm mir doch komisch dabei vor. Gott so als Wort, das kommt ja oft genug vor, natürlich, klar. Man kann viel von sich verlangen, das wissen wir zwei und das üben wir zwei aus, alles aber nicht. Darunter, unter das *Nicht*, fällt entschieden eine Religiosität, die man heucheln müßte. Ich nehme an, solche Heuchelei wäre schlechter für Paula als unsere sozusagen himmlische Abstinenz. Sie ist übrigens fast bis zur Bigotterie prüde in so Sachen, zum Beispiel, wer sagt nicht mal als Unmutsäußerung *Herrgottnochmal*, und dann wird sie ärgerlich, stellt euch vor. Trotzdem, wir unterdrücken alles wie Spott oder Lachreiz, alle einfach impulsiven Reaktionen, wenn sie uns so sektiererisch kommt. Die andern Stimmen ergingen sich in Bewunderung für eine so taktvolle beherrschte Haltung der Adoptierer, sogar noch den frömmlerischen Textplagiaten gegenüber aus Paulas Gesangbuch. Paula, zehrt sie nicht ganz schön an der Substanz, zum Beispiel eurer Geduld, hm? Was macht ihr so mit eurer Skepsis, he? Hier, lest das mal: O Heiland, reiß die Himmel auf / So dulde ich den Erdenlauf / O schenk uns Kraft und Zuversicht / Dann löscht der Tod mein trübes Licht. – Doch, ja, da habt ihr recht, da mußten wir schon mal eingreifen, wegen der letzten Zeile insbesondere. Oder hier: Es kommt ein Schiff geladen / Es nimmt mich mit an Bord / Weil wir nicht glücklich waren / Ich gehe von hier fort. – Gegen so viel doch rein künstlichen und forcierten Trübsinn mußten wir was tun. Das Kind mußte lernen: hier sind zwei psychovegetativ entkoppelte Erwachsene mit klaren Köpfen.

Von da an ist das Kind eingeschlafen. Es hat noch schwach in sich das Wort *Benzodiazepinderivate* aufgenommen und gemerkt, daß sie das Thema gewechselt hatten, wieder mal von der aufregend interessanten pharmakologischen Beeinflussung der Körperfunktionen redeten. Alles ist Stoffwechsel. Alles ist endokrin. Glauben oder Nichtglauben auch. Sind nur die Hormone. Bevor das Kind *verdammt* und noch was Beschimpfendes deutlich denken wollte, nahm der Schlaf es weg.

Ein kleines lustiges Gekreisch hat es irgendwann später noch mal aufgeweckt: den Gästen war irgendwas, vermutlich ein volles Glas, umgefallen. Christa setzte einen Satz fort: ... und der verstieß gegen jede Tradition zwischen Kurt und mir, dieser Adventskranz, den Paula uns gekauft hat. Zur Überraschung, angeblich. Ein ziemlich mickriges, viel zu teures Ding, und wir machen so was ja nicht mit, Adventskram, ließen uns aber nichts anmerken. Ich habe mich nur, damit sie etwas von diesem Mißkauf profitierte, aber ohne ihr Gemütsleben zu lädieren, hinreißen lassen müssen zur Bemerkung: der nadelt ja schon, weißt du, und zu *dem* Preis... mehr nicht. Kurt und Christa haben statt eines Adventskranzes ein sogenanntes künstlerisches und ganz unverfängliches Arrangement, das paßte genausogut in den Juni. Trotz Tannenzweigen und Kiefernzapfen und Strohblumen. Trotz der einen einzigen Kerze, die asymmetrisch in dem Gebilde untergebracht war. Von *Die Tage sind so dunkel* sang das Kind immer nur die 2. Stimme. Die 1. Stimme sang keiner, es hörte sie aber mit. Warum machst du das? Weil früher meine Schwester Marlenchen immer die 1. Stimme gesungen hat und ich die 2. Die Erwachsenen schwiegen, nur Christa seufzte auf die Spezialseufzart, auf die beziehungsreiche, verweisende. *Leise rieselt der Schnee.* Es fällt doch kein Flöckchen, Paula. Paula, wach endlich auf. Wir haben einen gottlob ganz herrlich milden Dezember. Mal wieder umdichten: *Die Tage sind so traurig / die Nächte lang und kalt* (manche Zeilen brauchte man gar nicht zu verändern). Jetzt weiter, was kam auf *traurig? Schaurig?* Nein. *Traurig* war einfacher und deshalb stärker. Schaurig war auch nichts. Auf *kalt* mußte ein Reim mit dem geliebten *Wald* enden. Zum Beispiel *Wie trostreich ist der Wald.* Oder: *Gott spricht mit mir im Wald. Leise rieselt der Schnee / Ach, meine Seele tut weh / Einsam will ich in den Wald / Warte nur: Gott ruft dich bald.*

In den Zoo haben wir sie mitgenommen. Paula hat viel Spaß gehabt, telefonierte Christa. Mit meiner Arbeit wars da natürlich heut Essig, aber wir haben in Paula schließlich ebenfalls eine Art Arbeit, und ich finde, die ist oft wohl auch im Praktischen unmittelbarer als die Schreiberei. Kurzum, so Tage muß man schon mal dazwischenschalten. Wie bitte? Doch, sie hat alles sehr genossen. Weißt du, was sie aber komischerweise gestört hat? Anscheinend hatten die meisten Tiere gerade ihre Paarungszeit. Jetzt kommt ein bon mot von Paula, das du dir einprägen mußt: Das macht die Tiere häßlich. Das hat sie gesagt, sie hat gemeint, die Balz, nicht wahr, diese ganzen Brunstszenen. Eigenartig: von allem, was irgendwie mit Sex zusammenhängt, will sie nichts, aber auch gar nichts wissen. Bei Gelegenheit berichte ich dir mal von unseren Aufklärungsanstrengungen mit ihr. Jetzt ists mir nicht ganz sicher, sie steckt irgendwo in der Nähe, und wie du weißt, haben wir keine Türen. Ach was, ich kann ja leiser reden, ich nehme an, sie ist sowieso wieder ins Dichten vertieft, Thema: *Die Güte der Elefanten.* Ich will deine Neugier nicht auf die Folter spannen. Aufklärung, das ist ein Kapitel! Natürlich hätte man viel früher, vor unserer Zeit, anfangen müssen. Früh genug gehts ja gar nicht. Die leiblichen Eltern müssen schon reichlich altmodisch gewesen sein, richtig reaktionär, na, und dann die Großeltern, da kam ja gar nichts mehr in Frage und auch nichts vor. Es fehlen Paula wirklich sämtliche Voraussetzungen.

Das Kind ließ sich ungern die Nacktheiten der Erwachsenen einfallen. Wo und wann immer es sich ergab, zeigten sie sich unbekleidet. Nackt allein ging ja fast noch, aber von nackt mit Bewegung, wenn sie herumliefen und hüpften, wurde dem Kind fast übel. Schau hin, schau mal her! Lustig, was? So sieht eine Frau aus, so sieht ein Mann aus. Kurt war insgesamt etwas schöner, ziemlich gerade Linien, nicht diese ganzen Einbuchtungen und Schwellungen von Christa. Christa reckte und streckte sich und überprüfte ihre diversen Umfänge. Auch bestieg sie grundsätzlich vor der ersten Nahrungsaufnahme des Tages die Waage. Kurt mußte von ihr zum Sich-auf-die-Waage-Stellen ermahnt werden. Die Nacktheit von Kurt ging schon eher, nur das verhutzelte schrumpelige Würstchen, das da unten, da oben zwischen seinen Beinen, an ihm herumhing, machte dem Kind einen Ekel. Das Zeug störte und hinderte Kurt auch sicherlich. Das ganze Zeug, Würstchen und das übrige verknitterte Gebaumel dahinter sollte Kurt sich besser vielleicht von einem Arzt irgendwie ordentlicher festmachen lassen. Es hatte außerdem so eine andere, kränkliche Hautfarbe, unschönes, einfach anderes Fleisch. Christa feuerte das Kind an, genau dorthin zu schauen. Sie versicherte ihm, genau auf diese beweglichen Säckchen und das gesamte Gehänge komme es an bei einem Mann, und das sei für einen Mann und auch für eine Frau das Schönste, für die Frau, mit der dieser Mann durch die körperliche Liebe verbunden war. Die körperliche Liebe ist ganz prima, sagte Christa. Das Zeug an Kurt war zuständig für gewisse Glücksmomente zwischen Christa und ihm. So gings bei anderen Erwachsenen ebenfalls zu. Und dann würde *das da* – das Kind sah dran vorbei, Christa deutete – ganz groß und fest und steif. Du würdest es gar nicht wiedererkennen. Nämlich wenn wir uns ganz lieb haben, körperlich, verstehst du, und uns vereinigen. Ohne das da ginge es überhaupt nicht. Wie es bei mir ist, weißt du ja von dir selber. Das ist bei uns gleich. Eine Öffnung für die Zukunft als Frau hast du auch schon, jetzt schon, für später, damit du ganz glücklich wirst. Und Haare drum herum, so wie hier, schau, wie meine, ganz gekräuselt, obwohl wir beide glatte Haare auf dem Kopf haben, bekommst du später dann auch. Genaueres das nächste Mal.

Christa telefonierte, sie wolle Kurt dazu bringen, der Paula demnächst eine Erektion vorzuführen. *Erektion:* das Kind wußte Bescheid, ehe es zur Gefahr durch eine Erklärung Christas kam, denn es las ziemlich viel in den zahlreichen Nachschlagewerken herum. Ohne sich darüber klar zu sein, war es scharf drauf, mit den nicht ganz geheuren Angaben der Bücher seine eigenen Vorstellungen zu verschmelzen. Christa telefonierte: Es wird nicht leicht sein für Kurt, ich meine, für mich mit ihm, er sperrt sich noch. Es scheint mir aber ein guter Weg zu sein. Wie bitte? Ob wir den Akt selbst, den ganzen Vorgang . . .? Wie? Na, an mir würde es nicht scheitern, aber bei Kurt sehe ich da doch schwarz. Akustisch kriegt Paula ja vielleicht schon mal was mit. Kurt findet, optisch, das gehe zu weit. Weißt du, ich kann mir ja nun nicht nur der Aufklärung Paulas zuliebe den Kurt womöglich lebenslänglich frustrieren. Wär ja bißchen schade, unter anderm auch für mich, stimmts? – Seit wann kicherte Christa so blöde.

Jetzt hörte Christa kurz der Stimme aus dem Telefon zu, irgendso einer andern Christa, dann aber war schnell wieder sie selber dran, und zwar eifrig. Mal nachlesen. Alles findet man ja nicht, also im neuen Hassenberg fand ich darüber nichts. Manches muß man wohl auch selbständig probieren, improvisieren, individuell handhaben.

Christa war schrecklich gern nackt. Das Kind hatte Tricks raus und ließ sich selber niemals mehr nackt erwischen. Es nutzte die Badezimmerzeiten, die sicher waren. Morgens war das besonders einfach, wegen der erwachsenen Schlaferei. Abends war die Nachrichtenzeit günstig. Seinen eigenen Körper hatte es gern. Bei mir schwappt nichts Überflüssiges herum. Ich kriege auch unter Garantie nicht dieses Haargestrüpp da unten hin. Das Kind, dem nichts verboten wurde, bekam ausdrücklich erlaubt, die zwei Körpersprays von Christa zu benutzen. Aber behutsam. Für die entsprechenden höhlenartigen Körpergegenden. Da und hier. Einen dritten auch, der war für die Füße. Ausdrückliche Erlaubnis war ein Selbstverbot vom Kind, von der ausdrücklichen Erlaubnis keinen Gebrauch zu machen. Es roch seinen Körper gern. Es konnte die meisten Duftstoffe nicht ausstehen, mit denen Frauen umgeben waren. Das Kind, sofern es das Selbstverbotene tat, also die erlaubten Sprays benutzte, indem es sie aber nur in die Badezimmerluft spritzte, hatte Herzklopfen vom Erfolg. Im Bett wollte es sich selber riechen. Abgesprüht mit Düften kam es sich vor, als sei es abhanden gekommen, als wäre ihm sein Eigentum, es selber, verlorengangen.

Warum schweife ich ständig ab, wo ich doch das Liebe und Mitleidige für diese beiden heute geplant habe. Warum fällt mir jetzt meine Briefpost ein, das ist ja schon lange her. Als ich mal dachte: ich kann ja schlecht mit ihnen reden, ich schreibe ihnen Briefe. Es hatte in den Briefen auch nette Sachen geschrieben. Zum Beispiel: Ich würde gern mit euch im kommenden Winter Schneeferien machen. Ich würde sogar Skifahren lernen, weil ihr es gern wollt. Nur möchte ich euch herzlich bitten, daß wir die Schneeballschlacht nicht machen. In einem andern Brief hatte es versprochen, die an die Küchenschranktüren geklebten Sachen, Postkarten und Abziehbildchen, wieder zu entfernen. Das Schiff *Finnhansia* und die Lappenfamilie. Christa hatte die dicke Frau mit ihren dicken vermummten Kindern als *Analphabetin* und *überfressen* bezeichnet. Diese Photos sind wirklich nichts Besonderes. Du kriegst gern wirklich gute. Du hättest ja auch dein eigenes Zimmer, aber das Haus ist nun mal so gebaut, so für zwei, als wir es bezogen, gabs noch keinen Anflug von einem Paula-Gedanken, und so ists doch fast schicker, denk mal, du bist immer inmitten unserer Arbeits- und Wohnwelt, andere Kinder leben bei weitem nicht so frei und kühn und kameradschaftlich mit den Erwachsenen. In einem seiner Briefe beteuerte das Kind, daß es von nun an sein eigenes Zimmer nicht mehr vermisse. Ach ja, und andere Unwahrheiten. Ich bin gefallsüchtig. Diese Briefzeit. Warum muß ich mich jetzt dran erinnern, ich will doch das gute neue Mitgefühl beibehalten. Christa, verdammt, ich muß ehrlich sein, sie hat freundlicher reagiert auf meine Briefpost. Sie hat *Aber wir leben doch miteinander und wir können doch miteinander reden, wozu Briefe* gesagt, alles in ganz sachtem Ton und so, als wäre es nett. Das Kind hat trotzdem noch ein paar Briefe geschrieben und abgeschickt. Es hat erst aufgehört mit den Briefen, als Kurt sich einschaltete. Hast du mal dran gedacht, daß das eine Verschwendung ist, Papier, Porto, willst du das Defizit der Bundespost verringern. Das ist rausgeschmissenes Geld. *Schluß jetzt damit* hätte er gar nicht mehr erst sagen müssen. Es war schon Schluß beim Kind mit Kurts erstem Satz, schon vorher mit seinem Gesicht und mit seinem Sprechton.

Das Mitgefühl war aber ganz schön zäh, trotz miserabler Gegenerinnerungen. Sicher der Schnee, so was Versöhnliches wie Schnee. Dem Kind fiel jetzt der Udo ein. Udo lebte nicht mehr. Die Erwachsenen hatten sich gewundert: wieso ist Paula darüber traurig? He, Paula, du hast den Udo doch immer geschlagen oder so was Ähnliches, erzähl uns gar nicht erst irgendwelche Märchen, gekniffen hast du ihn in sein dikkes armes blödes Gesichtchen. Da passen aber Tränen von dir jetzt schlecht ins Bild. Weil das Kind trotzdem weiter weinte – es war ja heilfroh, daß es wenigstens mit dem Weinen funktionierte innerhalb dieser Traurigkeit und diesmal – redete sogar Kurt: Hör zu, es ist besser für den armen kleinen Kerl. Er war ja nicht ganz richtig im Kopf. Nicht ganz normal, meint Kurt, sagte Christa und fand sich mal wieder feinfühliger als Kurt.

Das Kind schrieb ins blaue Heft: »Udos Tod. Sie haben recht, daß es besser für ihn ist, das schon. Er ist jetzt im Jenseits.« Das Jenseits war etwas allgemeiner als der Tisch des Herrn, war weiträumiger drum herum, der Tisch des Herrn war auch im Jenseits, das schon, aber ein festumrissener Platz. Alles in allem war das Jenseits sehr schön. »Im Jenseits ist es viel schöner für den Udo als auf dem Schrebergrundstück. Nicht wegen mir –« Hier brach das Kind seinen Text ab, denn es widerstrebte ihm, etwas über seine ihm selber undurchschaubaren Mißhandlungsgenüsse schriftlich zu fixieren. Ein paar Zeilen drunter stand: »Sehr bedauerlich, sehr schade, daß wir vorläufig nicht mehr zu Timo und Iris in die Einsamkeit fahren. Christa hat gesagt, wegen Kurt. Kurt möchte nicht mehr hin. Es regt ihn zu sehr auf. Es nimmt ihn zu sehr mit. Christa hat das etwas spöttisch gesagt. Das Jenseits wäre auch für Timo und Iris das Beste, nein, besser erstmal für Iris. Timo überlebt sie, ist dann erst richtig einsam, das wird passen, wenn was draus wird mit der *unglücklichen Liebe* zwischen uns.«

Soll ich jetzt womöglich ans Internat denken. O nein, weitermachen mit dem neuen Gefühl. Ich werde mal ganz rücksichtslos vorgehen und sie einfach mit Liebe weiterbeladen, auch wenn sie den alten Argwohn kriegen gegen Überschwang und alles, ich werde diesmal weitermachen. Das Kind starrte den Schnee an. Mit dem Heimweh auch weitermachen. In jeder Minute das Heimweh, nach jeder Minute, nach der vorhin, nach der Minute jetzt. Eben ist diese Minute, nach der ich Heimweh habe. Das war reif fürs gelbe Heft. Das Kind schrieb schnell die paar Heimwehsätze auf. Es fügte hinzu: »Ein Schmerz in meinem Heimweh tut gut wie Schnee. Heute gibt es kein Liebesverbot und kein Heimwehverbot.« Das Kind konnte das nicht formulieren, wußte es aber: seinen verwendungsunfähigen Überschwang, seine Übersteigerungen, die Kurt und Christa nicht gebrauchen konnten, durfte es einfach nicht von sich in eine leere Kühle wegerziehen lassen. Das muß ich verhindern. Das muß mein Ziel sein. Vor kurzem hatte es das mal ausprobiert und als *vernünftiger Mensch* an seine wahren Eltern gedacht. Es war unergiebig, verarmend: Ich habe sie nicht kennengelernt. Bevor sie mir das Kinderwagengefühl verschaffen konnten, auf einem richtigen Waldweg, sind sie ja längst bei einem Unfall gestorben. Ich bin nicht im Besitz einer beweisbaren Erinnerung. Das ist erwiesen.

Noch so ein paar *Vernünftiger-Mensch*-Gedanken, und es begänne eine Öde. Das Kind betrachtete eins seiner Gemälde der wahren Eltern: Einen blassen Vater, der einen Talar anhatte, aber im Talar auf einem zeichnerisch sehr mißglückten Liegestuhl lag. Sperrangelweit offenes Fenster. Eine Mutter mit buntem lustigem Gesicht, sie stand neben einem Konzertflügel; sitzend war dem Kind die Mutter nicht gelungen. Die Mutter hatte die Schürze an und war gleichmäßig dicklich, nicht so geformt wie Christa. Die Mutter hatte keinen Busen, nur fing sie ziemlich hoch oben an mit dem allgemeinen Dicklichsein. Der Einfachheit halber, denn Beine waren schwer, hatte sie einen ganz langen Rock an. Sie hielt Noten ziemlich weit von sich weg und schien zu singen. Der Mund war offen. Sprechblasen schwebten über den Körpern des Vaters und der Mutter. *Du singst zu schön, meine liebe gute Frau* stand in dem Kreis über dem Kopf vom liegenden Vater. Die Mutter hatte ihren Gesangspart in mehreren eiförmigen Kreiseln über sich: *Es waren zwei Königskinder, die hatten einander so lieb!*

Aber der Schnee. Aber die liebevolle Dichtung heute für Christa und Kurt. Zuerst kopierte das Kind Weihnachtsliedertexte. Es konnte sich nicht mehr gut genug erinnern an die alten Sachen aus seinem Weihnachtsliederalbum, denn als *Zeug* hatte Christa es weggeschafft. Jetzt fiel dem Kind der altmodische Rodelschlitten mit eiserner Rückenlehne ein. Darin war seine Großmutter als Kind durch den Schnee gezogen worden. Den hatten Kurt und Christa zum Glück mit den paar andern kuriosen oder prächtig guten Fundsachen als umzugsreif eingestuft und ihn aus dem überwiegend unbrauchbaren Erbplunder ins *Atelier* gerettet, darin er als

Abstelltischchen das neidische Entzücken des Freundeskreises erregte. Ist es nicht wundervoll nostalgisch, das seltsame Gefährt? Oh, allerdings. Vor dem Dichten räumte das Kind nun im heller werdenden Atelier die Zeitschriften und Aschenbecher von der Sitzfläche des Schlittens. Heute wollte es auf diesem Schlitten durch den Wald gefahren werden. Es hatte etwas Liebes und auch Stimulierendes mit dem Schlitten vor, als Hinweis auf seinen Wunsch und überhaupt. Es arrangierte statt der erwachsenen Gegenstände die Gegenstände aus seiner Welt, an die es ohne Licht und Geräusche zu machen herankam. Drei Lieblingspuppen lehnte es gegen die Eisengitter der Rücklehne. Sie saßen bequem. Warum Paula die einzige moderne und wirklich geschmackvolle Puppe nicht anrührt, die wir ihr gekauft haben, das ist auch so eins ihrer Rätsel, sagte Christa zu andern Christas. Hast du schon mal an Trotz gedacht? Christa dachte aber sowieso immer an jegliches Phänomen in jeglichem Lebensalter Paulas. Restlos rastlos informiert. Keine Neuerscheinung im Bereich der Kinderpsychologie war vor ihr sicher. Mit Puppen ist jetzt sowieso bald Schluß, wozu also noch der doch vergebliche Kampf gegen ihre angeschlagene Zelluloid- und Stoffamilie, das Margarinchen: mitten in der Nase ein Loch, das Rudölfchen ist ein schmuddliges windelweiches Stoffungeheuerchen, unästhetisch bis dorthinaus, abgeknutscht, dann die Dicke, gar nicht zu reden von der. Das Uddinchen und den Hans haben wir vorm Umzug sowieso eliminiert.

Ohne Verlogenheit, ohne Selbstbetrug hatte das Kind in diesen Augenblicken die schlafenden Leute in ihren Betten dringend gern, immer noch, wie lang das schon dauerte. Das Mitleid hielt an. Beim Schreiben spürte das Kind auch die neue Glücksart und war stolz darauf. Ergreifende Sätze, fand es, schreibend: »Kurt, ich will von heut an Vater zu dir sagen. Weiß du, wenn ich weine, kann ich erst zu lachen wagen. /

Christa ...« Christa kam jetzt dran, als Mutter ab heute, es konnte doch sein, daß ihr das fehlte, daß ihr was entging und zwar durch es selber. Aber zweimal *sagen?* Kurt dichtete ja auch so einförmig, aber das einförmige Dichten gefiel dem Kind nicht. Vielleicht war auch Reimen nicht das, womit man den beiden Schriftstellern imponieren würde. Kurt und Christa erzählten ringsum, sie seien durch die Adoption selbstverständlich beim Schreiben in dessen voller Ausschließlichkeit behindert, verbuchten es jedoch trotzdem als Gewinn, menschlich sowieso, für die Arbeit überraschenderweise jedoch ebenfalls.

Das Kind war ziemlich gerührt, nur noch nicht ganz befriedigt. Eins seiner früheren Gedichte hatten Christa und Kurt, zu denen es, trotz heute, doch nie *Vater* und *Mutter* sagen könnte – leider leider, das empfand es leider jetzt doch wieder –, irgendwohin verstaut. Und das Gedicht war komplizierter, und da hätte es jetzt gern Anleihen gemacht. Es ging so ähnlich: »Meine lieben Eltern dort im Himmel an dem Tisch des Herrn / Dort beim lieben Gott, ach lieber Vater, liebe Mutter, ich bin euer Kind und hab euch gern.« Anleihen nur wegen der formal eindrucksvolleren Zeilen. Das Kind hatte das während des Wien-Aufenthalts geschrieben. Das Kind schrieb wieder für den heutigen Tag: »Laßt uns alle drei zusammen gehen / Daß die Großeltern mich wiedersehen.« Die Großeltern *ersparen* wir ihr, hatte das Kind kürzlich gehört. Von diesen Gebrechlichkeiten und Hinfälligkeiten halten wir sie fern. Die Schwelle des Altersheims hat sie bislang nicht überschreiten müssen. Wenn sichs mal nicht umgehen läßt, weil die Altchen gelegentlich jammern, treffen wir uns demnächst mal im Café Prag. Aber einer von uns wird immer dabeisein und gut aufpassen. Ja, die Alten. Im Grunde human, daß sie dort Gelegenheit haben zu telefonieren, aber manchmal verfluch ich das Telefon schon.

Paula weiß auch meistens gar nichts mit denen zu reden. Na, x-mal verleugne ich sie sowieso, ich sag, sie ist nicht da, aber ich mach es nie so, daß Paula es spitzkriegt. So oder so, allmählich bauen wir das ab, den lieben Gott, die Alten, Friedhof, es ist sogar anzunehmen, daß sie in diesem Jahr ihren frommen zerfledderten Adventskalender gar nicht mehr vermißt, wir haben nämlich was wirklich Künstlerisches gefunden, so radikal wollen wir ja gar nicht vorgehen, also kann sie weiterhin Türchen aufmachen. Der neue Adventskalender entspricht dem heutigen Verständnis und ist völlig konfessionslos. Dann haben wir noch den mit den Tieren. Hinter jedem Türchen ein Tier aus der bedrohten Tierwelt, samt Text, also mit didaktischer Wirkung zusätzlich. Das konnte man von den Engelchen und dem Nikolaus nun gerade nicht behaupten. Heutzutage gibt es unheimlich gute Spielobjekte für Kinder, die das spezifisch Kindliche mit einem Lernprozeß verbinden. Wenn alles gutgeht, wird Paula, sogar Paula, doch noch ein *vernünftiger Mensch.* Mit einem adoptierten Kind geht man ja immer ein Risiko ein. Erbbiologisches spielt auf jeden Fall hinein und bei Paula nicht in der von uns erstrebten Weise mit. Die schlechteste Familie ist immer noch besser als das beste Heim, sagt man. Und die schlechteste Familie, die sind wir nun weißgott nicht. Das müßte uns der übelste Verleumder attestieren: eine bessere Familie mit mehr Harmonie und Persönlichkeitsentfaltung läßt sich kaum ausmalen. Keine seelischen Erpressungen, keine geistigen Vergewaltigungen, keinerlei Begrenzung. Wir werden einander nie zum Besitz. Und mit der Paula halten wirs ebenso. Nur müssen wir in bezug auf sie in einer Übereinstimmung von möglicherweise mal unterschiedlichen Aspekten handeln, selbstredend nachdem wir unsere Standpunkte durchdiskutiert haben. Ihr kennt das ja bei uns. Keinesfalls perspektivlos, nie einfach so zufällig und nicht zufällig so. Beispielsweise Weihnachten, weil es ja gräßlicherweise auf uns zukommt, das ist heikel genug ausgerechnet für uns, aber nun ist halt mal ein Kind im Haus und was für eins und ganz übergehen wie vorher, als wir allein waren, können wir Weihnachten, Ostern oder was es sonst so gibt wohl nicht. Weihnachten ist auch gründlich auseinanderdividiert worden. Baum? Ja. Sogar einer bis an die Decke vom Fußboden aus. Aber ganz schlichter Behang, fast nichts als Natur, der Baum. Die Krippenfiguren, die Paula geerbt hat, gibts vom nächsten Mal an aber nicht mehr. Das können wir unserem ästhetischen Sinn nicht mehr antun. Man kriegt ja Augenschmerzen davon. Ein künstlerischer Wert war ohnehin nicht vorhanden. Eher nah am Kitsch, aber nicht von der kuriosen Sorte, für die wir eine euch bekannte Schwäche haben. Nun, Paula ist überfällig für einen Abschied von diesen Lämmchen und Engelchen und dem übrigen Klimbim. Wir entschieden uns ihretwegen trotzdem für ein Symbol, das aber andererseits unsere freien Ansichten nicht stört, ein guter Kompromiß. Eine Art Stern, doch fast überhaupt nicht realistisch, bronziertes Gußeisen. Eine Arbeit von Strehl. Auch die andern Gäste schätzen in letzter Zeit den bildenden Künstler Strehl mehr und mehr. Er ist so vielseitig. Er ist sich nicht zu schade für Angewandtes. Esoterisch könnte er auch sein, aber er ist lieber kommunikativ. Christa hat Kurt einen Zugang zum Strehl-Œuvre ermöglicht. Christa ist mittlerweile ein Strehl-Fan. Für den Stern haben wir ganz schön was hingeblättert. Anfangs wird Paula gefühlsmäßig mit dem Strehl-Stern nicht auf ihre Kosten kommen. Lang dauern kann das schon. Aber im Hinblick auf ihre Zukunft ist es besser, wenn Paula baldigst rundum ein Zeitgenosse wird.

Das Kind beobachtete den Schneefall. Es mußte schon wieder aufs WC, also wieder am Schlafzimmer der Hobby-Schläfer vorbeischleichend ins Badezimmer, und Hunger hatte es auch. Es wollte aber noch mit den körperlichen Behinderungen weiterdichten, so lang es ging. »Eltern, fühle ich im Herzen / Vater Mutter, ich: das Kind / Ach erlaubt mir meine Schmerzen / Weil die Schmerzen glücklich sind.« *Glücklich machen* müßte es statt *sind* heißen. Längere Zeilen, dann das Glücklich-Machen unterbringen.

Weil es ihm gelungen war, keinen zu wecken, weil es außerdem heimlich mal wieder heißes Wasser auf Nescafé gegossen hatte, um sich wie Kurt *fit* zu machen – und neuerdings bekam ihm das Getränk, schmeckte sogar – belebte sich die Herzlichkeit für Christa und Kurt am Schreibplatz. Den schönen Schneemoment jetzt zu einem Stillstand bringen. Neulich im Film die Sequenz, in der man nur die Straße zwischen den Herbstbäumen und weißgestrichene Landhäuser mit Veranden sah und das weggehende Kind an der Hand seiner Mutter – einfach zum Anhalten bringen, alles noch mal lang anschauen, den Augenblick von vorhin wiederholen, zuerst aber stillstehen lassen zum Betrachten. Damit das Kind überhaupt erst mal genau mitbekam, was für eine innere Befreiung in ihm stattfand, während es das Bild mit der Baumstraße und den zwei Personen so sehr liebte. Sie ist einfach nicht ganz genußfähig, sie ist womöglich genußunfähig, sagte Christa, die arme Paula, sie wird es einmal nicht leicht haben. Nimmt man sie in ein Theater oder in ein Kino mit oder läßt sie beim Fernsehn dabei bis werweißwiespät, dann will sie dauernd nur wissen, wann es aufhört. Aus unserem ersten Besuch im Zirkus hätte sie lernen können, schön ruhig dasitzen und zuschauen, aber nein, wieder – jetzt beim Gastspiel von Sarrasani – keine Beherrschung. Das Kind hatte vor dem Aufhören von etwas, das schön war, eine schreckliche Angst. Nach dem Ende zu fragen, sicherte seinen Genuß ab. Das Kind wurde aus Schaden immer nur sehr vorübergehend klug. Sang doch wieder Moll-Melodien, war doch wieder impulsiv, erlitt doch wieder Punktniederlagen, Schwerbeschädigungen der doch wieder vertrauensvollen Gemütsverfassungen.

»Meine Seele ist ein kleines zartes weiches Polster« – stand im gelben Heft. Beim zweitenmal im Zirkus, während der Raubtierdressur zuerst, war das Kind so überdreht vor Freude – so übertrieben genußfähig – daß es seine schlechten Erfahrungen vergaß und doch die alten Fehler neu beging. Zu viel reden: Ist es nicht schön? Einfach zu schön? Ach, das ist doch zu schön. Obwohl das Kind erfuhr, es sei *schön* und nicht *zu* schön, faßte es nach den Händen der beiden Personen, die ihm den Zirkus auf dem Logenplatz ermöglicht hatten. Stör doch nicht, paß besser auf, sagte Christa. Kurt brauchte die vom Kind kurzfristig blockierte Hand genau in dem Moment für die Coca-Cola-Flasche, aus der er trinken wollte. Christas Hände waren Christa zu kalt, deshalb mußten sie zurück in Christas Manteltaschen. Bei den Elefanten war das Kind trotz verschmähter Hände längst wieder überglücklich: diesmal unter anderm darüber, daß es weinen konnte, über den Zirkus, über seine Hände, über die Gutmütigkeit und die geduldige Solidarität der Elefanten. »Ein Elefantenauge ruhte auf mir und es tat so gut«, begann ein Abschnitt, der über Elefanten insgesamt viel länger werden sollte, aber im blauen Heft nicht weitergedieh.

An Gutes denken. Die Adoptionsberechtigten sind auf ihre menschliche und erzieherische Reife geprüft worden, sie haben *erstklassig* oder so was bestanden, also ist es doch klar, daß sie es mit mir richtig machen. Sie meinen es gut mit mir. Ich soll z. B. auch immer viel fragen. *Paula sollte viel mehr fragen. Von aufgeklärten, aufgeschlossen erzieherischen Antworten bin ich nahezu besessen.* Es liegt doch an mir, wenn ichs mal recht bedenke, daß ich entweder gar nichts frage oder Sachen frage, die nicht die richtigen Fragen und die richtigen Sachen sind. Ich dürfte auch bestimmt nicht so was Furchtbares denken, wenn ich manchmal vom Fenster aus beide weggehen oder mit dem Auto abfahren sehe: *Kommt bloß nie mehr zurück. Laßt euch bloß tödlich überfahren.* Das ist bestimmt furchtbar schlecht von mir, aber merkwürdigerweise bestraft der liebe Gott mich überhaupt nicht, auch dafür nicht, wenn ich vorm Einschlafen mit ihm rede. Trotzdem sollte ichs vielleicht lassen. Ich *gewinne* ja auch keine *Freunde,* wie Christa das immer will, daß ich soll, *mir zuliebe.* Neulich bin ich auch bloß so lang sie mich noch sehen konnten mit den schauderhaften Nachbarskindern losgezogen. Dann nichts wie weg, waldwärts, allein sein, alles was ich nicht soll. Und wenn die zwei ihren Trimm-Parcours machen, beteilige ich mich auch nicht. Ich tue ihnen immer nicht die Gefallen, die sie getan bekommen wollen, sondern immer die verkehrten, wenn überhaupt. *Zum Glück sind wir die letzten, die sich vor Problemkindern fürchten, insgesamt: vor Problemen.* Es gibt doch so adoptionswillige Eltern. Im Heim erklären sie denen: mit dieser hübschen Kleinen ist so weit alles in Ordnung, die Augen lassen sich noch richten und richtig sprechen lernt er oder sie auch, aber nachher stellt sich werweißwas alles zusätzlich heraus. Nun, auch wir haben *vor* Paula *von* Paula nichts gewußt. Es war fast so ungewiß, als holten wir sie aus einem Heim. Eher noch weniger Information, diese Großeltern haben sich ja nicht die mindeste Mühe gemacht, diese Kleine jemals richtig zu ergründen. Übrigens hatte Christa sich nun nicht für das theoretische Buch entschieden, für das Buch *über* ein Kind, sondern für ein Kinderbuch, für Kinder. Wobei sie ausgerechnet von den Komplikationen mit Paula lernte. Nur wurde ihre Buch-Heldin ein Paula-Kontrast, ähnlich nur im Alter, sonst aber fast in jeder Einzelheit anders. Willst du mal ein Kapitel vorgelesen bekommen, ich hab gerade eins fertig, hm? Paula lehnte ab. Nach dem, was sie so von dieser ihrem Fehlverhalten abgespickten daraufhin völlig gegensätzlichen kleinen *Petra* gehört hatte, haßte sie Petra inständig und mit Absicht und sowieso. Die Petra konnte längst fabelhaft schwimmen. In den Sommerferien durfte sie mit ihren Adoptiveltern ans Meer. Dort liebte sie den blauen Himmel, den erfrischenden Wind, klare Sichtverhältnisse und weitere Voraussetzungen für lauter von Paula gefürchtete, von Petra jedoch hochgeschätzte sportliche Betätigungen. Die Petra *gewann* überall jederzeit sofort *Freunde, schloß* sich *an*. Nicht ab wie du, Paula. Nicht wie du, Paula, ist die Petra versessen auf Regen und Wolken und trüben Horizont. Ich liebe das richtige Meer, so in Häfen an Quaimauern, das ernst zu nehmende Meer, dachte Paula. Petra spielt immer Ball und läßt sich mit Sonnenöl einschmieren und will unaufhörlich ins Wasser. In der Brandung macht sie ein ganz tobsüchtiges Gehopse und läßt sich mutig überspülen, und zusammen mit ihren Adoptiveltern schnüffelt sie auf langen Spaziergängen, wo sie fast nichts anhat, obwohl der Wind kalt ist, aber weil sie schön braun werden will, da schnüffelt sie mit so einem befriedigten rechthaberischen Gesichtsausdruck wie dem von Christa das ganze wichtige Zeug ein, Ozon und Aerosol und sonstwas. Petra verweigert nicht wie du, Paula, ganzheitlich gesundende Erfolgsmöglichkeiten, die der Aufenthalt an der See bietet. Was für ein ekliges Miststück, Christas Papierpetra, sollte ich vielleicht auch nicht mehr denken, dachte das Kind ungern. Gleich darauf verstieß es schnell gegen ein spezielles Schmerzverbot, also gegen ein Glücksverbot seiner wohlmeinenden Gesetzgeber, und ließ sich durch einige Einbildungen über die wahren Eltern beseligen, schnell zwischendurch. Weil die zwei da in ihrer Finsternis weiterschliefen, konnte es danach leicht weitermachen mit seiner Bereitschaft, sie heute zu lieben. Es ging geräuschlos in die Küche und benutzte das Spülbecken als WC, wobei ihm, als es das Becken zuvor von den nächtlichen Geselligkeitsgläsern freiräumen wollte, ein Glas auf ein anderes Glas fiel. Verdammt, das war nicht lautlos abgegangen. Etwas warten, bis raus war, ob sich im Schlafzimmer etwas regte. Nein, nichts. Das Kind verhielt sich an diesem Morgen, Schneefall und gute Absichten, anders als sonst. Fortsetzung des Gerührtseins, ganz allgemein. Normalerweise hätte es sein Mißgeschick zu vertuschen versucht. So ein Unfall war oft gar nicht als Verlust aufgefallen. Heute beschloß das Kind, die zwei Gläser, in ihrer sichtbaren Hinfälligkeit ihm ähnlich, ins Arrangement *Rodelschlitten* aufzunehmen. Die zerschlagenen Gläser sahen, dort liegend, samt eingesammelter Scherben und Splitter, so hilflos aus. Das Kind rechnete, womit wahrhaftig nicht gerechnet werden konnte: mit etwas Tröstlichem, Weichem. Zuerst das Entsetzen, ein bißchen Wut seitens Kurt vielleicht, dann ein Taschentuch für seine Tränen, möglichst Kurts Taschentuch. So sollte es sich abspielen.

Das Kind hatte gelegentliche Unfälle mit Geschirr aber nicht immer vertuscht, sondern zwei sogar vorsätzlich herbeigeführt. Es hatte eine gerade angeschaffte chinesische Vase zerschmettert. Wenig brauchbare Reaktion, allerdings wieder viele Sätze. Die Absicht vom Kind war nicht zum Vorschein gekommen. Vorsätzliches Hinschmeißen eines Barockglases. Den Gästen des geselligen Beisammenseins, das auf diesen Vorfall folgte, erzählte Christa: Selbstverständlich haben wir keinem gedankenlosen ersten Impuls nachgegeben. Obwohl es sich um ein Stück gehandelt hat, wie man es heut gar nicht mehr kriegt, es sei denn, man gibt ein Vermögen dafür aus. Also, kein lautes Wort. Obwohl es ja eindeutig Aggression war. Egal, ob nun Paula auf Prügelstrafen aus ist oder nicht, dann und wann, wenn sie so was anstellt, den Gefallen, prügeln, tun wir ihr nicht. Sie soll ja die Aggressionen ausleben. Statt der Straferei: Diskussion. Nur leider halt, wie immer mit ihr, einseitig. Sie: wieder verstockt, stumm. Von uns kein Ausbruch. Keiner von uns hat sich gehen lassen und auch nur das Mindeste an Emotionen gezeigt. Wirklich: wir geben ihr keinen Anlaß zum Kummer, sie brauchte von Rechts wegen nie zu weinen, bei uns nicht. Man könnte ihr den Tränenkanal rausoperieren, sie braucht ja keinen.

Tränenverbot, Trostverbot, Taschentuchverbot. »Ach schöner Schnee.« Das Kind fing ein neues Gedicht an. »Du tust mir wohl, du tust mir weh!« Das Kind empfand ein anderes Mitleid jetzt, bei leicht getrübtem Gewissen, weil es die Leute da unten nicht wecken wollte. Also will ich doch auch heute, an meinem gütigen Tag, meine Glücksgefühle für mich behalten. Sicher übel. Aber Gegenversuche sind dran schuld. Ein Gewitter fiel ihm ein. Es hatte sein Glück mitteilen wollen. In der Nacht war es vom Gewitter wach geworden. Regen, Schnee, Nebel, Gewitter: die versetzten es in Rauschzustände. Weil das Gewitter so herrlich war, hatte es die Eltern mitten in ihrem Hobby *Schlaf* gestört. Was, du reißt uns aus dem Schlaf? Was geisterst du da herum, mitten in der Nacht? Bist du verrückt? Das mit dem *verrückt* hatte leider Kurt gesagt, doch zu schläfrig für Zorn. Es ist Schlafenszeit für uns und erst recht für kleine Mädchen, hatte Christa gesagt. Beide hatten stöhnend, gähnend, sich wälzend mit der Lieblingsbeschäftigung weitergemacht und das Kind vergessen, weil sie ja wußten: Angst vor Gewittern hat es nicht, diese Angst wenigstens mal nicht, zum Glück.

Plötzlich vermittelte der Schneefall dem Kind ein neues wichtiges Ziel: es wollte heute endlich mal wieder auf den

Friedhof gehen. Es hatte Sehnsucht nach einem Gefühl, das es nur auf dem Friedhof erfassen konnte; nur das eine Mal dort, lang her, noch aus der Zeit bei den Großeltern, war es von diesem Gefühl überfallen worden, aber alles war zu rasch gegangen. Es lief sowohl den Großeltern als auch dem Gefühl hinterher, schon wieder Richtung Ausgang. Ein komisches Gefühl. Schön, wahrscheinlich sehr ergiebig. Mit dem Gefühl war es angeknüpft an eine Erfahrung. Die konnte es gar nicht gemacht haben, und doch erschien sie so alt. Die Ehrsteins oder ähnliche Ehrsteins sagten, während das Kind im Bett nach seiner Privatheit schnupperte: recht habt ihr. Unsere Bälger haben einen Friedhof noch nicht mal von weitem zu sehen gekriegt. Laßt sie bloß vorerst nicht wieder dorthin, so wie sie noch ist. Ja, Großeltern, was denken sich eigentlich die alten Leute. Gar nichts, vermutlich. Schleppen Kinder auf Friedhöfe. Was fällt denen ein. Übrigens: wir kriegen jetzt endlich einen Abenteuerspielplatz. Am Emilianspark. Manchmal nützen Bürgerinitiativen eben doch. Man muß nur zäh sein.

Dorthin mit Paula. Soll sie denn eines Tages menschenscheu in der Wirklichkeit umherirren. Als *Paul* kriegen wir sie schon dorthin, hoff ich. Sie lachten. Besser als Gräber und alte Trauernde. Dieses Grab sagt der Paula doch überhaupt nichts. Wir wollen zwar auch auf diesem Sektor nichts reglementieren, wir wollen dem Kind zwar auch diese Freiheit lassen – nein, eigentlich nicht, diese noch nicht. Wir müssen die schädlichen Freiheiten von den unschädlichen Freiheiten unterscheiden. Wir gehen ja, seit wir sie haben, ihren Hang zur Melancholie aufklärerisch an. Gegensteuern und in den Griff bekommen.

Friedhofsverbot. Grabverbot. »Kurt, mein Vater«, fing das Kind wieder an. Es hatte jetzt eiskalte Füße und noch mehr Hunger, es mußte schon wieder aufs Clo. Elender Nescafé. Aber lieber würde es sich die Zehen abfrieren und Bauchweh bekommen vom Unterdrücken und Nicht-aufs-Clo-Gehen, als zu riskieren, jetzt gestört zu werden, indem es störte. Würden sie doch diesen ganzen Tag verschlafen, damit ich sie weiter gern haben kann und tagelang so weiterschlafen: ist auch kein gütiger Gedanke, dachte das Kind, dachte ihn aber gründlich, fast feindselig. Wieder ein guter Mensch sein, nahm es sich vor. Mit »Kurt, mein Vater« komme ich nicht weiter, denn »Christa, meine Mutter« geht erst recht nicht weiter. Darauf reimt sich bloß Futter, Butter, Kutter. *Kutter* ist schön, paßt nur jetzt nicht. Das Kind merkte, daß es viel von seiner inneren Weichheit verloren und auch nicht mehr so stolz machende, erlösende Einfälle hatte. Ohne Stromverbrauch bei einsetzender Dämmerung nun endlich sogar im dunklen Haustrakt, weil das helle Atelier türlos in ihn überging, auch lautlos, fand das Kind im Gewürzkörbchen auf dem Eßtisch die Röhre mit den weißen Tabletten, die Christa gelegentlich öffentlich einnahm. Die waren legitim, also nicht im Taschentuchversteck. Was für ein Medikament es war, wußte das Kind nicht. Aber etwas später, nachdem sie ein weißes Ding zerbissen hatte, sah Christa milder aus als sonst, sie redete auch leiser, obschon eher mehr als weniger, zunehmend schleppend, dann gähnte sie, hatte aber plötzlich Lust, mal wieder die Soundsos zu besuchen oder zu *improvisieren* und so was. Das Kind stahl sich trotz übler Erinnerungen an Tabletten so ein weißes Ding. Ha, nach 30 Minuten ungefähr ginge es wieder so richtig los mit der ganzen milden Inbrunst. Der viele Kaffee muß einfach abgetötet werden. Bis es mit der neuen Inbrunst losginge, malte das Kind Bäume unter einer Schneedecke. Dazu den altmodischen Rodelschlitten. Die davorgespannten Erwachsenen mißlangen. Zumindest als Kurt und Christa. Das Kind setzte mit einem für heute doch gar nicht passenden Rachebedürfnis der kurzen Frisur der Frau, die am Schlitten zog und Christa sein sollte, einen dicken Haarknoten hinten auf den Kopf. Schadenfroh änderte es den ohnehin unkenntlichen Kurt ab, es radierte Kurts Bart aus und merkte jetzt sehr streng gegen Kurt, wie wenig es immer schon dessen von Woche zu Woche perfektere Bärtigkeit ausstehen konnte. Früher hat er keinen Bart gehabt, das war viel besser. Alle lobten Kurt mit Bart.

Jetzt komme ich dran. Sein eigenes Abbild, gelehnt ans Schlittengitter, wurde aber ebenfalls undeutlich und stimmte nirgendwo, deshalb hüllte es den mißglückten Kinderkörper in ein Gestrichel ein, das Tücher oder Decken darstellen konnte. So sah man am Ende beinah nichts mehr als die Nasenspitze des auf dem Schlitten thronenden Kindes. Danach fühlte es sich wieder zu Liebestaten aufgelegt. Mal ganz fest vorhaben, heute die Paula zu sein und nicht der *Paul* und leider auch wohl nicht das *Paulinchen,* trotz Schlitten. Sie werden sich freuen, wenn ich Paula bin. In einem verhaßten Kleid. Wenn ich mich nachher beim Anziehen noch mutig und gütig genug fühle, werde ich sogar das viel zu rote, das ekelhaft grelle Kleid anziehen, das Christa mir in der Kinderabteilung im Kaufhaus gekauft hat. In der Kabine hatte sich für das Kind ein Wunsch erfüllt, als es sich mit großer Traurigkeit und elend vom Anblick seiner Verunstaltung in grellem Rot im Spiegel betrachtete und hatte weinen können. Ein etwas schwieriges Kind, oder, sagte die Verkäuferin zu Christa, und um zu trösten, setzte sie hinzu, ans Kind gewand: Es steht dir doch fabelhaft. Richtig lustig siehst du jetzt aus. Viel lustiger als vorher. Ein etwas störrisches Kind, manchmal, sagte Christa zur Verkäuferin. Ich habe Christa trotzdem jetzt gern, doch, wirklich gern, bei Schneefall und weil sie noch schläft. Ich werde sie aber auch nachher gern haben, denn sie wird mich loben in dem roten Kleid und weil ich bis dahin wegen der Tablette so dösig und wortkarg bin. Meine Schrift ist ja schon ganz zittrig. Das wird ihnen nicht behagen. Das Kind gab sich Mühe, schrieb langsam, was ihm, trotz aller Lähmungserscheinungen, sehr schwerfiel. »Neulich war es unheimlich schön mit Euch in der Stadt. Daß wir in das neue Eiscafé eingekehrt sind, war unheimlich lieb von Euch, es war doch sicher mir zuliebe. Aber es war alles andere auch sehr schön.« Die Grautöne des Himmels durfte das Kind nicht erwähnen, denn Kurt und Christa liebten den heiteren Himmel. *Aus heiterem Himmel* war auch so eine Redewendung. Paula hat uns mal wieder *aus heiterem Himmel* mit dem und jenem einen Schock versetzt. So was in der Richtung, oft vom Kind mitgehört. Im gelben Heft vom Kind stand: »Der Verrat von Schönem kommt immer aus heiterem Himmel, wenn man ganz unbesorgt ist und mein heiterer Himmel ist ein trüber schöner Himmel, ein Spätnachmittagshimmel und die Bewölkung nimmt zu und wir sind auf einem Heimweg.« Fortfahren mit der Prosa, nahm das Kind sich vor. »In eurer Buchhandlung war es auch sehr schön. Ich empfand eine so angenehme Langeweile und fühlte mich ganz geborgen. Ich empfand einen unendlichen Genuß.« Das wäre denen schon wieder zu übertrieben. Ach, verflucht. Der in der Buchhandlung so vertrauenerweckende Kurt, die plötzlich liebenswerte Christa. »Eltern ...« Eltern? Das Kind gähnte und fühlte sich nicht gut. »Ich habe ein bißchen vor mich hingesungen, was von der *Schubert-Goethe-Liederabend-Platte*. Wollen wir die heute wieder hören, gegen Abend, nach dem Schneespaziergang?« Soll ich jetzt schreiben, daß ich auf dem alten Rodelschlitten gefahren werden möchte? Aber habe ich dazu überhaupt noch Lust? Paßt das überhaupt mit dem Schlitten, da ich ihnen ja heute zusagen muß und die Paula bin. Ich laß den Schlitten mal weg. Vielleicht kommen sie selbst drauf, wenn sie mein Arrangement sehen. »Ich sang sehr leise, aber ich hätte auch lauter singen können, weil es so voll war in der Buchhandlung.« Zwischen Verkaufsgesprächen, klein inmitten der Kunden und der Buchhändler, nah der Ladenkasse, irgendwo dort hinten Kurt, woanders Christa. Daß es hier vergessen war und doch dazugehörte, tat ihm gut. »Ich fühlte mich so zugehörig«, schrieb es. Was für ein angenehmer Zustand: anwesende Erzieher, das Kind jedoch in keinerlei pädagogischem Lokalaugenschein. Kurt verhandelte mit dem Inhaber der Buchhandlung über einen Rabatt und etwa von da an hat was Angenehmes erst recht angefangen. Kurt sah gehemmt und deshalb frostig aus, wahrscheinlich weil er weniger bezahlen wollte, als das Buch kostete. Das Kind wurde von einem Mitleid für Kurt überrascht. Aha, dachte es, also doch damals schon, und vielleicht früher auch öfter schon mal: das Mitleid, die Rührung, diese Voraussetzungen zum richtigen Liebhaben. Normalerweise ekelte es dem Kind vor dem Ausdruck von Umbarmherzigkeit und Strenge und Entschlossenheit, der oft die Gesichter der Erwachsenen, aber auch die von Kindern verunstaltete, manchmal auch Kurts Gesicht dem Kind zuknöpfte. Kurt konnte es nicht so über sich bringen, wie die andern Leute im Freundeskreis kumpelhaft beiläufig oder so richtig falsch herzlich zu sein, das ganze Getue, das Christa leichtfiel. Kurt ist ein etwas kontaktarmer Bursche, sagte Christa im Scherzton zu Spätnachmittags-Sherry-Gästen, denen Kurt zu wenig in zu kleinformatige Gläser goß, immer nach längerer Warterei aufs Nachgießen. Das Kind schob sich durch die ganzen Bücherfreunde, erreichte Kurt und seinen verklemmten Mißmut. Es legte seine rechte Hand um Kurts angewinkelten Unterarm. Kurt entging es wahrscheinlich nicht, denn er führte es ja aus: daß er den kleinen Griff sofort abwimmelte und loskam. Was ihm sicher aber entging, war das Wichtige: das sollte ein Liebesbeweis vom Kind sein, ein Beistand durch das Kind, seine eigene Trostspende und seine Solidarität. Dem Kind entging überhaupt nichts. Nicht die kurze Handlung und nicht deren lange Aussage. Es erlitt seinen üblichen Verlust, aber dieser war besonders schwer. Aus dem Mitleidsschwund für Kurt wurde ein unförmiger, unbegrenzter Mitleidszuwachs des sowieso in dem Kind verankerten Mitleids mit sich selber. Das Kind wollte nun mit Nachdruck wehleidig sein. Und wieder hoffte es auf Tränen als Hilfe. Durch mich ist sie nicht so leicht zu kränken wie durch Kurt, telefonierte Christa. Siehe Freud und so weiter. Kein großes psychologisches oder biologisches Wunder. Als Mädchen fühlt sie sich mehr zur Vaterfigur hingezogen. Klar.

Das Kind hat mit dem Prosastück aufgehört. Die Sache mit der abgewimmelten Hand zu schildern, war ebenso unangebracht – für die für heute knapp, schwach, doch immer noch erhoffte Liebesstimmung – wie kompliziert, als Schreibvorgang. Es konnte nur immer denken: Liebe so Stück für Stück, so eine Liebe ist einfach ekelhaft und gar keine Liebe. Und sie haben damals auch meine *Vorsätze für die Zukunft,* die ich an Kurt schrieb, ohne Widerspruch, ohne Mitleid mit mir, ganz arglos aufgenommen. Die zugesicherte Einsilbigkeit und alles. Sie haben mich nie aufgefordert, während der leider kurzen Zeit, die ich das durchhielt, doch mal wieder ein bißchen lauter und mehr zu reden oder zu singen oder überhaupt zu sein, wie ich eigentlich bin. Ich weiß noch die Fernsehsendung, als ich wieder anfing zu sein wie ich bin. Wir haben diese Diskussion gesehen und ich war wohlig müde und wach zusammen. Über *Schreiben Sie noch Briefe* haben sich ein paar Männer und eine Frau unterhalten. Es war meistens langweilig auf die Art, die ich sehr gern habe. Ich habe angefangen,

Bemerkungen zu machen. Zuerst hat Christa nur geseufzt oder *mal bitte ruhig jetzt grad* gesagt, dann aber hat Kurt *wolltest du nicht weniger reden in Zukunft* gesagt. Das wars. Von da an. Sie selber haben beide vorher und nachher und überhaupt ziemlich ständig was kommentiert. Sie haben die Leute auf dem Bildschirm gekannt und waren höhnisch und vergnügt dabei.

Wenn das Kind sehr vorsichtig war mit Geräuschen, kam es auch im dunklen Haustrakt ins ebenfalls türlose Ankleidezimmer. Das Zimmer war mehr eine Art Schlauch, genannt *Kleiderkoje.* Darin stand auch sein Schrank. Im Schrank waren die Paula-Sachen. Weil das Kind es sich zur Gewohnheit gemacht hatte, die täglich gleichen paulartigen Kleidungsstücke abends im Atelier für den nächsten Morgen griffbereit zurechtzulegen, im Innern seines Schlafverschlags, brauchte es sonst nicht diese überflüssige Lautlosigkeitsprüfung mit dem Kleiderzimmerloch abzulegen. Heute aber. Der Schnee gab nichts mehr her, die Schreiberei mißglückte, eine Lustlosigkeit ergriff vom Kind Besitz, das sich gleichwohl noch bezwang und weiter in eine Gegenstimmung quälte. Im Dunkeln fand es das rote Kleid mittels Abfühlen von Stoffen, das rote Kleid fand man leicht, denn es hatte abscheulich große Knöpfe und an den Schultern zusammengerauft eingesetzte Ärmel. *Lustige Puffärmel.* Schreckenerregende Ärmel. Ein Abschaum von Ärmeln. Das Kind fand auch das zum Kleidertragen nötige übrige Zubehör, alles verhaßt, lange Strümpfe, deshalb das Leibchen mit den Gummibändern und den Gummistöpseln, daran die Strümpfe befestigt wurden. Die Unterhose war sowieso im Schlafverschlag bei den Paul-Textilien. Schwerer Verzicht auf die Paul-Textilien. Das Kind zog die Paula an. Es hatte sogar an die schlimmsten Paula-Schuhe gedacht und sie per Abtasten herausgefunden, das war kein Kunststück, weil ein Lack auf den Schuhen die Oberfläche glatt machte. Auf die schlimmste Sorte müde war das Kind, schließlich die schlimmste Sorte Paula, die es sich denken konnte. Eine üble Verkleidung, in der es nur noch wie auswendig empfand: sie sollen ihren Spaß an mir mal haben. Es war nicht mehr länger *gütig, edel, stimuliert, mitfühlend,* sondern zu schwach, verfolgte es mechanisch seinen Plan.

In der Küche trank das Kind aus der Flasche mit dem abgebildeten Johnny Walker. Es schmeckte nicht, mußte aber sein, deshalb trank es noch einen Schluck und noch einen. Zumindest die Erinnerung an begütigende Empfindungen kam zurück. Mit einem Rest von Rührung ging das Kind vorbei am Rodelschlitten mit den Puppen und den zerbrochenen Gläsern, zum Durchlesen seiner Gedichte und Sätze war es dann schon zu faul. Es legte sich im roten Kleid auf sein Bett. Es war nicht einmal mehr in der Lage, traurig oder sonstwas Gewohntes zu sein.

Später am Tag wachte das Kind halb auf, stellte sich aber schlafend. Die Erwachsenen befanden sich innerhalb seines Schlafverschlags, im halboffenen Vorhang anscheinend. Christa mußte etwas dichter sein als Kurt. Das Kind roch Christas Duft und ihr Geflüster, ab und zu auch ein Gebrumme von Kurt. *Sogar das rote Kleid hat sie an, das rote! Was soll das Ganze nur wieder! Doch, man riecht's doch eindeutig, sie hat eine Fahne, riechst du denn das nicht? Und wie! Das ist ja nun der Gipfel. Wie kriegen wir diesmal die Hintergründe raus, frag ich mich.* Köpfe kamen dem Kind nah, Nasen, Schnuppergeräusche. Es mußte aufpassen, nicht zu blinzeln. Es wälzte sich wie im Tiefschlaf auf die andere Seite. *Am besten wir lassen sie das ausschlafen, scheint ein regelrechter Rausch zu sein. So was gibt's doch gar nicht. Was ist denn das heute für ein Wahnsinn. Also wenn sie wieder wach ist, wird's durchdiskutiert. Ver-*

dammt schade um die Gläser, aber paß auf, daß du nicht schimpfst. Am besten nichts weiter von dem Schlittenkitsch erwähnen. Mal sehen. Bist du schneefest angezogen? Komm jetzt. Raus in den Schnee, das muß man einfach auskosten. Unterwegs fällt uns vielleicht was ein zu dem Schlamassel von heute! Wir hinterlassen ihr einen Zettel, damit sie, falls sie vor der Zeit aufwacht, was unwahrscheinlich ist bei der Fahne, Bescheid weiß.

Der Vorhang wurde nicht ganz zugezogen, die Geräusche entfernten sich, die Stimmen wurden leiser. Dann hörte das Kind die Haustür und den Schlüssel, der im Schloß zweimal herumgedreht wurde. Einsperren, dachten die zwei wohl, nach diesen ganzen Vorfällen, das wäre für alle Beteiligten am sichersten.

Das Kind stand augenblicklich auf. Mein Befinden ist mehr nach Liegenbleiben, aber ich muß jetzt raus, aufstehen. Gegen schwere Müdigkeit, schwere Glieder, übel war ihm auch noch und schwach, scheußlich, gegen schwerwiegende Behinderungen: das Kind war aufgestanden. Die Standuhr schlug viermal. Die mußten ja überglücklich sein über einen wahren Rekordschlaf dieses Sonntags. Zuerst fand das Kind den Zettel mit Druckbuchstaben Christas, er war mit einer Nadel gegen seinen Schlafverschlagsvorhang gesteckt. *Wir sind spazierengegangen. Schau mal raus, dumme Kleine. Dein Schnee liegt nämlich! Ein bißchen blöd von dir, daß du dir den himmlischen Schneesonntag entgehen läßt. Du brauchst aber auch dieses Mal keine Angst vor Strafen zu haben, wie du weißt, sogar diesmal.* (*Sogar diesmal* war unterstrichen!) *Wir reden später über alles, was da los war. Gute Besserung, bis später: Ch. + K.*

Das Kind riß den Zettel in winzige Fetzen. Es verabscheute jedes Wort. Jedes Wort war ein Mißverständnis. Das Kind wartete einen Augenblick lang darauf, ob vielleicht doch noch was von seinen Morgengefühlen da war. Es schien nicht so. *Wir reden . . . Schnee entgehen läßt . . .* Ausgerechnet mit soll der Schnee entgangen sein. Ach, wie verflucht ahnungslos, wie armselig ist ihr Denken. Ihr verfluchter *Denkprozeß,* den sie jetzt bestimmt im Schnee da abhalten, wobei sie trotzdem tief einatmen, *gute Luft* sagen, Christa hält ihr Gesicht in die Sonne, vielleicht formt sie einen Schneeball und wirft ihn gegen Kurt, ach diese Idioten. Keine Lust, dabeizusein. Wo jetzt außerdem auch diese dumme Sonne scheint, der Schnee wird ganz entwertet. *Keine Angst vor Strafen . . . sogar dieses Mal . . . !* Unterstrichen! An der ganzen Botschaft war alles entsetzlich. Sie haben nichts begriffen, *sogar dieses Mal.* Ich habe damit anfangen wollen und am Morgen sogar gut damit anfangen können, über sie gerührt zu sein und sie richtig liebzuhaben. Strafen, das nahmen sie demnach an, sollte es fürchten, Strafen, angesichts lauter ganz neuer Liebestaten, einer ganz neuen Annäherung? Vielleicht wegen der Gläser? Haben sie denn meine Gedichte nicht gelesen? Wo sind die überhaupt?

Das Kind trottete zum Rodelschlitten. Der Rodelschlitten war ins erwachsene, in den Wohnstil des *Ateliers* eingegliederte Abstelltischchen zurückverwandelt. Vom Arrangement des Kindes war so wenig zu sehen, als habe es nur in einem Traum existiert. Die Sitzfläche ohne an die Gitter gelehnte Puppen, frei von den zerbrochenen Gläsern und den Papieren. Auch das Gemälde, das vom Kind zuletzt noch zwischen zwei Puppenkörper geklemmt worden war: weg. Verschwunden: die Bäume im Schnee und der Schlitten mit Besatzung und vorgespannten Erwachsenen. Das Kind starrte auf die Aschenbecher, auf die Vase mit der Kunstblume, auf die Zeitschriften und wartete auf eine Empfindung. Wie gemein, wie gemein, saugemein. Mehr war in seinem Kopf nicht los. Das Kind war zu erledigt für mehr als ein einfaches Wörterdenken und Hinsprechen von Wörtern. Gemein, gemein.

Ich muß mich erst mal wieder hinlegen. Ich muß eine Reihenfolge überlegen, ich muß planen, wie es weitergeht, ich muß jemand anderes sein, wenn sie mit roten vergnügten redelustigen Schneegesichtern zurückkommen. Ich muß eine Ordnung in mein Entsetzen bringen. Ich bin auch so verdammt krank. Hinlegen erst mal. Aber wenn ich wieder einschliefe, ehe ich einen Gedanken habe für die Zukunft. Die Vorstellung, wirklich aus Krankheit wieder wegzudämmern, scheuchte das Kind auf, als es schon lag und eine kleine Wohltat durchs Liegen verspürte. Während es Stück für Stück die Paula in Rot und mit langen Strümpfen auszog und sie jeweils dahin schleuderte, wo es gerade beim Hin- und Hergehen war, suchte es nach seinen Machwerken vom frühen Morgen. Schon halb wieder in den Paulsachen und nachdem es sich die Füße kalt gewaschen hatte und sich daraufhin etwas besser fühlte, fand es seine ganzen Schreibarbeiten auf Christas Arbeitsplatz. Seinem ersten Impuls, die Liebesgedichte und Gefühlszuwendungen für Kurt und Christa zu vernichten, folgte es nicht. Es läßt sich noch verwerten, irgendwie schon, dachte das Kind und faltete die beschriebenen Seiten so, daß sie im blauen und im gelben Heft unterkamen, ohne aufzufallen. Schluß mit *»Eltern«* und allem. Wartet nur. Nach dieser kleinen Aktivität wurde ihm wieder schlecht. Es mußte sich nochmals ausruhen, diesmal in einem Sessel, und als Aktion wurde ihm immerhin befriedigend deutlich, daß es einfach die schmutzigen Paul-Sandalen auf das Glas vom Abendgeselligkeitstisch legte. Es machte die Augen zu. Will ich etwa sterben? So außer mir, wie ich jetzt bin, am Ende von dieser großartigen Hoffnung von heut morgen, gedacht für immer? Wo hier doch nie was zustande kommen wird. Nein, ich will überhaupt nicht sterben. Ich werde gleich, sobald ich wieder genug Kraft habe, beispielsweise einen Schnitt mit der Schere in das rote Kleid machen, unter anderm, was mir dann bestimmt noch einfällt. Jetzt will ich erst recht leben, aber richtig, und zwar richtig allein, nichts mehr mit ihnen versuchen, ich will es allein richtig machen, sie können ja einfach nicht mit. Das Kind erinnerte sich an zwei Geschichten von Kindern, die aus Einsamkeitsschmerz nicht mehr leben wollten. Das eine Kind war auf seiner Lieblingsbuhne immer weiter ins Meer gegangen und hatte dann die Flut abgewartet. Ins Wasser mit dem Kind, die Flut verschlang das Kind. Das andere Kind wurde *Hase* genannt, weil es eine Hasenscharte hatte. Keiner in der Familie hatte dieses Kind besonders gern. Der häßliche kleine Hase störte. Beide Geschichten sind Geschichten für Erwachsene, hatte Christa zum Kind gesagt, lies doch so was nicht. Diese Autorin versteift sich auf verschreckte Kinder, Sonderfälle. Das Kind dachte, was es selber wollte, wenn es sich mit den beiden todestraurigen Kindern der Autorin verglich: Erstens will ich gar nicht erst ins Wasser, sowieso nicht. Zweitens nicht ertrinken darin, es muß naß und kalt und fischig sein, ein Ekel bis man tot ist. Außerdem: ich will nicht tot sein. Das Kind fand es einen Moment lang doch recht merkwürdig, daß ihm noch nicht danach war, bei der wahren Familie in der gemütlichen Ewigkeit sorgenfrei am *Tisch des Herrn* seinen freigehaltenen Platz einzunehmen. Ich will lieber noch weiter hier herummachen, mit mir und dem, was noch kommt. Das Kind *Hase* aus der anderen Geschichte war, sonntags natürlich von der gesunden und gegen das Hasenkind nur scheinfreundlichen Familie in ein Wachsfigurenkabinett mitgenommen worden. Die Familie schämte sich wegen des *Hasen,* das war deutlich. Im Wachsfigurenkabinett war der *Hase* plötzlich heimlich hinter der sonntäglich vergnügten und aufgeputzten Familie im Gedrängel der ganzen Besucher zurückgeblieben und hatte sich zwischen ausgestopfte Könige und berühmte Schauspieler auf ein gerade freies Podest gestellt und auf dem Podest beschlossen, so schnell wie möglich das Atmen einzustellen. Mit dem Atmen aufhören ist auch sterben, vielleicht einfacher als Ertrinken, zumindest nicht so eklig. Aber nicht mehr atmen können, will ich schon mal erst recht nicht. Im Gegenteil, atmen will ich können, endlich richtig und nicht so eingeschnürt und eingeklemmt wie sonst so oft, atmen können, das gerade will ich unbedingt. Und immer noch so weiter noch lang. Ich verstehe ja den armen *Hasen,* denn für ihn war alles so aussichtslos. Ihn hat keiner auf diese gerührte Weise liebgehabt. Mich aber hat zum Beispiel der liebe Gott, der auf meine wahre Familie aufpaßt, richtig lieb, und Bach und Mörike und Schubert, Goethe und alle möglichen Liebesmöglichkeiten habe ich, trotz der Leere, in der ich, wenn man nur so von außen hinsieht, umherlaufe. Für mich ist es nicht aussichtslos. Ich kann soviel genießen. Mich erwartet noch viel zuviel, ich bin neugierig auf mich.

Das Kind beendete seine Ruhepause. Es hatte ein bißchen Heimweh sogar nach dem roten Kleid, als es den Schnitt in den Stoff machte. Ich muß es so aussehen lassen, als würde ich was gegen *Paulinchen* und *Paul* und alles unternehmen, aber in Wirklichkeit rette ich damit, und nur damit, alles und *Paulinchen* und *Paul,* mich selber. Der Entschluß heißt: das Internat. Dem Kind fiel zwar ein, während es seinen Zettel für die Adoptierer schrieb, was es schwer vermissen würde, wenn es sich wirklich und wahrhaftig der Zwangsvorstellung *Internat* auslieferte und sich dorthin begäbe.

Es muß sein. Ich werde das Fernsehen entbehren und Heimwege in der Dämmerung und überhaupt gute Augenblicke und Schallplatten, viel was ich hier haben kann, sogar mit diesen beiden, aber es sind ja immer nur die Anfänge, die gut sind, dann kommen die Reinfälle und die Verluste. Ich werde gräßlich leiden unter den dauernd herumtobenden

Kindern. Ich werde aber nur äußerlich nie allein sein, es wird nur immer nach Gruppenleben aussehen. Ich werde erst recht allein sein können. O ja, ich werde einen Zustand zu Ende leiden können, ich werde etwas zu einem Abschluß bringen, ein Pech, ein Elend, ich werde nicht dauernd unterbrochen, ich werde mich also dann auch zu Ende freuen, allein. Von Lehrern und diesen Leuten erhofft man sich ja gar nicht erst soviel. Man läßt die Anbiederungen gleich weg. Und mehr gegen das Internat, mehr gegen Schloß und Riegel zusammen mit Hunderten von Kindern und Bällen gegen Kopf und Magen, mehr darf mir jetzt nicht einfallen, und womöglich doch wieder in die Quere kommen. Genau wie Christa den verdammten Zettel an meinen Vorhang gesteckt hat, stecke ich nachher meinen Zettel an den Vorhang. Es schrieb: *Ich habe alles gemacht, damit ihr merkt, daß ich unbedingt in ein Internat gehen möchte. Weil ihr ja alles einseht und nichts verbietet, rechne ich fest mit eurem Einverständnis.* Das klang überaus erwachsen und gut. Das Kind war stolz, erst recht auf einen Zusatzeinfall. *Ich habe auch in einem von den Büchern über Kinder meines Lebensalters gelesen, daß in einem Fall wie meinem das Internat die letzte Rettung ist. Dort wird so ein Kind ein vernünftiger Mensch.* Der Zusatz war frei erfunden und mit tödlicher Sicherheit wirksam überzeugend. Es hatte nichts dergleichen gelesen. Besonders gut untergebracht: der *vernünftige Mensch.*

Fehlte noch was? Ach, ich habe ja ganz und gar als Grund den Timo und die *unglückliche Liebe* vergessen. Komisch, dachte das Kind, wie egal mir das jetzt ist. Fast *Kitsch.* Würde überhaupt nicht gut in diese erwachsene Zettelsprache passen. So bleibt es, und weiter nichts dazu. Nur nicht wieder was zu sehr für mich Typisches. Kein Gefühl, kein Flehen, kein Schmerzanklang. Es stimmt sie sowieso nichts wehmütig. Es soll sie beim Lesen nichts an was von mir Gewohntes erinnern. Ich werde übrigens meine verschiedenen Möglichkeiten von *Höchstdosis* im Kopf haben und hören und bedenken. Ich brauche nicht so sehr betrübt zu sein. Ich kann auch einige wichtige Sachen mitnehmen. Plattenhüllen vielleicht sogar – heimlich – oder ich schreibe die wichtigsten Texte vor meiner Abreise ab, und das *Trostbüchlein der Poesie* packe ich auch ein. Viele Genies waren auch im Internat. Neulich im Fernsehen war Nietzsche im Internat. Das Kind überlas wieder und wieder seinen Text. War alles gut? Es ging eigentlich ein bißchen zu glimpflich ab für die zwei. Das Kind schrieb unter die eigenen Sätze: *Bertolt Brecht, 1. Zitat: Wer entkommen will, braucht Glück. Brecht, 2. Zitat: Aber in die Zukunft schauend, erkenne ich schaudernd, wie viel Glück ich noch brauche.* Neulich mal abends hatte jemand Erwachsenes behauptet, privates Glück sei reaktionär. Daraufhin hatte jemand anderes in Kurts Büchern gesucht, schließlich gerufen: Na, hier hab' ich ihn, deinen großen Lehrmeister, hör ihn dir mal an, deinen hochverehrten Brecht, hier.

Das Kind hatte später die schöne Stelle nachlesen und abschreiben können, weil morgens das Buch noch aufgeschlagen mitten in den Geselligkeitstrümmern von angeknabbertem Zeug und halbleeren Gläsern lag. Jetzt schnitt es aber, nach längerer Überlegung, den Brecht-Teil von seinem selbstverfaßten Zettelanteil wieder ab und bewahrte ihn auf im gelben Heft, worin er ohnehin allerdings schon stand.

Das Kind hat rechtzeitig vor der Rückkehr der Spaziergänger wieder im seinem Bett gelegen, die Decke nur so halb über den Paul-Sachen, daß man die Paul-Sachen sehen konnte, und sich schlafend gestellt. Es hat die Ohren gespitzt, aber kaum etwas verstanden. Aufgeregt klang es aber, und nicht lehrbuchreif. *Hingefledderte Kleider, hier – da ist ein Schnitt im roten Kleid. Muß einen schweren Rausch haben. Hat sich aber im Suff noch umgezogen. Lieber Himmel. Ob der Zettel da überhaupt von heut stammt? Wo sie so besoffen ist, dann so ordentlich schreiben, versteh' ich nicht! Schau nur, wie sie pennt!*

Obwohl das Kind sehr hungrig war, hielt es seinen vorgetäuschten Schlafzustand bis in die Gespräche der abendlichen Zusammenkunft durch und paßte auf.

Aber hört mal, als sie euch diesen Zettel da schrieb, mit dem Internatsbeschluß, ich meine, der ist doch exakt, der Zettel, und auch dieser für Paula eher persönlichkeitsfremde Beschluß; als sie das schrieb, muß sie doch zwischendurch völlig bei Trost – hätte ich fast gesagt, also nicht ganz bei Trost aber doch bei Verstand gewesen sein. Sie hat sich ja auch umgezogen. Als wir sie gegen 3 vorfanden, auf dem Bett, alkoholisiert, hat sie die gesamte *Paula* angehabt, in *Rot* sogar, das sah doch nach der ursprünglichen Absicht aus, einzulenken. Na, das Umziehen, das geht schon in einem Tran, aber warum hat sie wieder der Paul sein wollen? Und auch die Zerstörung des Kleids, paßt schon ins Bild, aber ins Bild einer Rache. Rache, aber wofür denn, es ist ja nichts vorgefallen, wir haben kein Wort mit ihr geredet, sie schlafen lassen, ihr einen freundlichen Zettel an den Vorhang gesteckt, wie eh und je keine Strafe angedroht, alles wie immer, wo ja nichts wie immer war. Na, zum Reden war sie uns ja auch noch zu blau, blau in *Rot.* Nein, zum Lachen ist's doch wohl nicht, zum Witzeln. Oder? Also das mit den Kleidern, das kapiert man schon leichter. Das Rätsel ist und bleibt dieser Zettel. Internat! Paula im Internat! Und daß sie es *wünscht!* Ja, die Schrift ist so merkwürdig klar, vergleicht nur, hier, viel besser als üblich. Erstaunlich, von A bis Z. Jetzt war es eindeutig Christa: Im Grunde können wir stolz sein, Kurt und ich, ich meine, wegen ihres ersten vernünftig geäußerten Willens. Einer überdies, etwas Vernünftiges zu tun, falls man Internate für vernünftige Lösungen hält, aber sie schreibt ja, das habe sie gelesen. Und daß sie neuerdings ein *vernünftiger*

Mensch werden will! Hat sie doch immer wie eine kleine Hexe abgelehnt. Internate, tja. Ich weiß nicht, aber bei uns hier kommt sie erzieherisch viel intensiver auf ihre Kosten. Immerhin: es handelt sich um eine erste Äußerung ihrer Absicht zur Selbständigkeit. Seit wir sie kennen, war sie nie so realistisch, so wenig gefühlsbetont. Und wie wir sie kennen! Besser geht's doch kaum. Diese Entscheidung zu einer Maßnahme, die doch, und das muß sie wissen, ihren gemütvollen, um nicht zu sagen sentimentalen inneren Strukturen zuwiderläuft. Denkt nur an ihre Ablehnung, mit andern Kindern zu kommunizieren, an ihre Gruppenfeindlichkeit, wie schwer sie sich *anschließt,* nie *Freunde gewinnt.* Seit diesen unmöglichen Bechsteinkindern. Doch, eigentlich können wir sehr stolz sein. Denn irgendwie schon haben *wir* sie dazu erzogen, so oder so, sie hat durch uns nun endlich begriffen: ändern muß sie sich. Grundlegend.

Christas Stolz hörte sich nicht stolz an. Der Abend wirkte öder als andere Abende. Von Kurt war kaum was zu merken. Einmal unterbrach er Christas Stolzheitsgerede und sagte: Wie du es auch drehst und wendest, sie will von hier weg, das ist eine Tatsache, sollen wir auf die stolz sein? Sie will von *uns* weg. Ach Kurt, sie will eben selbständig werden, mal Mut fassen, hier wird es ihr zu leicht gemacht, denkt sie vielleicht, sagte Christa. Und überhaupt – Christa las noch mal den ganzen Zetteltext vor – endlich hat sie sich mal rein sachlich ausgedrückt. Bis auf die Überschrift, allerdings. Da war sie noch die alte. Die Überschrift ist noch ein Paulinchen-Paul-Paula-Mischmaschsymptom. Was steht denn drüber? Was ist das für eine Überschrift, Christa, die hast du uns vorenthalten. Christa las nun nicht so fließend und zufrieden wie sonst Sachen vom Kind, merkte das Kind, wie meine *Infantilismen* sonst immer. Christa las etwas lau: *Paulinchen war allein zu Haus.* Das ist der Titel. Die einzige Abweichung, mein Gott, halt ein Relikt, übergehen wir das, ein Widerspruch zum übrigen Text, auf den wir stolz sein können. Den Text hat sie vielleicht beim Titel noch gar nicht vorgehabt. Können wir auf den Titel auch stolz sein, auf den Text stolz und auf den Titel auch? fragte Kurt. Nun interpretiere doch nicht alles. Man meint, du würdest dich selbst in ein *Paulinchen,* in ein *Kurtchen* degenerieren, Schatz. Im Grunde ist auch der Titel ganz sachlich. Sie *war* ja allein zu Haus, an diesem Nachmittag. Sonst beinah nie. Nie wirklich allein. Also. Vielleicht hat sie schon beim Titel überhaupt gar nicht wieder einen Gefühlsüberschwang vorgehabt, nichts in der Richtung Gedichtchen und Sonstiges. Oder sie hat halt erst nach der Überschrift den Bogen gefunden sozusagen. Werdet ihr sie denn in ein Internat geben? Wenn, würde ich euch zu was Schweizerischem raten. Na, das weißt ich nicht so, aber gehen lassen werden wir sie, sie appelliert ja ganz schlau an unser Gewährenlassen. Daß wir ihr nichts verbieten. Also: prinzipiell bleiben.

Was mir alles nicht entgehen wird im Internat. Unter dieser Überschrift werde ich morgen eine Liste anlegen. Mein wahrer Vater zum Beispiel darf darin nicht fehlen. Blöd, vorher nicht dran gedacht zu haben, wie er mir die Fortsetzungsgeschichten, immer wenn mir danach ist, weitererzählt. Es wird weiter komische Sachen geben beim Unterzwerg. Unterstzwerg in der Lederschatulle mit seinen Gedichten für die Meereszeitung, mit dem Mittelzwerg und seiner Frau, die ewig beim Friseur rumsitzt, und mit den Verrücktheiten vom Seehund. Meine wahre Mutter wird dem Schwesterchen Marlenchen und mir immer wieder *Es waren zwei Königskinder* vorsingen. Ich bin jetzt zu schläfrig, um mehr für die Liste auszudenken. Aber es wird schon eine lange Liste.

Vom Internat aus werde ich Kurt und Christa dann vielleicht wirklich richtig bedauern, nicht nur ein paar Stunden lang, eines Tages richtig. Das war ein Zwischenzustandseinfall, ehe das Kind ganz schlief.

Später hörte es den Abschied der Gäste halbwach und bekam ein bißchen Gelächter und ein paar Sätze mit. Christa nannte sich und Kurt in der von ihr selber am meisten bewunderten Selbstironie *Erziehungsfanatiker.* Wir sind, was das Internat betrifft, aber doch schlauer als zuvor. Da widerspreche ich dir wirklich, bester Kurt. So schlau *wie* zuvor stimmt nicht, wegen der Redensart, die das ja abschätzig meint, erstens. Und zweitens: doch, wir sind schlauer jetzt. Noch schlauer. Wir werden schlau aus Paula, oder?

Nein, sagte Kurt, laß es dabei: wir sind so schlau als wie zuvor.

So oder so war wenigstens das etwas, erstmals in diesem Zusammenleben, diese fragliche Schlauheit, über die sie endlich einmal alle drei, Kurt, Christa und das Kind, sich völlig einig waren. So schlau als wie zuvor. So schlau wie immer oder noch schlauer. Mit einem geringfügigen, sehr wesentlichen Unterschied, dachte das Kind. Es wurde davon wieder ganz wach und war vergnügt: ich habe meinen alten Vorsprung und jetzt erkenne ich ihn erst klar. Wirklich schlau und schlauer als sie beide, das war ich und bin immer weiter ich. Immer gewesen. Und in Zukunft. Die werden mich nie ganz einholen. Viel wissen, das tun sie ja, aber viel auch noch fühlen, das gehört dringend dazu, sonst ist man nicht »schlau«. Sie fühlen ganz wenig, fast nichts. Und jetzt schon, schon vor dem Internat, kann ich's wirklich noch mal wieder empfinden, fast so wie heut beim Schneemorgen, aber viel vernünftiger jetzt nach diesem ganzen schlimmen Tag, und jetzt ist *vernünftig* gar nicht so was *Mieses.* Ihr Armen.

Gabriele Wohmann

in der Sammlung Luchterhand

Abschied für länger
Roman
SL 905

Ausflug mit der Mutter
Roman
SL 213

Ausgewählte Gedichte 1964–1982
SL 437. Originalausgabe

Ein gehorsamer Diener
Hörspiele
SL 935. Originalausgabe

Ein russischer Sommer
Erzählungen
SL 976

Entziehung
Materialien zu einem Fernsehfilm
SL 152. Originalausgabe

Gegenangriff
Prosa
SL 55. Originalausgabe

Gesammelte Erzählungen aus dreißig Jahren
3 Bände. SL 651/652/653

Das Glücksspiel
Roman
SL 459

Ich lese. Ich schreibe
Autobiographische Essays
SL 554
Originalausgabe

Der Irrgast
Erzählungen
SL 695

Jetzt und nie
Roman
SL 385

Kassensturz
Erzählungen
SL 1021

Der kürzeste Tag des Jahres
Erzählungen
SL 531

Ländliches Fest
Erzählungen
SL 204

Paarlauf
Erzählungen
SL 360

Paulinchen war allein zu Haus
Roman
SL 219

Schönes Gehege
Roman
SL 620

Schreiben müssen
Ein Arbeitstagebuch
SL 961. Originalausgabe

Unterwegs
Ein Tagebuch
SL 672. Originalausgabe

Verliebt, oder?
Erzählungen
SL 485
Originalausgabe

Kindheiten

im Luchterhand Literaturverlag

Peter Härtling
Nachgetragene Liebe
169 Seiten. Leinen
Auch lieferbar als SL 357

Alois Hotschnig
Aus
Eine Art Glück
Zwei Erzählungen
SL 1052

Paweł Huelle
Weiser Dawidek
Roman
288 Seiten. Gebunden

Marie-Luise Könneker
Mädchenjahre
Ihre Geschichte in Bildern
und Texten
SL 307

Orlando Mardones
Mensch, du lebst noch!
Ein Chilene erzählt
SL 823

Fabrizia Ramondino
Althénopis
Kosmos einer Kindheit
Roman
SL 830

Anna Rheinsberg
Alles Trutschen
Geschichten über Mädchen
in einer Kleinstadt
SL 846

Peter Schneider
Vati
Erzählung
SL 847

Gabriele Wohmann
Paulinchen war allein zu Haus
Roman
Luchterhand Bibliothek
256 Seiten. Leinen
Auch als SL 219

Christa Wolf
Kindheitsmuster
Roman
Luchterhand Bibliothek
552 Seiten. Leinen
Auch als SL 277